奇点科幻丛书
QI DIAN
KE HUAN CONG SHU
主编：赵国珍

第1纪 The first age

背面天堂

七月 著

希望出版社
HOPE PUBLISHING HOUSE

作者简介 》

七月，男，八十年代生人。个子不高，长得不丑，暂时不富，脑子不笨，脾气不好。纯理科教育背景出身，大学七年写过近百万字小说，愧对师门，故隐去母校出身。奇幻、游戏、科幻各种小说乱七八糟写了许多，得过好些个奖，著名的（有钱的）没有。一不小心也写了十年有余的科幻。写了不少，能收个集子实属幸运。科幻毕竟是一个神奇的东西，可以严谨地去随心所欲地妄想，像我这种一旦开始妄想就无边无际的人，同时又连故事都编不圆，连话都写不顺的人，在科幻这里居然能一直被人告诉："写下来吧，不错。"真是让我自己都诧异不已的事情，一直有人看，还拿了不少奖，真是吓死我自己了。所以谢谢就这样还喜欢我的诸位读者，也希望我继续写下去的时候，诸位也还能继续喜欢下去。

《创作感言

当编辑让我为这个集子写点儿感言的时候，我无法避免自己脑子里反反复复地浮现这样的念头：

从最开始写科幻到现在，算下来居然也有十年了。

十年前的高中阶段，我所有科目的成绩里以作文最可虑：语文老师每每在考试前嘱咐我，作文主题不要太离奇，以免作文分不及格。即便如此，我高考作文依然以36分的成绩涉险过关，终于没有让我读一年高四。很难相信在接下来的五年间，我写了五十多万字的小说。更难相信的是，这些小说几乎没有一篇没有卖掉。

我只能说，这是一个奇迹。

人永远不知道自己能做到些什么，更难预料到未来的道路会朝哪个方向。于是一瞬间的冲动，比如"决定去写一篇科幻小说，卖掉，然后拿稿费去买玩具"，就可以改变一辈子的生活轨迹。于是我最终没有如预期一样成为一个一生在沼泽中漫步的生态学家，而靠着写东西成了一个游戏设计者——真是跟自己的从小学开始期待的理科生生涯毫无关系。

预测未来是一种很荒诞的事情——作为写科幻小说的一个重要结论，这也足够离奇吧？

然而也正是因为这幻想的荒诞，才让这幻想充满了惊奇。

我们有这么多顾虑，这让我们固守于严酷而无趣的现实，要去上课，要去考试，要去考证，要去赚钱，要去赚更多的钱……除了幻想，我们恐怕没有多少机会，可以全无顾虑，没有负担，而又充满好奇地去重新观察这个世界了。

如果世界的因果逻辑是由意识决定的，如果唯物论都是错的？《撬动世界的哈林达姆》就像一个重铸历史的发现之旅。

如果人类发现自己和恐龙一样，即将在地球的生命演化中被抹去，将会发生什么？人类会做出什么？将人类抹去的一方又会是什么样的？《擦肩而过》是好奇地从人类这百年间的历史行为中寻找一个结论。

很可惜，我所有写作中最大的冒险："假如人类不再需要食物，而能像永动机一样获取能量"，却成为仅有的一部无法发表的作品。不过，当这个假设慢慢在书写中找到某个答案之时，我已经相当满足。

我的编辑曾经多次警告我，我过于痴迷于"如果这样，那么……"的推理模式。写作太不像是一个创作的过程，而像是一个寻找的过程。当下一个段落发生的时候，我总是和读者一样不知道会发生什么。

十年过去了，我也没有改掉这样的毛病。因为正是这种无知和好奇才能驱动着我去写这些故事，去妄想，去发现。

写在出版前的话

赵国珍

在这套书出版之前，我就像行将嫁女的母亲一样，总觉得有许多话要说，说给即将出阁的姑娘，也说给她的如意郎君——我们亲爱的读者。这些话，虽然不免唠叨，但动机绝对纯洁和良善。

在所有的文学品类中，大概只有科幻文学拥有一个准确的生成年分。那是1818年，英国著名诗人雪莱的太太玛丽·雪莱创作了第一部科幻小说《弗兰肯斯坦》，随后在法国（凡尔纳）、英国（威尔斯）等欧洲国家有一系列作家加入，形成了科幻文学创作的第一个高峰。到上世纪20年代，科幻文学创作中心转移到美国，创作队伍中涌现了具有烂漫文学倾向的技术性专家的身影，出现了像阿西莫夫、海因莱因等具有标志性意义的科幻大师。由于美国的作品和技术、故事、平民结合得很好、很紧密，它很快就成为一种更普及的艺术形式——电影的题材。到今天，科幻已经在世界上形成了非常大的市场，每年最佳的十部片子中怎么也有五到六部是科幻题材的电影。目前，世界科幻创作在经历了期刊、图书、电影三个阶段后，已经进入了更为新锐消费者所喜闻乐见的多媒体时代。科幻已经成为一个独立并且庞大的产业，科幻文学也成为全社会包括青少年和成人、一般公民和科学技术专业人士共同认可、喜爱和追捧的文学门类，科幻时代在国外不是虚言。

而在国内，虽然有上世纪初梁启超、鲁迅等大家的推崇和推广，也有叶永烈的《小灵通漫游未来》累计销售三百万册的不俗业绩，有童恩正、刘兴诗、王晓达等第一代杰出科幻作家的奠基之作，有刘慈欣、王晋康、韩松、何夕等第二代优秀作家的奋发作为，但到目前为至，中国科幻文学还没有进入主流文学的法眼，没有成为绝大多数读者的最爱，没有形成自己独立不移的地位和影响，中国科幻文学还停留在儿童文学、科普文学的范畴。如果从世界科幻文学发展的规律来看，中国的科幻文学才刚刚进入第二个阶段，即由杂志媒介向图书媒介过渡的时期，全社会的成人化的科幻作品认知还没有到来，科幻时代在中国来说，的确还是妄言。

不过，令人可喜的是，黑暗的东方地平线上已经出现了一抹鱼肚白，茫茫大海的天际也露出了庞大渔船的桅杆，科幻时代正在以它不可阻挡的步伐和节奏向我们走来。近年来，以刘慈欣《三体》三部曲创作完成并出版为标志，中国社会，尤其是年轻一代的科幻创作与阅读热情迅速高涨。从创作角度来说，新锐作家层出不穷，创作题材不断拓展，创作手法竞相展示，新作品、好作品目不暇接；从出版角度来说，报纸、杂志摇旗呐喊，出版社、网络推波助澜，电影、电视跃跃欲试，科幻传播渠道空前开放；从阅读角度来说，读者范围逐步扩大，欣赏水平迅速提高，阅读取向更趋多元，"幻迷"结构进一步优化。可以毫不夸张地说，中国科幻文学在未来的五至十年间，将会迎来最好的发展时期。题材会进一步拓宽，媒介会进一步拓展，作品会进一步扩张，受众群体会进一步扩大，市场会有一个很大的扩容，这将是一个毋庸置疑的前景。

人类历史的发展，注定会有许多拐点。一个杰出的人，一个突发的事件，一个重大的变革，都将成为这个拐点。那么，中国科幻文学的发展有没有拐点？这个拐点应该在哪里？这可能是时下许多人都在思考的问题。从理论上来说，拐点就是突破既定的发展轨迹，就是在全面的平静之下最可能爆炸的那个点。经历了拐点之后，事情将进入一个全新的发展时代，这也是"奇点"这一概念的理论来源。当然，这也是奇点科幻丛书的立意。

希望出版社规划在未来的五年内，出版科幻"三点"丛书，即奇点科幻丛书、沸点科幻丛书、极点科幻丛书。"奇点"面向国内新锐科幻作家，"沸点"面向国内成熟科幻作家，"极点"面向国外获奖科幻作家，三点一线，描绘和反映科幻文学的现状和未来。山西出版传媒集团将这一规划列入重大出版工程资助项目，将给予更多的政策和资金倾斜。全球华人科幻协会、希望出版社、《科幻世界》杂志社、《新科幻》杂志社等科幻出版组织和媒介，将倾力打造"中国科幻文学创作高峰论坛"，推出全国"希望杯"科幻创作大奖赛。所有这些举措，都是在合力寻找并营造中国科幻文学发展的那个"奇点"，鼎力缔造中国科幻产业的成就和辉煌。

嫁出去的姑娘，将会去寻找自己的落点，过自己的生活。我们惟愿她和自己的如意郎君相携相和，共鸣共进，活得更好，走得更远！

2012.8.19

奇点前夜的科幻小说

刘慈欣

奇点有三重含义：第一是数学上的，表示在连续的数学状态中难以定义的突变点，常见的有无限趋于无穷大或无穷小的点；第二是物理学上的，首先出现于广义相对论中，表示时空曲率无限大的点，是时空的不连续之处，在这一点中现有的物理规律失效；第三是未来学中的一个概念，描述科技以指数曲线发展，在某一拐点后急剧加速，由量变产生突然的质变，在极短的时间里彻底改变人类世界的状态。这套丛书以“奇点”命名，应该是取最后一个含义。

奇点学说是由美国学者雷·库兹维尔提出，他认为人类科技的发展趋势很像一条指数曲线，开始阶段比较平缓，是我们现在所处的阶段。但在经过一个拐点后徒然上升，几乎与X轴垂直，速度接近无限，这就是奇点时代。奇点的到来主要依赖于被称为GNR的三项技术，即基因工程、纳米工程和人工智能，当这三项技术进入指数曲线的超高速发展阶段时，人类文明的面貌将在极短的时间内发生彻底的改变。库兹维尔生动地描述了奇点到来时的情景：人工智能的智慧远远超越人脑，电脑的一次短时间运行，其计算量竟超过人类有史以来所有的思维的总和；科技第一次对人类的生理形态产生改变，人与人工智能紧密融合，人可以以各种形态复制自己，进而长生不老；人类可以在原子级别操纵物质，纳米机器可以把原材料直接变成人类所需要的任何产品。库兹维尔的终极预测接近疯狂，他认为，能够自我复制的纳米机器结合人工智能，能够向全宇宙扩散，改造所有天体，最终把整个宇宙智能化。最惊人之处是他对奇点到来的时间的预测，不是遥远的未来，而是近在咫尺的2030年！

不管奇点预测是否能够成真，有一点可以肯定：科学和技术将创造出更多的奇迹，科技带领人类踏上的神奇旅程才刚刚开始，甚至还没有真正开始。而这种科学的神奇感、这种技术带来的对未来的向往，恰恰是科幻文学生命力的源泉。

比较古代人类与现代人的精神世界，最大的差别可能就是对未来的感觉。可以说，在古人的意识中，没有现代意义上的未来感，由于技术进步的缓慢，在那时人们的心目中，未来可能“城头变幻大王旗”，但生活的面貌不会发生变化，昨天今天和明天，去年今年和明年，不会有什么差别。正因为如此，古代的文学，无论是神话，还是诗歌或小说，都是描写现在或过去，几乎没有描写未来的。工业革命以后，科学给人们带来了无尽的神奇感，进而引发了对由科技所创造的未来的想象和向往，由此诞生了科幻文学。

科幻文学诞生于19世纪初的欧洲，但其真正的繁荣是在20世纪20年代至60年代的美国，史称科幻小说的黄金时代。回望那四十年，能带给我们许多启示。在那段时间，世界已由蒸汽时代进入电气时代，与工业革命相比，科学技术进一步显示出其塑造和毁灭世界的力量。人们深切地感受到了科技给自己的生活带来的改善。另一方面，20世纪初的物理学革命带给人们一个全新的视野，相对论和量子力学告诉人们，比起之前牛顿简洁的决定论图像，真实的宇宙更加神奇。但与此同时，舒适的信息时代尚未到来，已经大为改善的生活仍然充满着艰辛和压力，世纪初的美国经济大萧条、随后的两次世界大战以及紧接着出现的东西方冷战，都给现实蒙上了阴影，这就使得人们对已经显现出神奇魔力的科技充满了更多的期待，期望科学和技术能够带来一个更加美好的未来，对科学神奇的赞叹和对未来的向往在这一时期都达到了高潮，由此带来的科幻文学的繁荣就是顺理成章的了。

但随后，科幻文学进入了缓慢的衰落期，这种衰落从上世纪70年代一直持续到今天，在美国，科幻小说在市场上再也没有再现黄金时代的热度，新的科幻迷越来越少，科幻群读者的年龄越来越大；有世界影响的作品越来越少，大师不再出现，黄金时代出现的三巨头至今仍牢牢地占据着科幻文学的顶峰。

对这个漫长的衰落，评论家和科幻研究者有着各种解释。其中之一是把原因归咎于科幻文学的新浪潮运动，新浪潮在上世纪70年代起源于欧洲，部分科幻作家痛感科幻小说在文学中的边缘地位，便把主流文学中现代和后现代的表现手法运用于科幻创作，同时把科幻小说面向太空的视野转向人的精神世界，试图使科幻小说更加文学化，使得部分科幻作品由明快的大众文学变成晦涩的先锋文体。有评论家认为，新浪潮运动是把科幻小说自身的价值让位于主流文学，进而消解自己的一种努力，他们也把科幻的衰落归咎于此。

但仔细考察便知这种理论是不确切的,新浪潮运动对于科幻的衰落的确有一定影响,但不是根本的原因。在新浪潮科幻由兴起直到被后来的赛博朋克运动代替,一直只是一个科幻文学的支流。在这一期间,传统的、坎贝尔理念的科幻小说一直在大量地创作和发表,即使在新浪潮运动最兴盛的时期,其作品的数量也远远小于传统理念的科幻小说的数量。

其实,科幻衰落的最深层、最本质的原因正是科学技术本身,曾经催生科幻的科技,在其飞速发展的今天开始起相反的作用。阿波罗登月期间,一位NASA官员对观看发射的科幻作家说:"我们给了你们一碗饭吃。"但事情证明恰恰相反。自航天时代以来,科幻小说中描述的科技奇迹不断变成现实,特别是随着信息时代的到来,科技日益渗透到社会生活的方方面面,其渗透之深、普及之广可谓前所未有。由计算机和网络构成的信息时代,以迅雷不及掩耳之势迅速变成现实,并深刻而全面地改变着普通人的生活。人类有一个特点,就是对变成现实的奇迹很快麻木。比如现在的智能手机,集移动通讯电台、电脑、互联网络、数码照相机、数码摄像机、数码收音机、GPS定位装置、影音播放器于一体,方寸之物可以随时与地球的任何地方进行通讯和网络连接,它所集成的设备以前要用一辆小卡车才能装下。笔者曾经统计过科幻小说中曾出现过的移动通讯设备,大多数在功能上不如现实中的手机,也就是说,科幻的神奇梦想现在装在每一个人的口袋里,但与此同时被每个人熟视无睹,当做一件最平常的东西。

科技神奇感的消失,是科幻文学所面临的最致命的打击,也是科幻衰落的最根本的原因。

但科技的神奇感真的消失了吗?科技中的科幻资源是否像地球上的石油一样,快要开采完了呢?至少对奇点时代的预测告诉我们:没有!如果奇点学说是正确的,即便未来科技的发展只达到其预测的十分之一,我们也可以肯定科学技术仍然处于指数曲线开始时的平缓阶段,其陡然上升的阶段还未到来,也就是说真正的科技的奇迹还没有开始,我们已经经历的一切,只不过是神奇时代的前奏而已。同时,高度发展的基础科学,如物理学、宇宙学和分子生物学等,也为我们展现了一个更加神奇的大自然,与科幻文学黄金时代所面对的图景相比,从视觉直到哲学层面,这个新揭示的宇宙充满了更多的神奇,更加广阔,更加诡异,更加变幻莫测,这里面蕴含着丰富的科幻资源。只是，与上世纪上半叶的科幻黄金时代相比，现在的基础科学已经大为进化，其理论的复杂和数学表述的艰深都不可同日而语，使非专业人员难以接近。正是由于这个原因，现代科幻文学对现代科学最新进展的表现很有限，大量的故事的科幻核心仍基于古典科学，即使有前沿科学的内容也流于表面。如何充分开掘现代科学前沿所提供的丰富的科幻资源，是科幻作者所面临的巨大挑战，也是科幻文学的希望所在。

纵观历史，中国科幻文学有着四起三落的波折经历，不同的阶段相互孤立，其间少有积累和继承。由于历史原因，各个阶段的科幻文学都有着自己侧重的方向。清末民初的科幻以救国图强为主题，而当时鲁迅先生提出的普及科学的目标到了上世纪50年代才得以实践，80年代则对科幻小说文学化进行了初步的尝试。新世纪的中国科幻进入多元化时期，对科幻文学的发展也有各种各样的建议和尝试，包括对科幻小说文学品质的提升、包括更多地反映现实和写出更好的故事等等，这些无疑都很重要。但现在，我们必须正视科幻文学的本质和核心，科技的神奇感是科幻的生命力之所在，我们必须创造出更多的、更大的神奇。

创造神奇不意味着浅薄和浮躁，也不仅仅是科技和宇宙奇迹的展示，科幻中所表现的科技的神奇拥有着丰富的内涵，科技的发展对人类社会整体和对人类个休的改变都具有震撼且深刻的神奇感，同时，也是主流文学所不具有的揭示社会和人性的视角。

做为一种创新的文学，科幻用不断涌现的新创造和新震撼来战胜遗忘，就像一场永恒的焰火，前面的刚成为灰烬，新的又飞升起来爆发出夺目的光焰。而要做到这点，就应永远保持年轻的心态，使自己的想象力与时代同步。正如有人说的那样，科幻使人年轻。

“奇点”丛书正是这样一套充满青春活力的丛书，书中收录了十位国内年轻科幻作家不同风格的优秀作品，这些作品，从不同角度描述变化中的世界，引人入胜，把科幻的神奇展现得淋漓尽致，像一群璀璨的星星照亮了奇点的前夜。

2012.7.29

目录 | CONTENTS |

2438的
母系氏族

2438 DE MU XI SHI ZU

奇点科幻丛书 | **第一纪**

1

乌拉拉总是被折腾得双腿僵硬
那个中年妇女盯着他的目光总是让他不寒而栗

乌拉拉这一年十六岁了。在卡尔罗,这意味着他已经成年了,不再是个孩子。

所以从两个月前,他就开始学习一系列的培训课程——怎么打扫房间死角的清洁课啦,用地球土产正宗南美牛排做沙朗牛排要按摩多久啦,风狨大衣要怎么清洗啦,如此之类。这些课程涵盖了半年后所有可能发生的情况,无论将来乌拉拉会面对一个御姐还是小萝莉,这些课程都能保证他服务周到,应付自如。

这一点很重要,如果你被主人抛弃,那社会局就必须重新给你再找一个新主人,且不说到底有多少女人愿意接受二手男人,就光是男人们聚在一起叽叽喳喳的碎嘴就能把你烦死。要是运气不好,再遇到神圣贞洁同盟的过激分子,直接把你当成下流无耻的典型,亲切地教导你:好男不事二女,然后就砰的一枪把你净化了。

乌拉拉的生活就像卡尔罗的所有其他男人一样。孵化,长大,优化处理,上小学,上中学,然后长到十六进行家庭教育,在十七岁之前等一个女人来认领他,把他养在家里,每天每天地等待自己的主人归来。

乌拉拉长得矮小英俊,在身高普遍超过两米的木星上,他只有一米八,看起来结实而健康,所以对于未来他并不担心。人类身体是一个精妙的机器,某些特征是很难准确量化的,无论基因优化进程怎么进行,有些东西是难以定制出来的。虽然学校里都是貌比潘安的美男,但乌拉拉也有自傲的资本。

不过在夏天的男子教室里,十六岁的男子们在礼仪训导的皮鞭下挥汗如雨,常常在硬地板上一跪就是两三个小时,乌拉拉总是被折腾得双腿僵硬。那个中年妇女盯着他的目光总是让他不寒而栗——就像猫盯着毛球玩具一样。

乌拉拉在地板上跪得头昏眼花,饥肠辘辘,都能听见咕咕的叫声。他身体稍微松懈了一下,就听见皮鞭呼啦地破空打开,卷在乌拉拉背上,火辣辣地痛。

"给我听着!"这个变态老女人训道,"服从是你们的天职,在得到许可之前……"

一阵乱七八糟的聒噪劈头盖脸地打过来,乌拉拉只觉得听得自己浑身贫血,眼见身体一歪,就要倒下去了。这个时候,外面传来一阵咔嗒,咔嗒,咔嗒的声音。

这个声音不大,但却好像从天际上传来一样。整个卡尔罗的天顶都在回颤着这个声响,乌拉拉被这样的响声一惊,和身边跪着的另一个男子彼此对望了一下,满眼都是疑惑不解。这举动又引来了训导师狠狠一鞭:“收体,谁让你们动的!”

响声从远处靠近了过来,越来越大。声音接近到就连训导师都不能无视它存在的时候,这个中年女人朝房间前门走去,一边走还不忘一边回过头来训道:“都给我安静,谁也不许动!”

她伸手拉门,在还没有摸到门把手的时候,一声巨响“砰”,铝合金的门扭曲变形,被巨大的冲击卷了起来,啪的一声打在她身上,门带着她肥硕的身体像蝴蝶一样飘飞了出去。

她的学生们被破门冲击的巨响吓呆了,一时间一群男人们只能傻愣愣地看着自己的老师从窗口飞出去,在卡尔罗微弱的重力下,被门挂着飘飘悠悠地朝远处落下去,落下去……

就在大家近乎痴呆地看着胖蝴蝶无风飞舞的奇景的时候,一个浑身亮白的影子从门口冲了进来,速度极快,以致进门之后他不得不高速刹车,在空气中激起一阵激波,砰然炸响。

2

不到两秒的时间
两个人就消失在卡尔罗塔状密布的建筑群里

闯入者身材不高,大约不过一米九出头,一身银白色的风动力服。乌拉拉转头来看着对方的时候,他刚刚在地面站稳。虽然一屋子里,除了乌拉拉以外,每个男人身高都超过两米,但这一群人跪着,在闯入的男人面前就显得矮小太多。男人的目光冷冷地扫视过这群十六岁的孩子,那目光深不可测,冰冷,鄙夷,还带着怜悯和一点温存。

屋外气流声急促起来,闯入的男人脸上露出一点惊慌的神色。乌拉拉和屋里所有人一样,不知道眼前发生了什么,该如何去应付。闯入的男人目光划过满场一圈之后,停留在了乌拉拉身上,闯入者没有说话,闪身冲过来,一把扼住乌拉拉的脖子,从后面抵住他的身体,把乌拉拉像拎小鸡一样拎了起来。

“别乱动。”他的声音比想象中要尖细些,也和他人看起来一样的冰冷。门口的啸声再度袭来,两对巨大的翅膀险险地擦过门框,降落在房间里。

两个女人,两个成年、娇小、轻盈的女人。她们降落下来,翅膀从背后回缩回去。她们盯着那个闯入的男人,面无表情。

“你跑不掉的，罗何。”

男人紧紧擒住乌拉拉，把他挡在自己胸前，回答道：“我们队伍里有人背叛了，我知道。”

“果然是聪明人，想知道那个叛徒是谁吗？”

“当然想，不过在知道那人是谁之前……”他右手大拇指的骨骼弧线拉长，从肌肉中探出一条骨制长刃紧紧贴在乌拉拉的脖子上，一道血丝从乌拉拉脖子上渗了出来。

在所有人的注意力都集中在这条刃口上的时候，也不见他左手什么动作，只觉得光影一模糊，教室左边的窗户玻璃猛然碎成齑粉，哗啦啦落下的玻璃渣滓砸在什么东西上，一片短路的刺响声。在原本空无一物的窗外空中，一个女人影子带着血渐显出来，从空中坠落下去。

“……我还想有命听到这个秘密。”男人杀机乍现之后，又显得很平静。两个追捕者脸色一下变得惨白了。

“现在，我手上是一个男人。你们可以做一个选择：要么让我挟制一个二等公民离开，让我继续破坏你们这发条一般的邪恶制度，要么你就在我、在这一屋子二等公民面前撕开所有伪装，让男人们明白他们实际上连当炮灰的资格都没有，杀了我，然后再杀光这一屋子人灭口。代表社会正义的宪兵们，你们选哪个？”

这句话多少让屋里这群十六岁的正太们感到一些惊慌。几十双扑闪扑闪的无辜大眼睛朝两个宪兵望去，两个宪兵只觉得身上压力一沉。这时候，这个名叫罗何的闯入者猛的一脚蹬地，腾空而起，身上风动服马力全开，多重风暴瞬间激发空气激波，让他带着怀里的乌拉拉如出膛子弹般，从碎裂的窗户中弹射出去。

不到两秒的时间，两个人就消失在卡尔罗塔状密布的建筑群里。

3

在丛林的辽阔的暖洋洋的空中
长着翅膀的精灵蜂群似的在塔林中翱翔

乌拉拉是第一次看到卡尔罗的天空，真实天空。从小到大，他都生活在大宅里——刚出生的时候是淡蓝色幽深的孵化室，长大一点儿之后是规则教养室，再大一点儿是文化熏陶室，直到十六岁的时候进入训导中心，被培养成一个有仪态有教养的男人。男人们没有机会，也没有必要去抬起头，走出门去看看天空是什么样子。

有时候教室的窗户会暂时关闭，露出被遮挡了大半光线的天空来——那时候天空看起来是雾气沉沉的，并不让人喜欢。

乌拉拉并不是一个反应很敏捷的人，从被劫持，到被抓着从天空中飞过，雨燕般地从塔林中穿行滑翔，他整个人都陷入一种不真实的感觉中，觉得一切都像一个不合逻辑的梦。

名叫罗何的男人急速飞行了一段之后，失速跌落在一座高塔的顶上。这时候，乌拉拉尚没有从迷茫的状态苏醒过来，他看见，罗何落地，四肢松懈地瘫倒在地上，右手还保持着骨质弯刃的形态，也在这时候，乌拉拉才注意到这个男人的左臂已经齐腕断开，手已经不见了。

如果他反应够敏捷，乌拉拉应该知道罗何在刚才的战斗中耗尽了所有力量，好容易支撑着飞行了一段之后，终于倒了下来，在一段时间内，他不可能恢复过来——这段时间足够让他逃离这个恐怖分子的身边。

但对于一个十六岁的少年来说，乌拉拉在这几分钟的时间内经历了太多的第一次，第一次离开房间，第一次被劫持，第一次看到血淋淋的战斗，第一次远离女性训导员的监控，第一次看到卡尔罗的全貌。这么多的第一次胶结在一起，像一团糨糊一样从他的脑子里倾泻出来，堵住了所有的神经路径。

一米八零的十六岁正太，这时候所能做的所有事情，就是抬着头，看天。

他在卡尔罗出生，在卡尔罗生活了十六年，却第一次看见卡尔罗的天空。

卡尔罗是飞行的城市。在木星的大气中，有两百多个大小不一的城市张开翅膀，在这没有固体地面的星球厚重空气中翱翔，他们保持在木星的气体层底，液体层表，像一只只跳跃的飞鱼，永不停歇地飞行着。

在课本上知道这一切，和站在塔顶抬头看见卡尔罗的天空是完全不同的。

木星的大气是厚重的棕褐色，这满是氢和氦的空气在与卡尔罗外壁的摩擦下被电离，闪现出梦境般的五光十色来。这些绚烂的光华在卡尔罗透明的上壁外一闪而过，拉出长长的曳影，如夜空中闪现的精灵。

乌拉拉痴痴地看着天顶，巨大的透明天顶外，遥远的太阳只是一个暗淡的光点，群星只能给云层染上一层冷色，照亮这个城市的光来自城市地面的氦灯。乌拉拉的视线慢慢地从天顶朝下收回来，在卡尔罗万年不变的无雨无霜无雪、永远宜人的温暖银色天空下，高耸的塔状建筑像一支支刺入天顶的锐剑，把巨大的城市织成一篇钢筋的丛林，在丛林的辽阔的暖洋洋的空中，长着翅膀的精灵蜂群似的在塔林中翱翔。

女人，成千上万的女人，长着翅膀，占据了卡尔罗的天空。这蜂群般遮天蔽日的景象才让乌拉拉惊醒过来——卡尔罗的天空是属于女人。只有女人才能长出翅膀，在天空中飞翔，而男人……

男人，是被挂在城市塔尖上的战利品。

乌拉拉首次真正看到了自己生活世界的全貌，他那还有些迟缓的小小大脑一时间难以整理这么庞大的信息。这个正太就这样呆坐在罗何身边，一直等到罗何醒转过来。

4

卡尔罗不断地从木星大气里吸入大量的氢气
在体内的巨型反应堆剧变

罗何觉得身体像被撕裂一般的疼痛。他挣扎着醒转过来，只觉得自己好像在一个漫长无尽的梦当中，一切都在永不停息地沉沦下去。在男子教室里，为了对付偷袭者，他不得不把自己的左手化作霰弹打出去，而短时间内数次强制身体催化异变对自己的肉体造成的伤害正在慢慢浮现，大脑的供血已经不足。

他有些迷离地朝四周看去，看到那个男孩子的时候有一瞬间想不起来他是怎么出现在自己身边的。

“你还在这里啊。”罗何坐起来，“你为什么不逃走？”

十六岁的乌拉拉睁着大大的眼睛，盯着罗何，一句话也说不出来。罗何也看不出这孩子是被吓坏了，还是因为他太傻。

罗何看着这么一张天真无知的脸，心情一下就觉得不耐烦起来。他站起来，起身的时候因为少一只手，还有些不协调。

罗何虽然不高，但站起来也比矮矮的乌拉拉要高出一个头来，他居高临下地问道：“你叫什么名字？”

早就习惯了被人俯视，乌拉拉倒也没觉得有什么压力，他抬起头来，对着自己的绑架者说：“我叫乌拉拉。我的社会保险编号是……”

“社会保险编号？”罗何打断了他，“忘了那号码吧，那数字从今天开始没有用了。从现在开始，你就跟着我！”

乌拉拉完全听不懂这句话在说些什么，但是至少他知道这不是一件好事情：一个突然闯入教室，把教导员吹飞，劫持人质，和宪兵对抗，杀死警察，打碎玻璃的男人绝对不会来自像正太共济会之类光明正义温暖的组织。乌拉拉小心地抬头和罗何对视了一下,说:“不,我不要。”

“蠢货。”罗何低声骂了一句,然后高声笑道,“这时候,恐怕是由不得你要还是不要了。乖乖合作一点儿,可以少吃点儿苦。我这是为你好。”

乌拉拉从小长到大,所受到的所有教育都教他一件事情:服从。

“被子叠好,床单下摆和床上沿平行。”六七岁的孩子对这样简单的要求还有些难以及时完成,所以一开始每两天就有一天会被六十伏的电击器弄得尖叫。

“一个星期之内,这首钢琴曲一定要达到B级水准。”十岁出头的时候,老师的耳光虽然比电击器要温和些,但是眼睛里的蔑视却让人难以承受。

长到十六岁的时候，男子教室里面的训导师的鞭子就是让他们继续服从的最好武器,而训导师每打下一鞭子都会说这么一句话。

“我这是为了你好,现在听话一点儿,将来可以少吃点儿苦。”

近乎反射性的,乌拉拉背上一颤。

“不要打我。”他几乎是叫着说。

罗何稍微愣了一下,然后满脸的笑意。

“打你?为什么要打你?”他说,“我叫罗何。现在,我们两个下去。记住,不要试图逃跑。”

乌拉拉只听见哗嗒嗒、哗嗒嗒的响声。

他被罗何夹带着,从楼顶上像一颗小陨石一样直接掉了下去,直到贴近地面的时候,罗何才打开了风动服,把跌落的势头缓了下来。虽然卡尔罗的重力不大,但是毫无防护地朝深渊落下去的感觉还是吓得乌拉拉魂飞魄散。

被这样的遭遇狠狠地吓了之后，他就只能模模糊糊地感觉到一点儿周围的光影变化。乌拉拉只觉得走了很长时间,走了很长一段路,绕过一堆乱七八糟的建筑,穿行过数不清的门,然后他听到一声沉重的关门之声,砰。

乌拉拉这时候才能把眼睛看到的景象在头脑里组织起来。他看见一堆乱七八糟的钢管在周围卷曲着,红色,绿色,紫色,橙色,各式粗细大小的管道像人小腹的肠道一样纠缠交结,向周围无边无际地延伸着。

这是卡尔罗城的地表之下,支撑着卡尔罗整个城市运行的动力系统所在地。一个普通的男人,乌拉拉是不曾了解到城市的这一片领域,在他的视野里,原来只应该看到房子里一点点空间,他会学习到房间外城市的样貌,但这只包括地平线以上的景象,而这个城市运行的秘密原本不是他有可能涉足的。

这个飞行城市需要巨大的能源来驱动飞行，来供应电力，来为生物工厂提供能量源——近日行星上，太阳的角色需要由城市自己来创造。卡尔罗不断地从木星大气里吸入大量的氢气，在体内的巨型反应堆剧变。被禁锢在体内的小型太阳养活了整个城市的所有人，但是并没有多少人了解这一过程，甚至完全不知道这东西的存在。

5

从今天开始，你就和我们一起
为了推翻女性统治的暴政而一起战斗

顺着管道，传来哗啦啦、哗啦啦的响声。乌拉拉涣散的目光这样被唤醒了。虽然不明白这些个管道是做什么用的，但是和地面上不同的压力却沉沉地压了下来。

罗何是半抱着他走进房间的。走进房间，刚关上门，罗何就再也支撑不住，身体软了下去。

屋里有一个男人，一见罗何瘫软在地上，马上抢上前来，一把扶住了他。这人身高也刚刚只有两米，长得浓眉大眼，嘴格外地大。他看了看罗何的脸，然后马上抬起他双手，发现少了只右手，骂道："这小子，又他妈的瞎搞些啥。"然后转过头去朝后面大声叫道，"劳尔，准备再生舱！"

从房子的里间传来一声略显稚嫩的声音："OK，咋了？罗何回来了？"

"调整营养液浓度，准备电解质补充液。"这个男人一边说着，一边扛着罗何朝后面走去。乌拉拉也就跟着绕向里间，一个脸上满是刺青的男人正在手忙脚乱地接着玻璃舱的插头，那东西立着，足足有三米高，里面还算整齐，外面全是线头。

他们两个合力把罗何放进去，拉出一对线缆贴在罗何身上，盖上舱盖，淡蓝色的液体迅速地淹没了罗何的身体。这时候，那个叫劳尔，满脸刺青的男人才回过头来问自己的同伴。

"老李，这人是谁？"

老李愣了一下，转过头来看着跟在自己身后的乌拉拉，似乎一开始完全没有注意到乌拉拉存在一样，他还被吓了一跳。

"罗何带过来的，"他说了个不是解释的解释，然后转过头去问乌拉拉，"你是谁？"

乌拉拉显然是被吓坏了，嘟嘟囔囔了半天，才说清楚自己是怎么被劫持，怎么被带着到了这里。老李和劳尔听完他的话,背着手绕着乌拉拉转了两圈,从上到下把乌拉拉打量个遍。

这两个人对望一眼,老李说:“不像能打的样子啊?”

劳尔拉了把椅子让乌拉拉坐下。

“孩子,”他说,“祝贺你加入自由联盟,从今天开始,你就是我们自由联盟的一名战士了。”

乌拉拉一双大眼睛忽闪忽闪地盯着劳尔。

自由联盟?他从来没有听过这样的组织。

“从今天开始,你就和我们一起,为了推翻女性统治的暴政而一起战斗。”

“女性统治的暴政?”乌拉拉疑惑地问。

劳尔注视着他的眼睛。

“你才十六岁。你懂的事情还太少。但你不觉得,自己的生活很痛苦吗?”

被这满脸刺青的男人盯着,乌拉拉只觉得浑身不自在。他努力地回想了一下自己的生活,上课,学习,游戏,吃饭,睡觉。他自己想了很久,虽然并不是多让人开心得不得了的生活,可也不觉得痛苦。

他摇头。

劳尔没有想到会得到这样的回答。

“不痛苦?每天作为一个奴隶,被囚禁在房间里,除非申请不得外出,除非得到允许,不能和外人接触,在女人的使唤下干活,她要什么你就要干什么,就算你白天累得腰酸背痛连床都爬不起来,她想要五次的时候你就必须靠着药力满足她,”劳尔脸上的刺青抽搐了起来,“到了早晨,你还必须撑着快要断掉的腰给她准备早饭……”

“他还没有女主人,你这个白痴。”老李打断了劳尔的话。他一只手撑在乌拉拉的头顶,整个人朝他靠了过去,几乎贴到了这孩子头上。

“听着,小子。有两种生活,第一,你长大以后,每天被锁在家里,累死累活,听人使唤。第二,你长大以后,可以在卡尔罗的天空长着翅膀任意飞翔,每天晚上回到家,有一个女人为你准备好了一切,她听你使唤。你要哪种?”

乌拉拉迅速地在脑海里描绘了一下这两幅场景。他想象自己像女人一样在天空中翱翔,一下就作出了决定。

“第二种。”

“很好。”老李说,“那就跟我们一起,我们会把你培养成一个合格的战士,一起来推翻女性的暴政。”

说完这话，老李朝乌拉拉伸出了右手。乌拉拉还有些疑惑地探出手，被老李抓住，用力地握了握。老李的手干燥而温暖，一种令人安心的力量就这样传来。

就在乌拉拉莫名其妙地加入自由联盟，连自己在干什么，自由联盟是什么都不明白，完全没有意识到自己的人生会发生什么样的变化之时，在老李的手和他松开之前，墙壁上的管道就传来咔嗒嗒的异响之声。

乌拉拉疑惑地抬起头看了一眼管道，老李安慰他说：“没事儿，聚变反应炉的自动维护机……”这时候，劳尔的脸色变了。

“这声音不对！”

6

两个宪兵像见了鬼一样盯着凌空飞去的罗何
一时间竟不知如何是好

话音刚落，身后的大门就像蜂窝一样被刺穿。这门是一厘米多的钢筋板材，但在对方的武器面前，就像纸板一样毫无阻挡之力，八只尖锐的刃口在一瞬间穿出，屋里三人的位置离门不远，眨眼的工夫，刀刃就朝乌拉拉的背后追了过来。

劳尔大叫一声：“小心！”左手一把将乌拉拉拉向身后，右臂突然间骨骼突起，山脊一样破开肌肉，拉成一条锐利的臂刃，反手一敲，打在那刺过来的刃口上。那刀刃拉伸过度，强度有限，应声就被截断了。

断刃回缩过去，在钢门上凝聚成八道短小的三角刀，摧枯拉朽般地将已经破裂的门朝下切成钢条，然后被一脚踢落。门后站在一个身材娇小的女子，她的身材裹在长袍之下，但还是无法掩饰玲珑的曲线，而刀刃就从她的指尖上蔓生出来。她望着三个人露出灿烂的微笑，不紧不慢地走了进来。在她的右臂上有一个闪光的龙形纹饰，证明了她的身份。

她并非一人，另一个女子紧跟在她身后，两人的长袍一金一红，但个子都很矮小。这位后走进的姑娘没有露出兵器，但是只要她们愿意，经过基因工程精细改造过的身体，可以在一瞬间将躯体的任何一个位置变成武器来使用。

劳尔和老李如临大敌，劳尔的双臂上各自伸出一只半月形的刀刃，探出十厘米长，双臂覆盖上角质层，颜色也变成铁青。老李退后一步，也不见身体有什么明显的异变，但却把乌拉拉护在身后，紧张地盯着那两个矮小得只到自己胸口的女人。

第一个走进来的宪兵开口了,声音娇媚,像银铃一般动听:"要找到你们这里,可还真是不容易啊。谁能想到,在这地下乱得麻一样的管道里,还能挤出这么一个空间来。要不是有人带,估计,这地方我们永远也找不出来。进来呀,在外面站着干什么。"

一个硕大的身体扶着被切开的门,从那个不大的洞口里钻了进来。那个浓眉大眼,如大理石雕刻出来的身体刚迈入门口,老李就惊呼出来。

"肖恩·萨克!"

劳尔紧紧把乌拉拉挡在身后,半天才从牙缝里挤出两个字。

"叛徒!"

"叛徒?"那个人高马大、弯着腰才能挤在房间里的男人费力地昂起了头。地下的灯光并不是太亮,但乌拉拉还是看清楚了他的脸。这个叫肖恩·萨克的男人线条硬朗,如古希腊的雕塑一般,英俊得让人窒息。

"叛徒?我是叛徒?我问你,劳尔,你还记得我是怎么到你们这边来的吗?我在主人那里生活得好好的,是谁半夜闯入我家,杀了我的主人,把我劫持来的?"

"可那是你自己愿意加入我们这里的。"

"我自己愿意?知道秘密基地的人,只有两种,自己人,或者死人。这句话不是我说出来的吧?我在上面生活得很好,一个好主人,一个大房子,我想要什么就可以有什么。自由?平等?好了不起的词儿。你们有没有问过,我想不想要你们的自由?想不想要你们的平等?你们有没有问过,卡尔罗的男人们想不想要你们的自由,想不想要你们的平等?我只是要好好活着,我不想要过得颠沛流离,不知道下个钟头是死是活。你们的情,我从来没有领过,你们自由联盟的叛徒,对不起,我还当不起。"

"死奴才的贱骨头!"老李骂了一句。

乌拉拉这时候插了一句,"那你自己回去不就好了,为什么要带人来呢?"

这样天真的言语让肖恩·萨克一激灵,他拧过头盯着年少的乌拉拉,眉头皱了起来。

"这么小的孩子,又是被顺道拐来的吧?到了这里,你真以为是想回到原来的生活就能回去吗?你以为跟这些人往来过,女人会不计前嫌地让你归来?你多大了?孩子,你离长大懂事还远着,进了自由联盟,不是那么好出去的。"

劳尔轻轻地拉了乌拉拉一把,悄声地说:"找个机会到后面把罗何叫醒。"

乌拉拉想起那个玻璃舱,对那东西的操作,他没有一点儿概念。他问:"怎么叫醒?我没有学过怎么操作那机器。"

劳尔还没有来得及回答，就看见宪兵姑娘把肖恩·萨克朝身后一拉，然后后脚蹬地，一跃而起。他们之间的距离本就不远，她出手的速度更是快得有些离奇。星火闪电之间，劳尔倾身向前，双臂交叉，臂刃交叠成剪刀状，之间刃口顺着宪兵手指尖刀上一拢，然后被挤入剪刀口。劳尔手臂一挥，顺利地把宪兵娇小的身体抛了回去。

宪兵甫一落地，抬头便又是一笑。另一个宪兵身体一弯，两个人同时再度轻身跃起，手指手上蔓生出的刀刃融成一片，变成两把狭长的手刃。两人四刃同时出手，一上一下，像吞噬一切的旋风一样朝他们拥过来。

劳尔伸手格挡，刚刚切上点儿边，就见角质层被卷成碎粉。劳尔赶忙退后，老李赶紧上前一步，一脚狠狠地踹过去，乌拉拉只能看见一道银光划过，融入那刀刃旋风中。四个经过基因改造的人顷刻间打得乱成一团，经过调制改造的神经驱动异化的肌肉骨骼，完全变成了四只杀戮机器，乌拉拉和肖恩·萨克两人站在局外，完全没有插手的余地，甚至连靠近都不敢。

不过两个呼吸之间，劳尔就浑身是血的被抛了出来，狠狠撞在乌拉拉身上。乌拉拉抱着劳尔滚落在地。劳尔的身体高度扭曲，手臂肌肉因为用力过猛，已经从皮肤里爆裂出来，露出丝线般的成束肌纤维。劳尔吐出两口血，一把推开乌拉拉，对他嘶吼道："去后面！让罗何快跑，把肖恩·萨克叛变的消息告诉给总部！"

乌拉拉被一把推去，跌跌撞撞慌乱地绕过门，朝再生玻璃舱跑去。

他只觉得腿脚发软，脚下像踩了棉花一样，三步并作两步摔在玻璃舱前。

隔着舱壁，乌拉拉看见罗何的手已经重新长全，原本蜡黄的脸色也重新红润起来，四肢肌肉也紧绷有力了。但是这再生舱上没有一个按钮，更没有任何说明，舱后拴着乱七八糟的电缆，乌拉拉更不知道哪个是什么用途。后面的打斗声渐息，再怎么乐观无视，乌拉拉也能猜到老李和劳尔不是两个宪兵的对手，接下来他们就要冲入里间。

再来不及细想，他伸手抓起一把电缆，啪地拔断。

再生舱没有反应，乌拉拉急忙再抓起一把电缆，拉断。

罗何在舱内开始挣扎，但舱门没有打开，营养液也没有下降。

原本就够慌乱的，这下乌拉拉更是六神无主。

这时候，一个东西麻袋一样砰地从门口甩进来，正打在舱门上，缓缓地拖下一片血迹。

老李被打得如一块破布。他费力睁着满是血污的眼睛，看见舱门，然后用尽最后的力气朝再生舱门砸去。玻璃应声碎裂。

哗啦啦的营养液破舱冲出，罗何的身体顺着水流滑出了舱外。

罗何醒来，睁眼四望。见到老李的尸体，他立刻就明白了过来。

“走！”罗何转身拉住乌拉拉的手臂，轻易地把他驮起来，扛在了肩上。然后他抓上周围的管道，迅速朝上爬去。

“是肖恩·萨克。”乌拉拉对浑身湿漉漉的罗何说，“是肖恩·萨克叛变……”

“别说话！”罗何说，他身上的风行服在管道缝隙里很快就被拉得破破烂烂。他的速度虽快，但是后面高速的弹击声传来，宪兵以可怕的高速接近他们。

这里的位置离地表并不远，罗何很快就爬到了顶板的位置。他右手指尖探出四只刀刃，轻松地把顶板拉开一个圆形的洞。

“上去！”罗何一手把乌拉拉推了上去。乌拉拉刚刚站稳，罗何还没有爬上来，就见左边地板被掀开，两个娇小的女子挤了出来，从两边朝乌拉拉温柔地笑着。

乌拉拉只觉得浑身恶寒。

罗何这时候才爬了出来，看到身边的两个女人，他似乎没有太大的反应。

“罗何。”一个宪兵说，“现在你已经走投无路了。投降吧。”

罗何对两个人置之不理，紧紧地抓住乌拉拉的手臂。虽然还是两个宪兵，罗何，还有乌拉拉，但时隔不久，情况却和之前大不相同。那时候乌拉拉是无辜等待救助的人质，而现在，乌拉拉已经是一个反叛者，一个和罗何站在一起的自由联盟战士。虽然对于这事儿他还没有太大认识，但心情已经完全不同。乌拉拉也开始学着冷静地分析这场对抗的结果。

一个男人对抗两个女人(乌拉拉毫无战斗力)，既没有胜算，也没有逃离的可能。

“你的风动服已经坏了，现在你跑不掉的。”

罗何点了点头。

“那就拼个鱼死网破吧。”他说完，摆出一副战斗的样式，但是却没有化出兵刃来。

两个宪兵又露出那招牌式的温柔笑容，双手拉长，长成刀刃。正是这四具兵器把老李和劳尔打成破布。

罗何微微一笑，乌拉拉只觉得紧紧搂着自己的手臂肌肉开始萎缩，转过头去，竟看到罗何背上肌肉骨骼爆炸般抽搐起来，在数秒中内，竟凝聚成一双翅膀。

双翼猛击，在重力不大的木星城市里，罗何紧抱乌拉拉，原地突然腾空而起。

两个宪兵像见了鬼一样盯着凌空飞去的罗何，一时间竟不知如何是好。

乌拉拉的身体和头脑都腾云驾雾起来。

会飞的男人？乌拉拉的头脑晕眩难忍，罗何身上的风动服早已被磨得破破烂烂，在急风中被吹飞，朝周围飘洒开去。

乌拉拉无意间低下头，看见了罗何裸露的下身。他愣了数秒，然后干脆直接在空中晕了过去。

7

天顶的幕墙离他们只有两三米的距离
几乎是伸手就能够到木星的大气

人类细胞核染色体共有二十三对。其中二十二对被称为常染色体。在这二十二对染色体中，所有人类都大同小异，但剩下的一对染色体，却在人群中有完全不同的两种类型。

这一对染色体被称为性染色体，就是这小小一对染色体决定了人类的性别，也决定了卡尔罗人出生之后的命运。

从遗传物质上，已经决定了男性是天然的劣等种群。女性的性染色体是对称的，两条染色体等长，而男性的这对染色体却有一条格外短小，像是被上帝切下去一块一样。这缺失的片段意味着男性天生遗传信息较少。所以比起女人来，男人天生便要劣等，他们无法拥有女性所拥有的一些力量，比如翅膀。

翅膀的基因位置正是男性 Y 染色体上缺失的那一段，所以一个男人无论后天怎么样进行基因调制，他都不可能拥有翅膀。所以在卡尔罗，天空是女人的专属领地。

罗何在飞，所依靠的不是风动服上的引擎，而是他身上那对巨大的翅膀。

原来紧紧的、像绷带一样裹在罗何身上的风动服飘絮似的落下。

乌拉拉就这样被近乎赤裸的罗何贴身紧抱着，在卡尔罗的气旋通路中飞翔着。迎面而来的冷风很快就让乌拉拉从昏迷中清醒了过来。

就算不用眼睛看，这样肌肤相亲的触感也足以让他明白了。

罗何，是一个纯正的女人。

她躲过人群，轻易地把追捕的宪兵甩在了后面——两个人被眼前突然的变化惊呆了，然后再度调制身体，长出翅膀又花了一分钟以上，这个时候，罗何已经带着乌拉拉消失在高空的塔林背后。

卡尔罗的无数高塔中,有一个是直接连接天顶的幕墙的。罗何在这个直通云霄的高塔上找了个平台降了下来,天顶的幕墙离他们只有两三米的距离,几乎是伸手就能够到木星的大气。

罗何已经几乎不着寸缕,把乌拉拉放在平台上之后,她小心翼翼地收拢翅膀,就这样一丝不挂地降落在乌拉拉面前。

卡尔罗的男子教育从小就教育乌拉拉这么一个信条:你不可以随便看女人,即使是你的主人,也要在她允许之后才能用限定的目光看她。

但在这一时间,眼前就这样站在一个美丽而毫不羞涩的赤裸女子,乌拉拉完全不知道眼睛该往哪里放,干脆就直勾勾地盯着罗何发呆。他模模糊糊地听见自己身体里什么东西啪地碎裂了。

被这样一个正太直勾勾地盯着,罗何竟不由自主地脸上泛起一阵红晕。然后她上前一步,啪的一个响亮的耳光打在乌拉拉脸上。

“你的外套和裤子,脱下来。”

随着她的性别暴露,罗何的声音也变了调,成了女性那种更加动听的声音。这时候乌拉拉才回过神来,脱下衣裤,缩在一边,等到罗何穿好,才敢转过头来。

“你是……你是……”

“看了这么半天,你还非要用问才能确定吗?”

乌拉拉只觉得从遇到罗何开始,自己的脑筋一直在短路。

“那……那,你为什么会帮男人?”

罗何的心情很低落,她稍微沉默了一会儿,回答道:“我只是在帮卡尔罗,我在帮自己,只不过是这样。”

对这样的解释,乌拉拉并不是十分明白。

“可是……可是自由联盟不是男人争取推翻女性霸权的组织吗?你是女人啊?”

罗何凝视着乌拉拉的眼睛。以她的个头,穿乌拉拉的衣服显得有些紧,好像整个人都被崩起来了一样。

“小子。”她说,整个人神情变得严肃起来,“你相信我吗?”

乌拉拉把发生的一切迅速地在头脑里清理了一遍,关于罗何舍身犯险做的一切,于是他点了点头。

“我相信你是好人。”

“好,我迟早会给你解释的。现在已经没有时间了。肖恩·萨克一定带着宪兵去围剿自由联盟的总部,我们先回总部报警。”

乌拉拉顿时想起还有一个叛徒在组织里。虽然自己刚刚加入不过几分钟，但是却莫名地开始对这个组织有了认同感。他心下一急。

“总部在哪儿？我们赶快出发吧。”

罗何指了指头顶的黑色幕墙。

“就在这后面。”

8

重新回到秘密总部外其实并没有花多少时间
但是接连不断的惨叫让他觉得好像一切都来不及了

在掀开天顶幕墙板之前，罗何将自己的身体再度调制了一番，把胸部和臀部紧收起来，变回了一开始遇见乌拉拉时的那种男人体型，也改回原来说话的声调。

他们两人朝上爬了一段，头已经顶到了卡尔罗的天顶幕墙，四周的建筑如同散落开的小尖针一样。幕墙很厚，罗何费了半天力气才把它打开。

透过挖开的洞，幕墙后面是一片漆黑。从洞里钻过去之后，乌拉拉发现这里除了脚下一点儿微光，几乎是一片绝对的黑暗。城市的灯光在这里被幕墙基本上完全遮蔽了，头顶上那微弱的星光透过玻璃墙照下来，几乎不能照亮任何东西。

这是城市最表面的支撑结构。这层全是钢筋结成的缓冲体，整个城市在飞行中与木星大气产生的冲击全部都在这里被吸收。这个漆黑的空间就是完全由钢筋铆钉打造起来的框架。

在黑暗中，乌拉拉只能被罗何拉着，小心翼翼地在不宽的钢梁上前进，就像在脚手架上挪动的蜘蛛人一样。

因为看不见东西，乌拉拉觉得这次路程格外的漫长。不知道七弯八拐走了多久，一扇大门打开，眼前终于亮了起来。

面前一个像山一样雄伟的男人，一见到罗何，大喜过望地冲上前来。

“罗大哥，你没事儿吧？三号分部被发现了你知道吗？这个小兄弟是……”

“老狼，没时间跟你解释了。我要见长老。马上。”

“可是……长老现在有事儿，说谁也不见。”

“你告诉他，十万火急，这是我们生死存亡的关键了。不赶快我们都得挂掉！”

老狼迟疑了一会儿，绕到后面通报，过了半分钟，他走出来说：

“长老请你进去。”

罗何带着乌拉拉穿过前厅到了后面。后面的房间很大,和整个空间的狭小黑暗有些不太协调。一个看起来只有十岁大的孩子坐在对面的椅子上,见到罗何和乌拉拉进来,用童稚的声音问道:

"罗何,什么事儿?"

虽然卡尔罗的世界里,面貌未必和年龄一定对称,八十岁的未必看起来比二十岁的皮肤差,但是这样一个幼小的领导者还是让乌拉拉大吃一惊,他坐在那个椅子上,就好像放在桌子上的玩具娃娃一样。

罗何恭敬地弯腰鞠躬。

"长老,组织里有叛徒,我们已经被出卖了。三号分部已经被宪兵清洗。我相信叛徒正带人围剿总部,我希望长老立刻下达撤退指令,并且让各个分部所有兄弟暂时隐蔽起来。"

"组织里有叛徒的事情,我已经知道了。"那个小孩儿用沉稳的口气说,"三号分部被清洗的事情,我也知道了。那个叛徒是谁?"

"肖恩·萨克。"罗何回答道,"具体情况,您可以问这孩子。"他把乌拉拉推上前来,"当时我在后面疗伤,肖恩·萨克带宪兵进来的事情,这个孩子都看见了。希望长老早做打算。"

"事情搞清楚之前,不能轻举妄动,整个组织要这么大动作,必须要情报准确无误。"长老说,"孩子,来跟我说说,你都看到了什么。"

被看起来只有十岁大的家伙叫做孩子,乌拉拉只觉得浑身不自在。他看了罗何一眼,就完完整整地把事情讲了一遍。长老听完他的话,点了点头。

"好。"他盯着罗何的眼睛,虽然只是看起来年幼,但眼睛里却透出深沉的压力来。

"如果这是真的,我们确实不能在这里等死。不过在这之前,我还要确认一下。"

他转身对后面说,"肖恩·萨克,你出来吧。"

罗何和乌拉拉听了这话,都大惊失色。

从房间的内庭里,一个高大的美男子绕了出来。不用再看第二眼,乌拉拉就认出来,这正是肖恩·萨克。

"就是他!"乌拉拉大叫道。

肖恩·萨克轻蔑地笑了起来。

"果然不愧是艺高人胆大的罗何,罗大哥,刚刚毁了三号分部,马上就马不停蹄地赶来总部,动作之快,让我佩服啊。幸好我赶在你前面,没有被你灭口。恶人先告状这招倒是不错，只可惜你慢了那么一点儿。”

罗何眉头紧皱。

“你什么意思？”

肖恩轻笑。

“我什么意思，你清楚得很吧？”他说，“说我是叛徒。当然，您不是叛徒了，你从一开始就不是叛徒，你从一开始就是卧底，不是吗？”

“你胡说什么？”罗何怒骂道，“你这个骗子！”

“谁是骗子，我们倒是可以当面对质。敢问罗大哥，当时闯入分部的不过两个宪兵，以你、李大哥、劳尔三人的功夫，怎么会顷刻之间就落败下来呢？”

“当时我在再生舱里疗伤。”

在不知不觉之中，局面就变了过来，成了肖恩·萨克控诉，罗何辩白了。

“既然你在疗伤，没有参加战斗，那我敢问一句，老李和劳尔被杀之后，你又是怎么带着这个孩子丝毫无损地逃离的？”

“你既然可以逃离，那为什么我们不能逃离？”

肖恩·萨克伸手哗啦一声撕开自己胸口的衣服，露出一道道鲜红水泡的伤痕来。

“如果不是我躲在后面散热管道夹缝里，忍着温度高达上百度的管道我还能活到现在，来揭穿你的真面目？你们呢？你们又是怎么一点儿伤口都没有逃脱的呢？你的风动服当时已经损坏，怎么可能在两个女人的包围下逃离呢？”

乌拉拉看着肖恩·萨克，恨得牙痒痒。不过虽然自己并不太聪明，但也知道，绝对不能说出罗何是一个有翅膀的女人的秘密。这样，他竟有理说不出口，不知道该怎么为罗何辩白了。

罗何脸色苍白，一句话也说不出来。

“还是我来说吧，你从一开始加入我们自由联盟，就是一个卧底。”

“信口雌黄！”罗何怒骂道。

“我是不是信口雌黄，用最简单的证据就可以证明了。”肖恩·萨克冷笑着向罗何走过来，抄着手在他们身边绕了一圈，“脱下你的衣服来。”

“你什么意思？”罗何牙关紧咬。

“自从你加入自由联盟之后，你可曾和哪个兄弟一起洗过澡？可有过哪个兄弟见过你脱下衣服的样子？”

乌拉拉知道事情不太妙。他知道自己相信罗何容易，要一个组织的领导相信自己的天生敌人可能会成为自己的战友,简直就是不可能的。

“我想,大家都知道,每个月你都有几天情绪特别不稳定,烦躁不安。当然大家都没有对这些事情有过什么疑问,所以没有人把这些线索联系起来考虑。”

“你怎么可能逃离第三分部毁灭的现场,你为什么从来不在别人面前换衣服,你为什么会有周期性情绪紊乱,一切都可以用一个简单解释来说明。”

肖恩·萨克盯着罗何。

“你是一个女人!一个打入我们组织内部的卧底!”

这话出口,长老显然是被震惊了。但他很快就镇定了下来。

“罗何,”这个童稚的声音冷冷地说,“脱下你的衣服。”

罗何低下头,沉默着。

“脱下你的衣服!”

罗何抬起头来。

“好,长老,我不指望你还能相信我。好,就算我是卧底,现在宪兵很快就会赶到。长老你自己看着办吧。”

说完这话,罗何的右手突然锐化成刃,一个转身,以迅雷不及掩耳之势猛地斩了下去,顷刻之间将站在自己左边的肖恩·萨克的头颅切菜一样斩下。

“大胆!”长老怒喝道。

一声令下,从前前后后的门里拥进来七八个男人。

“事情已经很明白了。”长老说,“动手,杀了这个叛徒!”

罗何听了这句话,昂起头来,狠狠地扫视过这群曾经的战友。

她的翅膀再度张开,俯身下去,哗啦一下用右手刃在地板上划过。

一敲,这个钢制地板啪地落下,一个大洞便在地板上现了出来,露出下面深邃的黑暗空间。

“上来!”罗何恢复自己女性的声音对乌拉拉叫道。乌拉拉已经有数次这样的经验,很自然地让罗何将自己抱在怀里。

两个人从洞里落下,然后罗何张开翅膀,在钢梁错落的空间中滑行下去。

乌拉拉搂着罗何的脖子,在黑暗中呼呼下落。

这个时候,周围竟亮了起来。几柱光束如闪电一样透出,瞬间划破空间的沉寂。

一个,两个,三个……罗何抬起头,二十六道光。

她继续向下滑翔了半秒,然后猛地一拍翅膀,朝上飞了起来。

“你在干什么?”乌拉拉心里一急,大声问道。

“看到那些光了么？”罗何说，“那是宪兵，肖恩·萨克死了，他们开始围剿总部了。”

“这关你什么事儿？”乌拉拉说，“他们已经把你当成叛徒了，你这时候上去不是送死么？”

罗何的声音很沉静。

“不管他们把我当成什么，我必须去救他们。”

乌拉拉急了。

“他们不领你的情啊！他们把你当坏人，你为什么还要帮他们？我们走吧！”

罗何昂着头看着光柱所在的位置，都没有低下头看乌拉拉一眼。

“他们是我的战友，我们在一条战线上战斗。我不可能看到我所努力的事业就这样毁于一旦。就算我死在这里，也要保住他们。”

“别去啊！”乌拉拉叫道，“就算你去了，你现在能救得了他们么？你一个人上去，不过是送死而已！”

罗何在一个角落停了下来，把乌拉拉放下。

“你本来和这些事情毫无关系，从一开始就不该把你牵扯进来。”

她说完这句像是遗言一样的话，就轻身跃起，展翅向上飞了过去。

“回来啊！”乌拉拉在下面无力地叫道，只看见罗何的背影很快就遁入黑暗中了。

这个几乎没有经历过任何世事的正太稍稍犹豫了一下，抬起头，借着宪兵的灯光找到了总部的位置。

他身上只有一套内衣，乌拉拉扎紧了这套内衣，开始顺着钢梁往上爬。

钢梁狭窄，又只有一点微弱的来自上方的反光。好几次，乌拉拉都踩空，差点一脚掉下去，摔得粉身碎骨。

上面传来打斗的声音，惨叫声在冰冷的黑暗中回荡，声音那么凄烈，每一声都吓得乌拉拉浑身哆嗦。

他不知道自己能上去干什么，乌拉拉只有一个念头，总不能看着罗何就这样上去送死。

为了提高前进的速度，他四肢着地地攀爬着。重新回到秘密总部外其实并没有花多少时间，但是接连不断的惨叫让他觉得好像一切都来不及了。

他胆怯地爬进门，地板和墙壁上满是鲜血，断肢和残体散落一地，不少断肢还处于兵器异化的形态，就这样活活被拆成了零件。

乌拉拉忍住恶心继续朝里走，全副武装的宪兵像是毁灭风暴一样，虽然自由联盟总部的人都经过基因调制改造，但偷学来的地下手艺哪里是军方最尖端武器的对手，再加上人数对比上的差距，几乎连有效的抵抗都没有，这些自由战士们就身首异地了。

如果说在乌拉拉被罗何带着逃离总部的时候，他心里还有些愤懑，以至于见到宪兵的围剿时还有些幸灾乐祸的话，现在，屠场的景象已经让他全部忘掉了那些愤怒不满。

虽然他懂得不多，但作为一个男人，他至少知道这些人在为了男人们而战斗。他至少能体会到那种从自己心底慢慢升起的躁动，感觉到对这不断压抑自己本性、让自己变成一个玩具的时代的不满。也许更多的道理他并不明白，但他至少知道，这些人是为了自己想要的更好的生活而战。

血浆已经铺满了地板，甚至每走一步就觉得粘脚。乌拉拉是一个普通男孩子，卡尔罗的任何一个普通男人都不曾经过基因改造，他那普通的脚力在这样的局面里甚至连前进都显得很困难。

后面传来了熟悉的声音。乌拉拉心里更急，努力加快脚步，朝前跑去。

“你还是来晚了，而且现在还是自投罗网。”

乌拉拉小心翼翼地透过隔板朝声音的来源望去，只见罗何和一个宪兵对峙着，那女子手里提着一个圆滚滚的东西。乌拉拉定睛一看，竟是长老的头颅。

那个女子继续说：“这家伙完全不会搏斗呢。自由联盟英明无双的超智慧领袖却没有一点儿自保能力，而且看来也没有传说的那么聪明。我在把他脑袋拔下来之前，他还在咒骂你。”她几乎完美地模拟出了长老童稚的声音，“‘罗何你这个叛徒！’你知道你有多少兄弟在死之前还在诅咒你吗？他们知道你是女人之后，骂得有多难听，你真该亲耳听听。”

罗何没有作声。突然间，她身形暴起，向出膛子弹一样朝那个说话的女人冲了过去。虽然出手突然，动作更是敏捷得难以想象，但对方却早有准备，原本拎在她手上的头颅突然脱手落下，从她小臂往上，整个手在一瞬间就缩小，回卷成筒状。

没有声音，也没有前奏，只有一个影子从宪兵的手臂上窜出，后坐力让整个手臂脱线后扬，然后半空中的罗何就像断了线的风筝一样飞舞了出去。

乌拉拉大惊，几乎忍不住惊叫出来。还好他及时捂住嘴，没有叫出来，送掉自己的性命。

那个女人的右手恢复原状，但已经极度萎缩，像猴爪子一样不成形。但这似乎并没有太大影响,她的左手再度化成经典的手刃状,缓步朝罗何走去。

乌拉拉心里一阵慌张,不过他还没有傻到以为自己能出手一搏的地步。几乎是发疯一样,乌拉拉慌张地在房间的尸体残骸中寻找能用的东西。

骨刃?钢管?玻璃板?最后,他在血泊之中找到了一件古董级的武器:一把枪。

这已经是乌拉拉在仓促之中能找到最好的武器了,他也来不及去管这东西可不可能管用,甚至没时间去想这被血浸透的家伙还能不能开火,他冲了出去。

砰砰,他没有学过瞄准,但这么近的距离,只要抬起枪,就足够打中目标了。

两发子弹击中那个宪兵的肩膀和腹部。被击中的瞬间,这个女人的身体颤抖了两下,但是子弹留下的伤口上,肌肉颤抖着,迅速复原。这个宪兵停下脚步,站了半秒,转过身来。

那个女人用满是血丝的眼睛盯着乌拉拉。

"乌拉拉,被劫持人质。现已确认加入自由联盟,请求作为敌人处理。"她自言自语地说。这条请求立刻通过联脑网络传了上去。然后她举起左手的手刃,朝乌拉拉走过来。

乌拉拉慌张地开枪,很快就把枪里最后两发子弹打完了。但这古董武器对宪兵来说威力不大于挠个痒。她故意慢慢地,像挑逗一样朝乌拉拉走来。

在死亡的恐惧下,乌拉拉看见罗何终于像慢镜头一样艰难地苏醒过来。乌拉拉无法呼吸,连救命都喊不出来,罗何摇摇晃晃地站了起来,血从她身上不断流出,染红了那件太过小的外套。她尝试了两次,才凝聚出武器。

罗何从背后冲了上来,在宪兵转过身之前,斩下了她的斜半个身体。

罗何艰难地支撑着身体,看了乌拉拉一眼,说:"你躲起来。"她的声音已经恢复了女性的特征,但声音里却没有力量。然后像程序错乱的坏机器人一样,一瘸一拐地试图往别的房间去。

乌拉拉一把抓住了她。

"你还要干什么?"

她的声音木然。

"救人。"

乌拉拉一巴掌打了上去。

"够了!"他大叫,"你还要干什么?他们都死了!都死了!你搞清楚!你谁也救不了了,救你自己吧!跟我离开这里吧!

"走啊!"

他大叫着，用尽全力拉着罗何，再一次从之前在地板上切开的洞里跳了下去。

9

这是一个自然的夺权过程
男人成了木星城市的附庸品

坠落。

乌拉拉抱着罗何，石头一样地掉了下去。他们拦腰撞在那横七竖八的钢筋上，然后再弹起，继续往下面坠落着。还好卡尔罗的重力并不大，撞击的速度还不至于致命。

两人成一团，终于落在了底层的隔板上。上面传来宪兵追踪的脚步声，乌拉拉慌忙地摸到脚底幕墙的开口，揭开它，拖着罗何爬了下去。

他们再度回到卡尔罗的空中，在明亮的灯光下，乌拉拉注意到罗何的伤口。她身上像是被鞭子抽打了一整天一样，全是细长的血丝肿胀，从细丝的伤口上，不断地渗出血来。

乌拉拉把罗何放在通天塔的平台上，把她扶起来，也顾不得自己一身摔伤，紧张地问："你没事儿吧？"

罗何反应很迟钝，过了好几秒，她才在脸上挤出一个惨淡的笑容来。

"死光了，都死光了。"她抬着头看着上面，然后对乌拉拉说，"没有再生系统维护，我也活不多久。病毒蛋白已经渗入我的身体，很快我就会死掉。"

乌拉拉听了这话大惊失色，还来不及说什么，罗何软软地笑了笑。

"好像，自从我把你从学校里绑架出来，我们就一直在逃跑。我什么也没有带给你。你杀了我，把我的头带给宪兵，他们会帮你洗脑，让你回到原来的地方去的。"

这话里的绝望快让乌拉拉哭出声来。

"不，"他说，"不。"他拼命摇头。

"那还能怎么办？还有别的办法吗？自由联盟已经完了。你还什么也不会，你一个人，怎么可能逃脱？"

"我们总会找到办法的！"乌拉拉说，也不知道该叫天真还是坚定。

罗何这个样子，已经是置自己生死于度外了。她抬起头来，远远地朝下面看着这个满是尖塔、翱翔着精灵的城市。

"我说过，等有时间，我会告诉你为什么我要来帮自由联盟，推翻女人的统治，对吧？现在已经是我最后的时间了。没有什么事情还要赶着去干了。你听着吧。”

她靠着墙，斜躺着，伸出手，朝脚下最壮丽的那座高塔指去。

“我曾是那里的一员。”

乌拉拉努力地分辨出那塔的样子。那是一只矮矮胖胖的塔，在城市的中心挺立着。在教科书上，他认识这塔，卡尔罗的心脏地带，中央指挥所。

“你知道在木星有多少个城市吗？”

乌拉拉摇了摇头。

“是吧，你们不知道，大多数人都不知道，包括女人。就连卡尔罗指挥所里，也有一半左右的人不知道。”

“在三百年前，木星开发刚刚开始的时候，这个星球上投放了七百多个飞行城市。在不到二十多年的时间里，一半飞行城市崩溃了，在木星大气里爆炸了，像烟火一样。”罗何目光飘忽，透过乌拉拉，“你知道为什么吗？”

“因为男人。在那个时候，男人和女人还是平等的。我们干同样的工作，有同样的地位。和你们的教科书上完全相反，在现代文明的前几百年都是这样，在登陆这个星球之前，都是这样。”

“但是在木星城市里，事情有了很大改变。在城市投放之初，每个城市的环境都极端恶劣。生活质量糟糕，工作压力大，而在这个资源匮乏的人造城市里，容不下一点儿错误。一切必须按照程序，按部就班地进行。在缺乏激情，压力又巨大的逆境下，男人远比女人更难忍受。你们有激情，太过冲动，对于刻板的重压难以忍受，错误，甚至是疯狂很快就在男人身上开始蔓延。超过一半的城市因为男人的错误和疯狂毁于一旦。”

“剩下不到一半的城市里，就成了女性控制的世界。在这些像机械一样准确工作、压抑着自己所有欲望的女人的协力下，城市终于开始慢慢成长起来。这是一个自然的夺权过程，男人成了木星城市的附庸品。”

“最开始，状况还不像现在这么严重。但是在这个时候，两个城市里爆发了男人的夺权暴动，这两个城市也化作灰烬了。与此同时，基因调制优化术发生了技术上的飞跃。于是自然而然的，在剩下的城市里，掌握着技术制高点的女人们将男人蓄养了起来，让他们变成了奴隶。在基因调制术的帮助下，男人无论在智力，还是在体力上不占有优势，经过长期的暗示调教，我们把你们变成了宠物。

“本来我们以为，这样挺好。但是到了后面，渐渐地有些事情不对头。”

“我们以为通过基因调制技术，女人就可以弥补掉所有的原来性别差异带来的缺陷。我们可以拥有更高的智力，更强的体力，更坚定的意志。我们就已经不需要男人了。一直以来，我们都没有发现一个足以毁灭这个世界的问题所在。”

“女性，在天性中没有鲁莽的冒险精神。我们太遵守规则，太遵循已存在的条款。越界，犯规，这种事情我们做得太少。”

“正是这些东西在最初毁灭了大半木星城市，所以我们一直把它们视为罪恶。但是三百年过去了，我们都忘记了，在三百年间，我们几乎完全没有开拓过。我们活在三百年前就制定好的计划中，活得很满足，以为这就够了，甚至没有人想过，我们应该进行什么样的变化。”

“如果所有人都没有意识到这一点，那或许无所谓。但是已经有别的城市，开始了改革。在中央指挥所的时候，我看过其他城市的爆发成长。如果我们不赶上他们的脚步，要不了多久，卡尔罗就会变成别的城市刀板上的一块肥肉。”

“在中央指挥所，我的意见无人接纳，我只好从别的地方做一些尝试。”

罗何说到这里，笑了。

“这就是结果了。无所谓了。不过是毁灭，我没有办法做到。”

她虽然在笑，但是眼睛里却慢慢湿润起来。

“就这样吧。杀了我吧，乌拉拉，”她说，“反正我已经不可能再活下去了。救你的命吧。”

她看见乌拉拉，这孩子竟然泪流满面。

“你是个好人。”他哭着说，“我不能杀你。”

“别哭。”罗何的声音严厉了起来，“像男人一样，别哭。”

10

这个城市终将毁灭
我试图作出的一切努力都化为乌有

头顶上，在这个时候却传来响动。宪兵终于还是追了下来。

罗何还来不及说什么，乌拉拉就抱紧了她，也不顾自己在什么样的高度，直接翻身跳了下去。

他们就这样，在呼啸的风中，从数百米的高空朝下坠落下去。罗何对他喊道：“你疯了么！”然而乌拉拉虽然脸上还挂着泪，但表情却异常坚定。

“我不能让你落在他们手上。”

“于是我们就一起摔死？”罗何咬了咬牙，用尽力量展开了翅膀，好像被猛地拉了一把一样，他们落下的速度立刻慢了下来。

罗何已经没有办法再拍动翅膀，只能慢慢地滑行下来。

乌拉拉抱着她，从垃圾回收道潜入地下，一直走到寂静的角落里，才把罗何放下。

“你这是何必呢？”罗何说，“你既然不愿意用我的头去换回你的生活，很快你我的命运都是一样，不过是死在这里。”

“就算最后是死，”乌拉拉说，“我也要想想办法，不能让你在我眼前被宪兵干掉。”

这孩子式的天真让罗何笑了起来。

“我真的是太老了。”

罗何在那里静静地坐了一会儿，突然开口问乌拉拉。

“乌拉拉，你愿意看到卡尔罗一天天落后下去，最后被其他城市占领，让这个城市变成别人的殖民地吗？”

乌拉拉被这么毫无准备地一问，先是一愣，然后自然而然地回答道：“当然不愿意了。”

罗何点了点头，像是下了什么决心一样。她沿着垃圾回收道的外壁，轻轻地敲打了一会儿，对乌拉拉说：“帮我撬开这堵墙。”

虽然不知道在干什么，但乌拉拉还是乖乖地听了话。他从垃圾堆里找到一根钢棍，沿着罗何划开的一条缝把墙壁撬开，露出一条长长的通气管道。

罗何爬了进去，乌拉拉立刻紧跟在后面，大概走了半个多小时，罗何踢开挡在尽头的隔板，两个人落进一堆管道的缝隙里。

管道滚烫，这狭小的空间把人烤得异常难受。

罗何迟疑了好一会儿，终于深深地吸了口气，然后把右手抬起来，艰难地凝聚成刀刃。

“你在干什么？”乌拉拉这才觉得事情不太对头，这个时候，做这种事情，对罗何已经严重超负荷的身体来说，无异于自杀。

罗何看了他一眼，回手将右手一甩，整个刀刃镜裂一样瓦解，哗啦一声朝前面激射出去。碎裂的弹片击穿了前面纵横的管道，高温蒸汽立刻从中喷涌而起，气浪就朝这边宣泄出来。

“你在干什么？”乌拉拉惊叫着把罗何抱着压倒在地上，滚烫的气浪掠过他的后背,大面积的剧痛传来,他凄厉地尖嚎起来。

"这是反应堆的冷却水管。冷却系统这么大的损伤,压力释放之后还会有更大的爆炸。这个城市的反应堆很快就要过热。这个城市在一个小时之内,要么会因为核聚变失控而爆炸,要么就失去动力,朝木星中央掉下去,被重力撕裂。"

她的口气很平静,但是乌拉拉脑子在这一瞬间几乎爆炸掉了。

"你这是在干什么啊?"他高声尖叫道,"你疯了吗?"

"也许是,"罗何在他身下还是露着那一脸惨淡的笑容。"还能怎么样呢?这个城市终将毁灭,我试图作出的一切努力都化为乌有。整个自由联盟被连根拔起,你告诉我,还能怎么办?"

"联盟被毁灭了,还能再建啊!"乌拉拉说,"你怎么能这样说放弃就放弃。"

"有那么简单吗?你太年轻,对所有的艰难都一无所知。等你长大一些,了解多一点儿,就不会这么说了。"

乌拉拉觉得一股无法压抑的怒气望上涌,他好像失去控制一样,扬起手,一巴掌打在罗何的脸上。

"我是不知道!"他吼叫道,"我是小,我是什么都不懂。但我至少知道,只要活着,只要还有人,只要这个城市还在,就还有希望。我知道就算在最荒芜最干涸的土壤上,希望也能长起来。不管再经历什么样的苦难,总有走完的一天。就算卡尔罗被强大的势力控制、奴役,只要人还在,我们就还有明天。我们男人被你们女人奴役了两百多年,我们都还没有绝望,都还有自由联盟诞生,难道你们这些女人就只能看到绝望,只能找到毁灭这一条路么!"

罗何用左手轻轻地摸着自己的脸,她盯着乌拉拉的眼睛。

"你爱这个城市,你爱卡尔罗?"

乌拉拉点了点头。

"你为什么会爱卡尔罗?你在这里被像奴隶一样蓄养着,被女人锁在屋里,被当做女人的玩物,没有自由,更没有权利。就算这样,你还爱卡尔罗?为什么?"

乌拉拉沉默了一会儿,低声回答道:

"我不知道。"又稍等了片刻,他补充道,"也许是因为我还小,我还有希望。是的,我爱这里。你也爱这里。你想要这个世界变好,我也希望它变得好。我知道,毁了它,绝对不是一种解脱。死亡绝对不会比活着更好!"

罗何沉默了。

然后她突然用力翻过身来,把乌拉拉反过来压在身下。

“希望吗？”罗何喃喃地说。“我几乎已经忘了这个词的存在了。”

她俯下身去，狠狠地吻了乌拉拉的嘴唇，几乎咬破了他的嘴皮。就在乌拉拉还没有明白发生了什么的时候，她站起身，把他拉起来，将喷涌而来的气浪挡在自己身后。

她用自己唯一能用的左手猛地撕开乌拉拉的上衣，然后伸手绕回自己背后。在一片乳白的气浪中，乌拉拉看不见她在干什么，她用力一拍，就把乌拉拉转了个身。

他拧过头来，在气浪中也看不清什么。只听见一声压抑的低吟，然后什么东西刺进自己肩胛骨上。他急着要回头，却被一把拉住，然后又是一声低吟，另一个肩膀上也被刺了进去。

乌拉拉只觉得两侧肩胛骨上的剧痛，什么东西沉沉地耷拉下来，盖在他的背上。

“赶快离开这里。”罗何在他背后有气无力地说，“去干你想要干的事情吧。你有希望，那么，让它在这片荒原里长出来吧。”

乌拉拉被罗何一把巨力推了出去。他弱小的身体抵抗不住对方拼尽全力的一推，在地上滚做一团。等他站起来，只见后面那片喷涌而出的气浪将一切笼罩得严严实实。气浪打在乌拉拉赤裸的上身上，千万根针遍体刺入的剧痛折磨着他的神经。他拼尽全力前进，上身的皮肤很快就泛白，死去。

高温蒸汽侵入乌拉拉的肺部，他的呼吸道迅速失活，他又走了两步，终于软倒在地上，晕了过去。

11

一对乳白的翅膀长长地扬在自己的背后
像是这世界重生的希望一样

也不知道过了多久，乌拉拉终于醒来。

蒸汽气浪已经散去，在管道群里，却一点儿也找不到罗何的踪迹了。他不知道罗何又是怎么重新让反应堆恢复了正常，但是他知道，在那几百度的高温中，是没有人能走出来的。

乌拉拉发疯一样找了很久，直到终于承认罗何已经再也无法回来之后，他才开始意识到自己的异常。

原本坏死的皮肤和肺脏已经重新恢复。他傻乎乎地想了很久，以致到肚子饿了起来，才发现自己的背后长出了一对不属于自己的东西。

一对乳白的翅膀长长地扬在自己的背后，像是这世界重生的希望一样。

爬出地下，卡尔罗万年不变的温暖天空上，竟然凝出了浓厚的云。反应堆短时间的问题关闭了气候控制器，鹅毛一样的雪于是第一次，软软地，在这卡尔罗的银色天空中飘扬起来。

biu 一声
就这样消失

BIU YI SHENG JIU ZHE YANG XIAO SHI

如果这时候你能打开唐缺的脑子
那你看到的会是喷涌而出无穷无尽的愤怒

我们的故事首先从唐缺买房说起。

唐缺出生于四川唐门。按照一般人对四川人的想象,他们都长得不高,因为缺乏日晒而皮肤白皙,说一口浓厚川音的普通话,喜欢吃辣,嗜好麻将。如果按照这个标准来衡量唐缺,他就不怎么像四川人。他身高差不多有一米九,骨骼宽阔,浓眉大眼,普通话标准并略带北京腔,不会打麻将,如果不是因为吃得太好缺乏运动长出了小肚子,可谓玉树临风一表人才。

对了,差点儿忘了说,关于他的职业,官方说法叫无业游民,圈内说法叫自由作家。

自从唐缺辞职回家当了自由作家开始,他就有一个很大的烦恼:买房。

唐缺当作家的日子正赶上国内房价暴涨,当自己一个月能挣五千大洋的时候,南京房子均价四千,他心想,不错,攒个三年就可以付首付了。第二年唐缺名气渐大,一个月能赚六千五了,还来不及高兴,房子均价就变成了七千。到了第三年,大家都叫他唐缺大大的时候,一个月能赚小一万了,南京市内城区却早就没有一万以下的房子买了。攒了三年,离首付反而越来越远。

"你大爷的!"那段时间唐缺脾气很暴躁,经常想背 C4 去拜访开发商。就在唐缺越来越绝望的时候,2128 年来了,全球经济危机了,房价下降了。

唐缺对经济危机倒是没啥想法,"反正老子失业这么多年了, 裁员减薪又弄不到我头上!"倒是房价让他眼睛发绿,加上政府又出台贷款优惠政策,他天天就等着下手了!

就在这个时候,准确地说,是 2128 年 12 月 9 号的时候,南京市江宁区房管局局长周久耕在接受南京部分媒体集体采访时表示,"对于开发商低于成本价销售楼盘,下一步将和物价部门一起对其进行查处。"

"我操你大爷!"这是唐缺大学毕业之后,第一次打碎自己家的暖水瓶。

哪知风云突变,不到一个月,周局长被免职了……

"买房买房!"唐缺发出这样的怒吼!"老子终于买房啦!"

2129 年 5 月 29 号,唐缺终于正式成为有房一族。

唐缺的房子装修花了一个月,在 2129 年的 7 月 4 号,他终于正式搬进了新家,而我们的故事也从这一天，才真正开始。

唐缺在自己屋里第一觉睡得是舒爽之极，过去为了房子钱斤斤计较，痛苦不堪地折腾了好几年，这一天算是农奴翻身把歌唱。那一夜，在盛夏的南京把全新格兰仕空调打到十八度，裹着空调被一直睡到中午十一点才醒来。

睁开眼的第一件事，就是抬起头来心满意足地看着自己的房子。

洁白的天花板，淡蓝的墙壁，实木的地板，那种只有崭新崭新的房间装修才能体会到的幸福扑面而来，让唐缺一个快三十的大男人花痴一样坐在床头傻笑。"呵呵呵，我的房子。老子的新房子！老子姓唐的也终于买得起房子了！"

笑声越来越大，在屋内反复激荡，几乎震得整个房屋嗡嗡作响，在这片笑声中，唐缺光着身子从床上一跃而起。

只听砰的一声，他的头撞上了天花板，力量之大，直撞得唐缺哀号一声，几乎痛晕了过去。

他挣扎着，呻吟着爬起来，头顶剧痛不止，心中更是大为疑惑。要知道自己虽然高大，但是这房子层高也不矮，就算站在床上跳，也不该能碰到头，何况自己还没尽全力。于是他强忍剧痛，又抬起头朝天花板望去，想找到是不是有什么突起物撞上了自己。

这一看不要紧，应有三点五米的天花板竟然好像低低得压拢在自己面前，看上去似乎高度只有三米上下！

幻觉！这是唐缺第一个想法。虽然自己科幻奇幻都写过不少，但要说自己写的东西会发生在现实中，他是绝对不信的，三米五就是三米五，必定是自己撞晕了头，才会觉得矮了。一边这样想着，唐缺一边环顾了自己的卧室。

这一瞬间，他脑子嗡的一声响。

卧室应该是 4 米×5 米，但这时候看起来顶多不过 4 米×3 米！

唐缺是学商科出身，第一反应就是："老子的八平方米！老子的六万块钱！"赶紧跳起来，慌里慌张地穿衣服，一边穿一边骂："这群王八蛋，老子……"

如果这时候你能打开唐缺的脑子，那你看到的会是喷涌而出无穷无尽的愤怒。这种愤怒完完全全地占据了唐缺的脑袋，让他失去了所有的思考能力。要知道唐缺花光了所有积蓄，还背上了接下来二十年的债务，唯一换来的就是这么一个房子。所以他脑子里只有一个念头，那就是：我的房子缩水了！

不是房价缩水，而是真正的缩水，是房子面积的缩水！这可比房价缩水严重得多了。

如果唐缺这时候还有一丝理智，他就应该想想：一个用钢筋混凝土搭建出来的东西，怎么会莫名其妙地缩水呢？凭谁有这么大的本事，能把一个修建完成的建筑凭空缩小了一头？如果真的是缩水了，那他这么急急忙忙穿衣服，又能去干什么呢？

唐缺却另有自己的想法。

自己买了房子，房子出了问题，如果不是自己的责任，那当然只能是卖给自己房子的人的责任！一切都是开发商的错！

唐缺一手抓着牛仔裤的裤腰，一手拿着手机开始给房产公司的服务部拨电话，这牛仔裤已经是三年前买的，那时候他还没长成一个肥宅男，所以现在穿这个裤子显得格外艰难，一边拉扯着，一边拼命朝裤筒里小了一号的洞里跳。

电话里传来公司彩铃声："欢迎致电纯棉房产，纯棉房产与业主共同成长……"

听了这彩铃，唐缺气极反笑，也不管对面根本还没听，吼道："共同成长？共同缩水吧！难怪叫纯棉！跟这裤子一样，一洗就缩水！"

电话那头传来温柔的女声："您好，欢迎致电纯棉房产，请问您有什么需要帮助吗？"

唐缺怒吼道："你们修的房子缩水了！"

对面显然是吓了一大跳，半晌才回过神，客气地回答："这位先生，请问你是咨询我们最近房价有什么优惠吗？我们目前还没有……"

"胡扯，老子刚住进你们的房子！第二天，这个房子就缩水了！就变小了！"

唐缺说出这句话，顿时才感到这事情听起来有多荒唐。他也不顾裤腰还落在膝盖上，一步一挪地走出卧室，来到客厅。客厅大约也有二十来平，被大沙发、电视墙、茶几之类东西填得正满。第一眼望去，客厅似乎也小了许多，但是顺着家具装饰一个个看过去，却又好像每个东西都在原地，并没有因为空间变小而挤在一起。要知道因为东西多，客厅空余的空间比卧室要小许多，如果真从二十多平变成了十多平，这些家具势必会挤成一团，把所有的空隙都挤满。但是这种事情并没有发生。

以上的想法刚在唐缺脑子里过了一圈，就有另一个声音在他脑中冷笑："自己听听，这些念头成什么话？房子会缩水？你撞天花板撞成弱智了吧？"

这一来，唐缺满腔怒火一下就平息了许多。刚才还理直气壮地骂电话那边的客服，这时候就觉得电话成了一个烫手的山芋，想象中对面的客服人员必定在心里说："倒霉，撞鬼哟，大中午遇到一个精神病，昨晚谁家仓围墙倒了？"

唐缺的脸立刻烧得绯红，只听嘴里发出一阵"吱……叽……"的电子啸叫声，赶紧假装信号中断挂了电话。

虽然电话是挂了，但回头看着这房间，确实还是觉得像是小了许多，他想了想，从抽屉里找出卷尺来，把房间从墙根到墙根量了一遍。

南北四米，东西五米，没有问题！

顿时心下更为困惑。莫不是自己脑袋空间感真撞出了问题？正困惑着，另一个更荒唐的念头浮现了出来。

也许出问题是整个空间，整个空间都同步缩小了。

这个念头刚起，他就吓得一激灵，也不知道是犯什么神经，也许是因为面前茶几上正放着爱田由的 DVD 封皮，唐缺低头朝自己下面看了一眼。

这一下子，新买的房子还有没有缩水，就再也不算是什么问题了。

2

唐缺其实搞不清老师到底是哪方面的专家
他只知道一点：老师是搞物理的理工科专家

淡定，淡定……

唐缺心中默念了片刻，闭上眼深呼吸了几口气，重新睁开了眼。

淡定你妈呀！

唐缺心中怒吼，弯腰抓起牛仔裤，把自己塞了进去。这还了得？关系自己人生幸福两个最重要的尺寸都小了一圈，还要不要人活啊？他胡乱把衬衣塞进裤子里，乱糟糟地就冲出了门。

唐缺的房子买在 D 大学以南，N 大学以东，正是繁华的珠江路所在。刚出了楼梯口，唐缺就发现小区的景观看着异常别扭，这地方是寸土寸金，所以小区空间并不大，放不下什么亭台水榭，所以只有一个小小的草坪，其间立着一个小亭。平时看着还好，今天一抬眼望过去，只觉得东西是都在，一样样看过去都在原地，但是抬头，那对面三十层的电梯公寓就好像压在自己眼前，并正缓缓向自己的房子移来，就像游乐场的碰碰车一般。又抬眼朝更远处看去，那几个城市里尖尖耸起，散落在云南路，中央路，北京西路，洪武北路等等远处的百米以上建筑原在几条街外，但现在看去，竟像是被拉近了许多，似乎出门左拐三分钟就能走到一样。

这是怎么了？近处的东西看上去还正常，越远的东西看上去距离缩得越多！

这时候正是中午，小区门外满是行人，珠江路是卖电脑的，所以行人也是年轻人居多，街头路边随处可见大叔大妈挥舞着 DVD 封皮，机器人一样机械复读着："电影,游戏,软件,美剧,动画,光盘……"人们各自行色匆匆,似乎并没有人注意到城市的异常变化(如果不是唐缺的幻觉的话)。唐缺像被拎着脖子的鹅一般昂着头,痴呆似的盯着远处的各个标志性建筑的顶端,脑袋不断四向转动,如果不是骨骼不允许,他一定已经用脖子打了几个结,他心中茫然,也不知自己该去的是不是随家仓。

这时候一个熟人见了他,三步两步迎上前来。

"大哥,怎么今天中午出来啊？昨天来了新货,要不要来看看？有仓井空的日本原装正版,带写真特典的！还有刚红起来的那个叫凌波什么什么的……"

这人形容猥琐,头顶也只到唐缺的胸口,唐缺也不答话,头也不低,一把抓住这人领口,问道:"你看看,有没有觉得对面那酒店看起来离这里比之前近了一些？"这人被这么没头没脑一问,不知所以然,也愣头愣脑地抬起头朝远处看了过去。"哪个酒店？哦……大哥你这么一说,好像真的比以前变近了……"也不知道这是真话还是假话,唐缺心知问了也是白问,一把将这人推开。

刚出门的时候,唐缺还不知道自己该干什么,过了这一会儿,他脑子里想起一个人来。

从口袋里掏出那款用了六年的 moto 手机,他艰难地从通讯录里找到那人的电话,拨了过去。

"老师！是我啊！你在南京吧？没被部队拉到什么山窝里遛弯儿吧？在？好！我找你有正事儿啊。妈的,真的有正事儿！我过来找你好吧？对了,你实验室有没有激光测距仪？干吗？量房子！真的是量房子！算了,见面跟你说！"

一通电话打完,他这才转过头,痛心疾首地对刚才那小伙说道:"那个叫凌波的都退役了！还新人呢！专业素质！专业素质！"说完,头也不回,沿着珠江路,朝南京大学跑去。

唐缺原想一口气跑到南大,哪知只跑了几步,就停了下来。

有些不对。

走路的时候还不觉得,跑起来的时候,明显发现不对头。

好像自己跑起来的每一步都跨得比过去更大些,一站路,自己居然只跑了四分钟,每一步跨出去,都好像在月球上一样,重力变小了,腾云驾雾地飞行一样。

唐缺愣了几秒钟,然后猛然想起了什么。

如果整个空间真的在同步缩小的话,那么他的身材自然在缩小。但同时,弹跳一个比例身长所需要克服的重力势能却减少得更快,所以自己才会撞到天花板,自己跑步腾空时每一步才会比原来更长。

这事情一想明白,唐缺更是面色苍白,再也不敢停留,朝南京大学狂奔而去。

一路只听身边喝彩声不断:"博尔特啊!""刘易斯!""阿甘!run!run for your life!"

他连回头对这些人怒吼"妈的,你们跑一个看看,比老子快多了!"的功夫都没有了。

一路冲到N大学汉口路校门,唐缺瞧见一个矮矮的中年男子百无聊赖地玩着手机,才大叫一声:"老师!"停了下来。

这男子抬起头来,对着唐缺扬了扬眉毛,骂道:"你个瘟神又有啥事儿?除非给我介绍女朋友,要不别想你大爷再请你吃饭了!"

老师是一个神人。

唐缺认识老师的时候,他刚刚上本科,那时候老师正在读博,"有没有兴趣转行啊?我明年博士就毕业了,考我的研究生吧。"唐缺毕业的时候,老师还在读博,"我明年博士就毕业了!要是上班干了两年再想来读研究生,就来考我的吧!"唐缺辞职的时候,老师依然在读博,"明年就毕业了,不过我看你也不想读研究生。"唐缺终于买下房子的时候请老师出来吃饭,老师说:"我明年马上就要答辩了!"

老师太忙。老师本科毕业的时候,校长钦点留校任教,一边在职读直博,一边还要教学做研究,最重要的是,他时不时做些不能提起单位名字的课题,时不时跑到没有手机信号的不知名地点"遛弯",一去就是几个月,音信全无。这几年下来,虽然已经算是高级专家,但一来做的东西都是不能写上简历的机密,二来忙得太过,自己的博士论文实在没时间做,一拖再拖,自己的学生都留学回来当老师了,自己还没拿到博士学位。

唐缺其实搞不清老师到底是哪方面的专家,他只知道一点:老师是搞物理的理工科专家,自己是一个科盲。这事情,不找老师又能找谁?

虽然事出紧急,但唐缺一见老师的面,冒出的第一句话还是:"老师,你毕业了吗?"

老师的身高比唐缺差得远了,抬头白了他一眼,骂道:"这段忙完了,马上答辩了。你要请我去玄武饭店庆祝一番?小子,到底有啥事儿,快说,我还忙着呢!"

这时候唐缺才从嬉皮笑脸中收拾起来,两个人找了最近的咖啡厅坐下。

在等咖啡上桌的时候，唐缺又有些犹豫。老师跟他还是许多年前在科幻论坛上认识的，但这时候事情却又不知道该从什么地方出口。要怎么样才能让老师不觉得自己是在屋里宅得太久，脑子出问题了呢？唐缺整理了半天，老师终于等不及了，开口说：“你不会是发现自己是GAY，今天来找我告白的吧？我可先说，我对男人一点儿兴趣都没有啊！”

这时候服务生正端着咖啡走到桌边，只见他浑身一抖，差点两杯咖啡就这样洒了下来。年轻人赶紧丢下咖啡，连“请慢用”都没来得及说，三步并作两步逃了出去。

“不是！”唐缺吼道。

“那到底啥事儿？扭扭捏捏了半天也不说话。有话快说，有屁快放，你大爷忙着呢！”

唐缺沉了一口气，终于吐出一句话：

“我的房子缩水了。”

他等着老师用迷茫的表情向他询问，但出乎意料，老师听了这话，神色如常，淡淡地答道：

“哦，原来就这事儿啊。”

3

南京城所有的一切扭曲在一起
如无数海市蜃楼层层相叠

这时候，外面突然喧闹了起来。

正是中午，N大学的午饭点儿，这外面本来就是人声鼎沸，但此刻外面却是惊恐之声连连，女生的尖叫声和奔逃的震动让这条小街一下陷入恐慌。

唐缺和老师坐的位置是二楼临窗，一抬眼就能瞧见咖啡厅外。两人伸长脖子朝下面望去，想知道发生了什么，只见一群穿着清凉的大学生吓得瘫倒在地上，眼睛直勾勾地盯着对面的天空。在惊叫声中，听见有人在呼喊：“快跑啊！爬起来！要倒了！”人们四散逃开，也不知道在躲什么，像断了魂似的，有几个胆大的冲上前去，拉起瘫在地上的姑娘，拼命往一边拉远。

两人正顺着这些人直勾勾的目光朝上望去，就听见咖啡厅里也尖叫起来，也不知道是服务生还是客人在尖叫：“对面楼要垮了！快跑！”一片座椅乱撞的声音，大家尖叫呼喊着朝门口挤去，这时唐缺才注意到他们在叫什么。

街对面，N 大二三十层高的蒙民伟实验楼整个弯了下来，像是从七八层高的地方被人拧过，朝这边倾下来，倾角足有三十多度。看那个样子，在下一个瞬间，那楼马上就要塌下来了！

唐缺一跃而起，拉起老师的胳膊，叫道："老师快跑！"

手上一用力，老师却一丝没有起身的意思，拉不动，唐缺回头又大叫："老师！快跑！"

蒙民伟楼很高，这一倾斜，楼身已经压在了咖啡厅正上空，拉下一个长长的黑影。老师凝神盯着自己头顶，也不看唐缺一眼，镇定万分地答道："淡定……坐下。跑什么啊，咖啡还没喝完呢。今天赚大了，没人来收水钱。"

唐缺瞠目结舌，指着窗外压在头顶的大楼，叫道："你没看见那楼就要垮下来了吗？"

老师摇着头答道："没看见。淡定点儿，叫唤什么啊！"

"可是，可是……"

"淡定，淡定……坐下，我给你上课。"

唐缺这时候脸色苍白，满脑子都是顷刻之间就要塌下来的大楼，哪还有这个精神来听老师上什么课。说来也怪，一个房子如果倾斜到这种程度，早该哗啦啦地塌成一片废墟了，这么半天过去，这早该倒的蒙民伟楼却还安安静静地立着。

老师叹了口气："你脑子怎么这么慢呢？你的房子会缩水，这条街的空间就不会缩水吗？"

唐缺听了这话，惊得浑身一颤，指着蒙民伟楼叫道："啥？真的是空间缩水了？你是说……是说……"他语无伦次，一时不知道该怎么表达自己的意思，"这楼不会垮下来？"

老师耸耸肩，点了点头。

"真的？你确定不会？"

"我还坐在这儿呢！淡定点儿嘛。"

听了这话，唐缺又看了看头顶，心一横，老子拼了，一屁股也重新坐回来，端起咖啡一口气喝了个底朝天。

"这到底是咋回事儿！"唐缺叫道。

话刚落声，就听见外面警笛齐鸣，救护车，救火车，110 巡警急忙忙地绕着路冲了过来，整个 N 大学开始混乱地疏散，从蒙民伟楼，图书馆，教学楼源源不断地涌出人来，眼前只见无数短裙飘舞，花容失色的姑娘和脸色蜡黄的男人惊慌乱蹿。

老师抬手来看了看表，舔舔嘴唇，对唐缺命令道："去吧台给我拿瓶酒来！挑最贵的！什么路易十四，什么轩尼诗都行。"

唐缺听话地去了吧台，过了五分钟，他带着一瓶酒回来。"看不出是啥，你就将就了吧！"

两人一人一杯，老师一口气吞了一整杯，这才开口说道："你小子懂弦论吗？"

"我是商院毕业的啊！"唐缺答道，"我听过它，它不认识我。"

"那广义相对论呢？"

"爱因斯坦懂，我不懂。"

"量子力学呢？"

"爱因斯坦都搞不清楚的，我怎么可能懂？"唐缺叫道，"老大，我求求你了，所有物理学理论我都不懂，我的物理知识到牛顿三大定律为止了！"

老师听了这话，一拍桌子，叫道："你啥都不懂？那可就好办多了！"

"啊？"唐缺一惊。

此时楼下几个大胆的人顶着钢盔跑过来，搜寻没有逃出来的家伙，一眼就看见了这两个还坐在窗户边的家伙，大叫道："喂！楼要塌了！你们快下来啊！"

老师探出头去，叫道："鬼叫什么啊！小伙子淡定！没看到我们喝酒呢？"

这话不说还好，这几个热心人一听，只当他们俩喝麻了，没反应过来有危险，三个人一合计，就冲进了这咖啡厅。

唐缺见他们冲上楼来，个个都是五大三粗的大小伙，二话不说，两个人架住唐缺，一个人架住老师，就开始往外拉。唐缺大叫："我没喝醉，不用架我！"老师刚吞了两杯，满口酒气，干脆就拳打脚踢。这一来他们被架得更紧了，直接就朝楼下拖。

老师见没法反抗，就干脆躺成一条死狗状，人被拖着，口里却也不闲着。

"唐缺啊，你小子知道宇宙是多少维的吗？"

"啊？"唐缺虽然是学商科的，但是也写过点儿科幻，作为一个不靠谱科幻作家的基本素养，他道听途说过什么宇宙是十几维的之类的传闻，"十三维的？"

"胡说八道！难怪这两年科幻小说越来越烂，你也好意思说你是写科幻的？连宇宙是多少维的基本常识都没有！"老师骂道。

"我是写奇幻的！奇幻作家！"唐缺争辩道。

"你不是写科幻卖不掉才写奇幻的吗！早点儿来考我的研究生，你的科幻至于卖不掉吗？我教你！弦论认为宇宙是十一维的，除了空间三维时间一维，还有七维不可见。另外还有比较流行的海姆-德吕舍尔空间，认为宇宙是八维的，除了时空四维以外，还有重力维、电磁力维、万有引力维、万有斥力维……”

三个戴钢盔的壮汉这时候已经把他们拖到了一楼门口，也不知道这两人在说什么，更是当他们喝多了。

唐缺被一路拖了出去，心想，老子要不是宅了这么多年没锻炼，也不至于被这两人这么拖着走，老师说的东西他又全听不懂，又叫道：“完全听不懂你在说什么！”

“听不懂不要紧，反正宇宙是多维的就对了。这点记住就够了。”

唐缺心想，那你直说宇宙是多维的不就完了吗？我又不是不知道，废话这么多干吗？这话却不敢说出来。

从蒙民伟楼的阴影下出来，视野一下开阔了许多。原来整个空间都被这楼占满了，这时候南京远处的风景才重新露了出来。

老师继续说道：“我们所见的三维空间，只是多维宇宙的折叠投影，换句话说，我们的空间只是宇宙空间在三维展开的部分而已。”

“还是听不懂！”

两个人终于被拖走了足有一百多米远，才被丢下来。架着老师的志愿者骂骂咧咧地说：“两个民科喝多了也不知道朝外面看看！都什么时候了！自己想死别给别人找麻烦啊！”说完急急忙忙地又回去继续寻找没有逃出来的人。

周围奔走逃命的人群呼告着，110、119、20的警笛和喧闹混成一片，老师却是全不在意，就这样双腿打直坐在汉口路的当头上，从口袋里掏出一包纸巾，从里面掏出一张，展开，啪的一声按在地上。

“这张纸就是南京。”

唐缺不解其意。

“这个水泥地平面，就是我们能看到的空间。告诉我，在水泥地面上你看到了什么？”

“……一张面巾纸？”

“不！”老师叫道，“你看到了南京！”说完，他把纸抓了起来，揉成一团，“现在，你还能在我们的空间看见南京吗？”

“……不能……”

“南京去哪里了？”老师把脏兮兮的纸团在唐缺面前抖动着。

唐缺这时候终于恢复了作为一个科幻作家的职业素养，也不管对科学原理懂是不懂，勇敢地回答道：“叠进了多维空间里……”

这时候，老师点了点头，从地上爬了起来。

就在老师站起来的那一瞬间，刚才还奔逃着的人群突然停下了脚步，像是一群机器人刚刚从无线电中接受到统一的号令一样，他们一下僵直了，呆呆地望向远处。这些目光并不统一，有的人看的是东边，有的人看的是西面，有的人看的是头顶，但他们却有着同样惊恐的表情。不光是N大附近，在这一瞬间，整个南京城几乎所有长眼睛的人都是这样的表情。一条汉口路在一瞬间变得鸦雀无声，只留下警笛刺耳的回响声。

唐缺终于从老师手中的面巾纸里抬起头来，朝天边望去。

七月，南京的阳光正烈，此时偌大的南京城就像是被烈日烤化后随意揉起来的一个糖球。南京长江大桥挂在西北的天际，直通云霄，混浊的长江如一火车站边旅馆久未清洗的窗帘，遮挡了西北的天空，窗帘上还能见蠕动的小虫，惊恐疯狂地鸣着汽笛。东面，馒头形紫金山高高卷起，像被巨人扭成一颗螺丝钉，盘旋弯转拧成一个倒U型，顶端钻头一样刺进了秦淮河，夫子庙被漂浮在天空的东南面，像一面旗一样摇摆不定，而夫子庙一边的中华门翁城却出现在西边，上下颠倒，惊慌的行人头朝下地站在倒悬的路面。南京城所有的一切扭曲在一起，如无数海市蜃楼层层相叠，唐缺扬起脖子，天顶是波光粼粼一片无边的海，过了好久，他才想明白，那是玄武湖的湖面。

唐缺也如所有南京人一样，张大了嘴巴，却一个字也吐不出来。

“淡定，淡定。”老师拍了拍他的后背，“DON’T PANIC。”

4

突然的惊变让南京人暂停了下来
但运转中的机器却并没有静止

南京城弯折了。

空间的缩水只是开始，而现在，南京城空间不均匀地收缩，毁灭了原本的空间连续性。整个城市像是一个摔碎的玩具又被扫在一起，随手倒进垃圾堆里，各个组件乱七八糟地相互亲吻。

西北起长江，东至紫金山，南至中华门，整个南京城的老城就这样抛弃了浦口仙林江宁郊区，独自蜷缩起来，大概是打算就这么和地球划清界限，往生极乐。

唐缺呆呆地望着头顶，玄武湖湖面如镜，直照得他两眼发晕。他一把拽住老师，叫道：“怎么会这个样子？”

老师并没有答话，自顾自地说："果然，重力维没有受到影响。"

唐缺哪儿有心思听他研究学术，这时心中只有两个念头：一，快逃出这里升天；二，刚买的房子咋办？"都怎么搞的啊！"他叫道。

"空间开始不均匀折叠了，这不是很正常吗？"老师很淡定。

到这个时候，唐缺才猛然醒悟过来。

"你早就知道南京在缩水！"

老师嗯了一声，点了点头。

唐缺恶从胆边生，一把就把老师拉着领子提了起来。

"你……你……你既然知道会发生这种事情，为什么不警告大家？"

其实唐缺心中还有更大的疑惑：既然老师知道会发生这种灾难，为什么他自己不跑？

"松手松手！"老师叫道，"搞什么啊，拿我撒气有啥用？"

这时候，人群开始回过神来，刚才寂静的围墙在瞬间倒塌，困在围墙之后，早就要满溢的惊慌失措从每个人的口中喷涌而出，像是百万座喷泉同时在南京城爆发一样，尖叫如潮，冲上百米的云霄，然后落下来 biu 的一声，把全城所有人仅存的心智冲进下水道，荡然无存。

然而在这之前，满城已是烟火盛放。

突然的惊变让南京人暂停了下来，但运转中的机器却并没有静止。满街的汽车依然在飞奔，司机们眼前的道路瞬间扭曲翻折，中央路从鼓楼段往北便直通天际，莫愁北路却朝东前方是万丈深渊，华侨路如艺术体操里圈圈盘旋的丝带，山西路则成了过山车的连环大环。这些司机并不懂得什么"重力维没有扭曲"之类混话，只知道眼前的一切是司机最可怕的梦魇。这些司机各自的反应不一，有的踩刹车，有的踩油门，有的猛打方向盘，有的想踩刹车踏上了油门，有的想踏油门踩上了刹车，还有练极品出身的司机两踏板一起踩下想漂移，却找不到键盘上的方向键只好拼命按喇叭。

然后就是——

嗞……

呜……轰！

砰！砰砰砰！……

轰！轰轰轰轰轰！

冒火轮胎呼啸着飞过头顶，还没来得及庆幸，炸飞的车门就切掉了身边的半个肩膀。刚刚从写字楼、饭店、办公室、卖场、游戏厅、桑拿房里源源不断涌出的人群与外面连环不断的爆炸相撞,头顶的玄武湖在火光中映成一片颤抖的血红。

这已经是内空糖球一样的南京像拉起无数黏丝,画出城市空间混乱的链接,人群开始狂奔,从一个个烟火燃放点逃离。但是这原来摊平的城市如今卷了起来,从长江大桥脚下家乐福门口抬起头就能瞧见新街口的沃尔玛挂在自己东墙上, 城里没有一处是远得看不见,也就没有办法再能幻想哪里还平安。所以逃跑只是一种本能,只有跑起来才能稍有一点安全的幻想。

像是暴雨倾盆砸在地面,每个地点都有无数水粒朝别的地点涌去,每个地点都有别的地点的水粒涌来,新街口的跑往夫子庙,夫子庙的跑往中华门,中华门的跑去紫金山,紫金山的跑去新街口,正如太极流转,生生不息。

在这样的环境里,想要说话,只能用吼叫。

"咋办!咋办!"唐缺像甩动一个布玩具一样摇着老师,"这一切是不是你们实验室搞的?你个老处男!赔我十七万首付买来的房子!"

"淡定!淡定!"老师咳嗽着挣扎,"我们要是有这个技术,早就征服米国了!"

唐缺也不知老师说的是不是真的,但是这人虽然笨,但是活命和算钱两项本事却是不笨。现在也别管到底是怎么回事儿,自己要活下去,并且保住自己的房子,却只有着落在老师身上了。

唐缺放下老师,大吼道:"我们现在应该怎么办?"

老师抬起头来看了唐缺一眼:"你我可不知道, 反正我是留下来保证各种测量仪器正常运作的。"他又抬起手腕看了看表,"现在几个仪器工作都正常,中微子通讯设备的数据传输也没有中断,我要守在实验楼边上。"说完,他伸手指了指校门里的物理楼,那楼看上去像是用 photoshop 做了压缩,纵向扁得只剩下原来的一半。

唐缺这才注意到,老师手上哪儿是什么手表,那是一个监控器,上面的液晶闪着乱七八糟的数字和灯彩。原来老师对这次异变早有准备,早就预备了仪器来测量和记录这次异变的状况。

"你早就知道这事情会发生!"唐缺忍不住叫道。

老师听了这话一愣,也不理唐缺,瞪大眼睛看着自己的手表。"时间维也开始折叠了?为什么他开始重复自己说过的话?"

唐缺正又要发作,顶上的南大校门突然一矮,直坠下来。他半个身子正在校门内,自己整个身子就变了形,校门内的一半矮了下去,校门外却还是那么高,整个人像蜡像馆半边熔化的雕像似的。这一惊,他就地一滚,闪往门外,就看那半个身子重

新高了回来。还在惊魂不定,唐缺一回头,看见老师本来不高的身子就只有不到半米,而南大的校门却落得只有一米来高,似乎伸腿就能跨过去。

老师这下看唐缺就像看到一个巨人,磕磕嘴,连忙从那边走了过来。唐缺这躲得太急, 这时候才看到这不到三米宽的空间中已经扭成了什么样, 老师先是再压扁,然后突然拉成斜立四十多度、五米来高的杆子,接着瞬间盘成螺旋状,最后才恢复正常。

唐缺惊恐地咽下一口唾沫,心想好在自己心理向来坚强,要不这会儿早已经疯了。

老师这才回答唐缺之前的问题:“我们可不知道会发生这事儿, 只是有猜想到这事儿的可能性而已。”

“……”唐缺仔细想了想这话,“妈的,有啥区别?”

“区别大了,我们只是发现了空间开始多维折叠,我们并没有准确预料到折叠的范围和规模。眼前这种情况,只是我们预想的若干种可能中的一个。”

“就算只是其中一个,你们不该把我们都疏散掉么?”

“没错,我们还预想可能整个地球都会像礼花一样炸开,然后折叠成几万亿个拇指大的小球,我们也就顺便计划把地球都疏散了。可惜企业号去了黑洞,要从白洞回来还需要点儿时间,所以这个计划只好暂时搁下了。”

唐缺被狠狠地噎了回去。

“空间折叠是在我们知识以外的东西,没有人能知道到底会发生什么,也许只是你下面小上五公分,也许整个太阳系都会消失,谁也说不准。”

唐缺眼睛瞪得滚圆:“只是?难道那不是比银河毁灭还要可怕的灾难吗?”

“至少对牙晓的其他追求者就不是。再说了,现在南京城成了这样子一个球,你就能保证这个南京球外面的世界,就比这里好?”

在这样专业领域,唐缺被打得无力还击。他心知老师说得都对,但是作为一个动物,唐缺还保持着原始的野性——那就是当灾难降临,就要逃,远处可能是安全的,特别是看不见的远处。

他一把抓住老师:“现在还能不能离开南京?”狠心说出这句话的时候,唐缺的心在滴血。他仿佛看见一个姓房的少女向自己挥手远去,这个少女身姿摇曳生风,风华绝代,自己为了她苦追了多年,勒紧裤腰连五块以上的盖浇饭都不敢点。当终于有一天自己熬到了头,能和她走进洞房的时候,一阵狂风吹来,把这少女就这样掠走了。

"我怎么知道？整个空间的关联性都在破碎重组，关于这个折叠的细节我们知之甚少，那些看似消失的空间去了哪里，这些重新构成的空间关系是怎么维持，我们都一无所知。也许你一路从长江大桥出去，就还是连在城外，也许这个城市的边缘已经连往了高维虚空，也许南京城外也已经折叠了起来。"

在这么一席话里，唐缺只听到"也许你一路从长江大桥出去，就还是连在城外。"后面的就只有 blabla 的噪音。他又一把抓住老师，"老师！你带我出去！"

老师大力摇头，"我还有工作要做呢，我必须守住实验室的仪器，保证他们的工作正常。"他说着又抬手看了一下手表。

这时，液晶屏上的图像一晃，突然黑屏了。然后一排小字现了出来：

"No signal, please check the signal source."

老师赶忙抬头，正看见 N 大物理楼悬空成了一个薄片，接着从边缘开始，一块一块地不规则地凭空消失。就像是刚出炉的饼干被巨人吃掉一样，甚至还有点点碎片落下来，还没有着地，那些空间碎片就化成细粉，消失不见了。

唐缺以为自己已经能见惯不惊，但目睹了这一幕，依然吓得是六神无主，但身边的老师却淡定依旧。

"告诉你个好消息，我工作结束了，要我陪你去找出城的路吗？"

5

这时候头顶上空已经扭曲压缩得惊人
原本相隔数里的高层建筑竟在空中交会

N 大学本来几乎是处于南京城的正中央位置，南京城南北两大出口——北面的南京长江大桥，南面的中华门都离这里甚远，但只要一路笔直南北向一直走过去，就能到达。这城市并不是太大，就算走路，也不过两个小时就足以抵达。

但那是南京城被煎饼果子一样卷起来之前。

有的空间缩小了，有的空间变大了，有的空间消失在未知的缝隙里，有的空间内外翻转。现在哪儿能算是南京城的出口？

西面和北面被长江围绕，已经成了遮天的幕布，南边的东西碎成散件，乱七八糟地丢在各处，似乎只有那通天的长江大桥可以尝试一下。

唐缺在超市里拿了两瓶运动饮料，四包饼干，和一个小包，和老师一起一路朝北走去。

此时离蒙民伟楼开始扭曲的时间已经过去了一个小时。人们最初的恐慌已经随着体力迅速地消耗开始淡去，这才是最糟糕的开始——在这个光怪陆离的世界里,大家开始恢复理智。

当恐惧控制住人类的时候,他们都是野兽,遵从同样的基因本能,而当理智恢复之后,他们变成了百万个愚蠢的会自我思考的个体。

53.2%的幸存者和唐缺一样蠢,选择寻找逃出南京的路,这个选择一般只用花几分钟,其中超过 80%的人继续和唐缺一样蠢,选择南京长江大桥。

人流汇集,通天的长江大桥像是拔掉塞子的下水道管子,伴着嘶嘶的叫嚷,打着旋儿把数不清的人吸了进去,吞的人太多,还会不时发出 biu 的一声轻响,那是宽阔的四车道大桥上车辆被人推下长江的落水声。上层的汽车与人行道挤满了,路面就像沸腾的粥面,不停地漫出来,落到下面的火车桥,很快的,火车桥也满了,大桥便成了拉长的香槟瀑布,酒水一路淌入长江。

站在鼓楼,抬起头朝前看,唐缺和老师就能欣赏到这挂在空中的妙景,但他们的关注点却沿着大桥一路向天顶——潮涌的人流消失在天际尽头。

“如果运气好,”老师说,“下雨的时候我们就不会看到那些从天顶掉回来。”

“……”唐缺听了这话,吓得心里一寒,“那如果运气不好呢？”

“如果运气不好,要么南京是一个炕熟的煎饼,刚才那个把物理楼当饼干吃掉的大嘴等下就会一口口把南京吃了，或者马上玄武湖里就会有一个哥斯拉掉出来。”

唐缺想起刚才的物理楼,肌肉抽搐,“老师,别他妈的再开玩笑了。”

老师回头来看他一眼,“谁给你开玩笑啊？你知道隐藏在高维空间的到底有些啥？我的包！”

一辆摩托车在他们身边飞驰而去,手中拽着刚才还属于老师的包,开车的姑娘和抢包的小伙都挎了一身各式各样的包,看来是收获颇丰。

唐缺和老师专门选了比较僻静的山西路，避免和主干道上逃生的人群拥挤在一起,他们已经走出了一公里多。

实际上山西路很宽,在空间折叠之前山西路去往大桥也并不绕,但这时人却极少。

因为它看起来变成一个巨大直立环，沿街的建筑沿着这大环卷成两头尖的纺锤状,看上去第一眼就头晕目眩。

“看地！不要看前面,更不要看两边！”老师这样指导他。“记住,重力维并没有发生折叠，重力依然是按照原来城市的平面状况分布的，不管看上去怎么扭曲变形，原来重力是什么相对状况，现在就还是什么相对状况！”

唐缺只觉得自己是在拍摄电影的蓝幕布下行走，只是后期才加上的布景被提前投影了出来，眼前所见是环绕的弧度螺旋，但脚下踏出的每一步都是平整正常的土地，视觉带来的所有信息都与重力感相左。好像自己并不是真的在行走，而是光影在身边轮回变换。不过是区区一公里，唐缺就恶心得想吐。

所以这条路上几乎没有人。

这个“几乎”是相对被逃亡人群挤得快爆炸的中山北路说的。

53.2%人选择逃离，还有 46.8%做了其他选择，比如有 31.7%的人正在掠夺这个失去秩序的城市。

其中包括飞车抢夺的那两位。多少人恢复理智之后，第一反应是：南京完蛋了！第二反应是：我要活下去！这个我要活下去就有了无数的分支，冲进超市抢饼干矿泉水的最多，冲进金鹰国际和德基广场抢 Louis Vuitton 和 Burberry 的其次，紧接着是在新百和中央商场扫荡珠宝首饰的，最后还有无数面白如纸的肥宅男闯进百脑汇和雄狮国际，气喘吁吁地抱着 ThinkPad，Macbook 和 iPod 狂笑不已。

以上人群的疯狂度从前往后依次上升，正如人类物欲进化的趋势。

山西路一路都是商场，于是从这些商场里源源不断地有人涌进涌出，这些人就像这条扭曲公路一样疯狂，满脸满足的痴笑，捧着一杯不知道能做什么用的东西——光脸男捧着七八个电动剃须刀，短颈女胸前挂了二十条黄白闪烁的链子，手上满是闪闪发光的石头，如果再有数字拨号键，就活生生是电视购物里卖 998 的山寨手机。他们最大的作用似乎是给路上持刀舞棍的人们带来更大的幸福，这些人叫嚷着：“抢劫！”然后前面就会有人回答：“呆 B，先来后到不懂啊，排队排队！”

唐缺和老师一路在这多重混乱中缓缓前进，也不敢抬头，过了湖南路口，突然听到扩音喇叭的啸叫，像是在调音。还有人要用广播？唐缺一愣，突然想起南京军区司令部正在这附近，突然升起一线希望来：“难道是部队组织起来了？”

只听喇叭里传来疾呼声：“第一位天使吹号时，冰雹混着火与血自天而降，树木青草等均被烧去三分之一。第二位天使吹号时，燃烧着的大山滚滚落入海中，海水即成血水，三分之一的海中生灵、船只死的死、坏的坏……”

唐缺一愣，随机恍然大悟，先是逃亡，再是打砸抢，然后是传教的神棍，妈的，如果再来个英雄救美，就完完整整是自己写的三流末日故事了。

这传教的声音猛然中断，伴着一声“啊！biaji……呃……”的怪响。唐缺小心翼翼地抬起头来,生怕这光怪陆离的场景搞晕了自己的脑袋。传教士挂在唐缺右手边的平台上,那原是电器城的促销活动平台,现在峭壁一样四十五度倒悬着,教士吐着舌头,摊成一个大字,远不如基督受难那么端庄。从唐缺的角度看来,一个姑娘像蝙蝠一样倒挂在教士胸口,大头朝下,脚踩滑板,转着脑袋四处张望。

在唐缺和老师回过神来之前,那姑娘一跃而下,滑板不离脚在空中转了两周,落在唐缺身边。然后她根本没有理会目瞪口呆的两人,也没有对自己刚刚撞死的传教士给予一点关注,便踩着滑板,以不可思议的速度和灵巧穿过挥舞着金项链、剃须刀和菜刀擀面杖的人群,消失在视线里。

然后他们听到了周围几个尚存理智的人的惊呼,顺着旁人的视线,唐缺和老师抬头向天顶望去,一个踏着滑板的身影从天际划过。

这时候头顶上空已经扭曲压缩得惊人，原本相隔数里的高层建筑竟在空中交会。滑板姑娘从金鹰国际楼顶跳起,在怪异重力线的拉扯下直线坠落几丈再拉起,跨过几十米的距离，着陆在玄武饭店楼顶。她在空中高声叫嚷着没人能听清的字句,飞跃而起,炮弹一样直线斜上冲出,又跳到福鑫大厦上。这姑娘宛如踩滑板的蜘蛛侠,顷刻之间就穿越了大半个城市的高空,也不知是幸运还是疯狂开启了对新空间的认知,她那看似寻死的跳跃却没有一个落空。

疯了疯了,都他妈的疯了。唐缺和老师对望了一下,交换着这样的眼神。

在这样的南京城疯掉很正常,这时候还在担心自己房子的唐缺疯了,人群中耸动着朝大桥挤去的是疯了,疯狂掠劫财物的是疯了,更别说明知南京会空间塌缩还留下来看守仪器的老师。如果面对这样的世界,还能心智如常,那说明这人早就疯了。

两个疯子穿越过更多疯子组成的一片混乱,缓慢地朝着大桥的方向继续前进。

此时,城北的街道已经空空荡荡。前几个小时被逃生的人们拥挤得满满当当的街道如今不见人烟,除了街旁越烧越大的火灾和争斗拥挤践踏中诞生的尸体外,已经没了多少别的东西。这给了唐缺无限的希望,似乎是人们通过了大桥,到达了南京城外。

他们走到了桥中央，头顶前方挂着的已是玄武湖，背后则是南京几乎全部城区。城区已经拧成一团乱麻,似乎能听见空间挤压的吱吱作响。

也许是之前逃亡的人群对下层的铁路桥造成了不应有的损坏，这时下面突然传来咿唔的钢筋摩擦声,然后突然是一震,满是巨型钢筋的铁路桥一倾,朝长江塌落下去。巨震中,唐缺和老师都身不由己地滑向看起来已经摇摇欲坠的水泥护栏,他拼命地在路中央稳住自己的身子，又靠着自己的体重死死拉住了老师，好容易才没有被颠出去。

震动停了下来，唐缺刚刚松了口气，江面传来哗啦的巨响，人群落水的声音此刻才传回桥面，更有人觉得这条母亲河是更好的归宿，自己张开双臂朝江面泛起的无数白色浪花扑了下去。

两人说不出一句话，呆坐在桥上半天。唐缺从桥栏杆犄角一个被踩踏致死的尸体上衣口袋里掏出一包九五至尊烟，一个打火机，和老师一起一人点上一根。直到这根烟抽完，他们都没再交谈。

唐缺站起来，把剩下的香烟洒落长江，两人默不作声地继续朝前走。尽头越来越近，他们终于从盘卷的空间中看到了大桥通往何方。

依山石阶似只有一米来宽，石阶上密密麻麻地挤满了百万人群，如蝼蚁在暴雨前倾巢而出。入口的石坊却大若撑天，上书四字：“天下为公”。

唐缺颓然倒地，深深一叹：

“国父先生，我们来看你了。”

这时，还应是三四点的阳光在一瞬间消失。

唐缺听到了最后一个声音。

“好嘛，电磁力维终于也……”

6

这段资料就是南京城消失时留下的最后声音
千年古都南京就是在这么一声的伴随下消失得无影无踪的

“接下来大家将要看到的是这条线路又一个著名旅游景点，六朝古都——南京。南京，古称金陵，素有‘江南佳丽地，金陵帝王朝’之称……”

旅客们下了车，见到眼前的景点，瞬间石化了。

荒地中插着一块木牌，木牌插得有些斜，上面的字显然也是随手乱写的。

国家级景点——南京

旅客们在目瞪口呆中，听见导游说道：“……我们这个团的游客朋友们是非常幸运的！你们将有幸听到一段极其珍贵的历史资料。这段资料是什么呢？这段资料就是南京城消失时留下的最后声音，千年古都南京就是在这么一声的伴随下消失得无影无踪的。这段珍贵的历史资料是三天前才刚刚解密的，各位有幸称为国内外游客第一批听到这珍贵声音的人！现在请大家安静下来，仔细地听！”

劣质喇叭咿咿呀呀发了半天噪音，终于安静了下来。

……

……

……

Biu！……

……

……

游客们愣了半天，才终于爆发！

“狗日的，啥子东西哦？”

“你这儿不是忽悠人吗！”

“退钱！退钱！”

“不带这么骗人的呀！我们要投诉！”

“投诉到底！”

背面天堂

BEI MIAN TIAN TANG

黑暗天顶是一张巨大冰冷的金属蛛网
如同上空纠缠盘结的雨林

沙凌娜遇到叶飞的时候,她已经在黑暗中度过了十四个年头。

沙凌娜出生在黑暗天顶。她从来不知道自己睁开第一眼时周围的世界的样子——沙凌娜第一次睁开眼睛的时候,和她十四年生命中绝大多数时间一样,周围的一切漆黑一片,不见一丝光。

这里的世界,就是揉成一团的气味和声音,超过一米外的世界永远是缥缈的蜃景,唯有伸手能及的周围才是真实。沙凌娜便在这样的黑暗天顶慢慢地长大,她和母亲相依为命,在一片沉寂的黑暗中平静地活着。在可以预想的未来,沙凌娜也以为,自己将永远这样活下去,直到某天,自己在沉睡街,或者这个世界的任何一个角落长眠下去。

直到她遇到叶飞为止。

那时候,沙凌娜刚刚从一个不知道多长的睡梦中醒来,整个身体因为过度的睡眠而有些胀痛,她反反复复醒来然后倒下许多次以后,终于拼命挣扎着爬了起来——她知道如果再睡下去,恐怕这个梦就是永远那么长了。周围一片寂静的冰冷,带着一股潮湿的锈味儿。睡觉前留下的食物已经散发出腐败的酸臭,沙凌娜爬起来,迷迷糊糊地掰掉干肉和面包外面霉变的壳,大口地填饱自己的肚子。

她的母亲离开了,很久都没有回来。沙凌娜只是稍稍担心了一下她,又觉得头晕起来。冷而干的面包和熏肉让她感到喉咙里好像火烧一样。身旁的水桶已经见底,于是她站起来,决定去找些水。

这场睡眠比她想象的还要长,她走了两步,就发觉自己的身体僵硬,浑身发麻,神经泛起点点的刺痛,好像一个生锈许久的机器人一样,关节干涩。

黑暗天顶是一张巨大冰冷的金属蛛网,如同上空纠缠盘结的雨林。对于母亲的比喻,沙凌娜丝毫不能理解其中的含义,但她会把它记住,就好像自己真正懂了一样。她们在这个光秃秃冰冷的钢筋当中填上不知道从哪里找来的乱七八糟的东西,木板,布,钢铁,粘土,将这些空网填起来,就好像筑巢的鸟一样,在金属树枝之间搭上自己的家。

这里没有水管,更不会有植物,但是如果沙凌娜运气好,她可能会在金属织网纵向交织的夹缝里找到一点点凝结下来的水滴。如果运气够好,这些水可能甚至没有腥味儿，只有一丝淡淡的锈味儿而已——这比用钱买到的水里令喉咙发腻的腥味要舒服得多。

脚下的钢筋只有手臂来长，沙凌娜迷迷糊糊地在这样的道路上前进，虽然稍有不慎，可能就会跌下去，在下面交织的钢筋横梁中跌得粉身碎骨，但十余年的习惯已经成了本能，就算梦游，也会小心翼翼地保持着平衡。

轻轻地跳到另一根钢筋之上，沙凌娜闻见随风飘来的一股男人的味道。

沙凌娜所遇见的男人里，有的是发馊酸臭的死亡味道，有的是黏稠的体液味道，更多的，是肮脏刺鼻的恶臭。然而这时候，她却闻到一股淡淡的干燥的汗味儿，夹杂着一丝血腥气，好像坚硬的干肉一般。那个男人一动不动，呼吸沉重，身体散发出滚烫的热量，但是那种滚烫好像是生命将要燃尽的温度。

她犹豫了一会儿，走了过去。这个男人躺倒在钢筋上，右手从金属边缘垂下去，无力地悬空晃动着。沙凌娜小心翼翼地碰了他的脸一下，摸到一串胡碴，男人呻吟了一下，没有动弹。她小心地把他扶起来，靠着竖立的钢筋坐好。

“你还好吧？”沙凌娜问道。

“水，”他呻吟着说，“给我一点儿水。”他挣扎地动了动，试图把手伸进自己胸前的口袋里，“我有钱……”

“你怎么了？”沙凌娜问。

“从上面摔下来了，没事儿，给我点儿水……”他说。

黑暗天顶从来没有相互帮助的概念，每个人都在生命边缘挣扎，就连拯救自己都来不及。但是不知为何，沙凌娜想要救这个男人。

“等等。”她说，就像一只猫一样轻轻地跳开了。沙凌娜有些匆忙和慌乱地在复杂的蛛网里寻找，一点一滴地收集在缝隙里积攒的水珠，甚至不得不冒着失足的危险在钢铁小径之间跳跃，上下攀爬，她不敢离开太远。尽管如此，她还是花费很长的时间。

回到男人身边的时候，沙凌娜发现对方的气息已经平稳了，体温也恢复了正常。他似乎没有受太重的伤。

“水。”她递给他那张浸满了水的纱布，他一下就塞进嘴里，拼命地将它吸干。

那副湿润了喉咙之后痛快的模样，让沙凌娜一下子觉得自己口干舌燥起来。

“谢谢。”男人说，有些艰难地从口袋里掏出了张钱，“给你。”

这时候，整个钢筋横梁突然猛烈地颤抖起来，正如蜘蛛网被巨大的飞蛾撞上一样，嗡嗡地乱颤起来。

然而在黑暗天顶,不会有食物撞上来,撞上来的只有杀手。

巨锤巡逻过来了。

沙凌娜已经来不及考虑该不该接受男人的钱，就一把将这个比自己高大沉重的人拉起来。

“你还能动吗？”

“勉强。”他说。

“跑吧！”沙凌娜叫道,辨明了声音传来的方向,拉住他朝另一边跑去。

脚下的钢筋乱颤,他们每一步都踏在地狱的边缘,每一步都可能踩滑跌下去。声音越来越响,巨锤已经近在咫尺。

已经来不及逃跑，他们将自己的身体藏在盘根错节的钢筋角落，努力地躲起来。

“哐,哐……”巨大的声响在钢筋之间回荡,乱麻一样的回音好像把周围的世界都吵醒了。

沙凌娜遇见过两次巨锤,但从来没有这么接近过。那到底是什么,她也毫无概念,她只知道那巨大强壮的钢铁怪物在黑暗天顶四处游动。巨锤的名字,来自它行动时巨锤敲击的巨响,但是沙凌娜相信它决不仅仅是一个巨锤而已。它所经过的地方,一切原本损坏的金属构造都会复原,损毁的道路会恢复,锈蚀的钢铁会焕然一新,拆倒的立柱会重新树起来;而人们搭建的一切,从家中,扩宽的街道,到甚至来不及躲开的人,也都消失不见,留不下一丝踪迹。

“哐,哐……”巨锤就在身边了。

沙凌娜和男人挤在钢筋网格中,听着外面的巨响贴身滑过。不知为何,沙凌娜却意外地觉得极度的平静。她贴在这个男人的身上,感到他的身体在瑟瑟发抖。

“你害怕吗？”沙凌娜小声地问。

过了一会儿,他才回答说:“怕。”

害怕什么呢？她还来不及问,一声巨响在耳边响起,一切发疯地颤抖起来,他们依着的几根钢铁轰然破裂,两个人直端端地掉了下去。

没有尖叫,也没有伴奏。砰……

撞上一根斜拉的柱子,橡皮一样弹开,朝下,撞在一根一人多宽的巨大平台上,在朝一旁弹开之前,男人一把抓住旁边一根钢梁,稳住了自己。沙凌娜只感到软软地一撞,掉进了他的怀里。

男人呻吟一声。沙凌娜的脸紧紧地贴在他的脸上，他潮湿的呼吸让她面庞发烫。于是她小心地起身，试图站起来。这时候男人原来抓在钢梁上的手猛地伸过来，狠狠地将沙凌娜压在自己的身上。

“别动，那东西还在上面。”

嘀嗒，嘀嗒。水从上面一点点儿地滴下来，不是凝在钢铁上的冰冷，而是滚烫。

哐，哐，上面的巨响不断，钢铁变形的声音顺着钢梁传来，在他们身下颤抖。他们那样贴着，死亡的威胁令他们浑身滚烫，沙凌娜不知所措。

突然间，从头顶那交织的钢筋之间，那个巨大的神秘的强大的巨锤里，闪烁出一道青色的电弧光。那道电弧，透过巨锤身体的缝隙，在那片混乱的蛛网间拉出一圈狰狞的切画。

在那狰狞的一闪中，沙凌娜看到了自己一生所见过第一个男人，他满脸胡碴，从眉心到嘴角拉着一条长而深的伤疤，在那样的光线下，如一道透颅而出的深深裂纹。

然后，整个世界又重新陷入一片漆黑。又过了好久，那巨响远去，不闻踪迹了。

2

沙凌娜所见过唯一一个足以照亮周遭的光源是巨锤的电弧，
然而那代表着近在咫尺的死亡

那个男人叫叶飞。这个名字远没有那个人有特点。

他住在离沙凌娜住地七十三根钢梁的地方，朝上两根钢梁。当沙凌娜母亲不在家的时候，她就跑去找他——而她的母亲总是不在家，沙凌娜从来不知道母亲在干什么，母亲总是很久之后回来一趟，带回足够的钱，面包，肉。于是沙凌娜不需要为了活下去而奔波，有足够的时间去发呆，无聊。

叶飞看见她从下面爬上来的时候，总是面带微笑。

“你来啦？”他说。

更多的时候，叶飞很忙，不见踪影。于是沙凌娜就和那些和叶飞住在一起的人聊天，听那些在黑暗天顶老去的人们讲故事。这些人早已经不知道自己的年龄，甚至有的已经快要搬去沉睡街，已经老得不成样子。

如果叶飞在，她就和叶飞待在一起，跑过几条钢梁，去寻找一个宽敞冰冷的地方。在黑暗里，可以做的事情并不多，但也可以像老鼠一样快乐。

和叶飞住在一起的老人们有着各种各样的故事。他们讲在传说中，世界是有光的，每天有一半时间光明，头颅顶端最没用的那两颗大眼睛在那个时候可以看到东西，比听觉和嗅觉要敏锐，比触觉要准确。他们讲在很久很久以前，人们刚刚来到黑暗天顶的时候彼此勾心斗角，用尽阴谋诡计，斗争不休，耗尽一生，其中涌现出无数的英雄和恶霸，然而这些人终于明白，这个世界里没有争斗的意义。他们讲那个巨锤的来历，讲和它斗争最后落败的历史，讲多少人被它吞噬，讲多少精心经营的平台在它面前划归乌有。但是正如讲故事的人说的，这里面没有任何一句话是真实的。

终于有人告诉她，叶飞想到下面去。

“到下面去？”沙凌娜问。她小心翼翼地伏下身子，探出头，朝那无尽的深渊下望去。

“下面？下面有什么？”

于是他们争执了起来，有的人说，下面是地狱，巨锤遍地，堆满了无数失足跌下的尸骨；有的人说下面和所有的一切一样，是永恒的钢梁，望不见尽头；有的人说，下面是神的天堂，只有被选定的人才可以下去，否则将尸骨无存。他们吵得那么厉害，最后沙凌娜不得不花钱买来一大桶水请大家畅饮，才熄灭了争执。

等到大家开怀畅饮，忘记了争执的时候，沙凌娜说：“如果下面的水没有这个腥臭的话，我也想到下面去。”

几天以后，她在睡梦中被惊醒，发现叶飞浑身伤痕地出现在她的住处。

“把我藏起来。”他说。

来不及问一句话，她慌忙地用水冲洗了他滚烫的身体，挥霍地让这些水哗啦啦地冲下无尽的深渊里去，她小心翼翼地擦掉了他来时留下的痕迹和气味，把他绑在地面钢梁的下面。四五个人匆忙地从她附近跑过，没有发觉他的踪迹。

“出了什么事情？”她问叶飞。叶飞只是笑，一句话也不说，然后狠狠地抱住她，不顾身上还流血的伤口。

等他慢慢地平静下来，舒服地躺在沙凌娜母亲不知道从哪里找来的大铁板铺成的地板上之后，他终于开口说了话。

“沙凌娜，我要到下面去。”

“下面有什么？”她问。

“下面什么都有。”叶飞说。

他站了起来，拉起沙凌娜的手：“跟我走。”

他带着沙凌娜不知道走了多远，穿过数不清数量，弄不明白长度的钢梁，爬过

纵横交错,似乎无法穿越的夹板,甚至磨破了皮肤。不知道上上下下,来来回回多少次,不知道绕到了什么样的地方,叶飞似乎对这一切驾轻就熟,丝毫没有犹豫。

在巨大的、密不透风的钢铁墙壁面前,他停了下来。“闭上你的眼睛。”叶飞说。

沙凌娜乖乖地闭上眼,听着一声轰隆隆的钢铁摩擦的声音。然后她的手被叶飞拉着,引导着爬了过去。

脚底一股软软的弹性的松软。

“现在睁开眼睛,看下面。”叶飞说。

她睁开眼睛,一阵刺眼的晕眩。

脚下镂空的隔网深处,橙黄色的光芒冲天而起。

“看吧,那就是下面的天堂。”

沙凌娜闭眼,睁开,又闭眼,又睁开,可以睁开的时间越来越长,过了很久很久,她终于可以眯着眼睛直视下方了。

这是什么样的景色啊?

她也曾经见过光。在用钢铁猛力敲打钢铁的时候溅出的点点火光,就好像巨响的附庸,在漆黑的背景中一闪而过,就像魔鬼的脚步一样。那样的光就像是头狠狠撞上钢铁时的幻觉,嗡嗡作响。又或者是在沉睡街看到的四处飘荡的冥火,悠悠地悬浮在半空,变换着奇妙的形状,幽绿,像死神的所有权声明。沙凌娜所见过唯一一个足以照亮周遭的光源是巨锤的电弧,然而那代表着近在咫尺的死亡。

而脚下的光明,却是那么的温暖,强烈。她朝下望去,不知道那到底离这里有多少个钢梁的距离,分辨不出一点儿东西,只有那淡淡的橙黄色的光透过来,好像无数火花凝聚成群。抬起头来,周围的一切在淡淡的光线下露出自己的影子来,那些混沌、模糊、因为无法察觉而显得狭小而又无限庞大的世界一下显出自己真实来。原先只有触摸才能确信的坚实世界范围扩大无数倍,那些听觉和嗅觉绘制的模糊的世界范围缩小无数倍,她从来没有想到自己能一下子这么清晰地了解周围世界的模样,不需要一点点探索脚下,不需要担心前方那些安静无声的致命危险,似乎一切都在她的手心。

沙凌娜第一次仔细地看叶飞的脸,这是她见过的第一张,也是唯一一张男人的脸。她不知道这样的脸是美是丑,这张脸上棱角分明,像刀削过一样,甚至留有疤痕,而那两只大大深陷的眼睛圆圆地睁开,好像要把她吸进去一样。

叶飞躺倒在地板上,眼睛瞪得大大的,望着下面,自顾自地说:“我很小的时候,又累又饿,被人追赶,逃到了这里。那是我第一次看到光,这么亮。看看下面,到处都是亮的，什么都可以看见，而我们这里却一片漆黑。看着看着，就觉得不那么饿，也不那么渴了。后来，我就经常来这里，朝下面看。

"我相信，人是应该活在光明的地方的，你看，人的头顶长着这么大的两个眼睛，比鼻子，比耳朵都要大。看到这些光，就觉得整个人好像都变了一样。不用为了一点儿水争来夺去，在角落里像畜牲一样地活着。我想知道下面的人到底是怎么样活着，我想看看那种在光明下的生活。我想下去，离开这个漆黑的地方。

"在这样的光里面，我们都快被融化了，你不觉得吗？"叶飞说，轻轻地把沙凌娜抱了过去。

这些温暖的淡淡的光线，好像温柔的舞者，将他们融化在一起。

过了好久之后，他们离开这个秘密基地，关上铁壁，一切重新陷入一片漆黑当中。

重新降临的黑暗，突然让沙凌娜不知所措，不知道该怎么办才好。好像刚刚到手的心爱之物突然间被夺去，令她恐慌起来。

这个时候，突然间，一阵剧烈的震动沿着钢梁传来，一切晃动得好像快垮掉一样。

"巨锤？"沙凌娜有些惊恐地倾听着，却没有感觉到一丝有什么东西接近的味道。好像是整个天顶一起摇动起来，这巨大的力量就连巨锤也难以企及。

所有的钢梁，所有的立柱，好像要被拆碎一样猛烈地颤抖着，他们的脚下无法立足，拼命地抓住身边或者地上可以容手的缝隙，剧烈的震动好像连他们的骨头都要拆掉一样。灰尘扬起，盖子一样地铺下来，不断有惊恐的尖叫从远处传来回荡变音，而乱七八糟的铁板、石块等东西落下，发出哐哐的剧烈撞击。在他们不远处，一个钢梁不知道被何物击中，发出咔的巨响，折成两段，旋转着呼呼地朝下面坠落下去。

颤抖持续了一会儿，在钢梁之间回荡，最后终于消失了。只有尘土密密地盖下来，还有下面不时响起两声脆生生的撞击。终归于平静了。

又过了好久，沙凌娜和叶飞才爬起来，彼此抓住手，不明白发生了什么。沙凌娜浑身冰冷，就连上次巨锤靠近她身旁的时候，她也没有这么害怕过。

"这是什么？"沙凌娜问。

"我怎么可能知道？"

"回去吧。"她说。

然而无论如何，她一步也挪不动了，整个身体都在颤抖，根本无法站稳。叶飞抱了她很久，突然想起了什么，从口袋里掏出一个小盒子来。

他打开它，听见哧的一声，柔和的火光从他手指尖端发了出来，好像下面的灯光在他手上凝聚起来一样。

“这是我高价买来的，火柴。”

小火球在他手指的木棍上跳动，好像给了沙凌娜勇气一样。

“当我觉得没有希望的时候，我就点一根，这就是下面世界的祝福，我还有六根，等到我用完的时候，我就会到下面去，不再需要这小小的光明了。”

借着这微弱的光，沙凌娜看见他笑了起来。

火光慢慢地暗淡下去了，沙凌娜把手伸过去，摸了摸，温暖得发烫，于是寒冷和恐惧就奇迹般地消失了。但是木棍越来越短，叶飞小心地保护着，但终于还是在他手指间熄灭了，发出哧哧的响声和淡淡的焦味儿来。

黑暗重新降临，然而沙凌娜不再感到害怕，站起来，拉着叶飞的手朝前走去。

叶飞抽回那只手，然后递给她另一只，用含混不清的声音说：“回去吧。”

3

在这没有光明的黑暗天顶
要睡去实在是太容易的事情了

大震动毁坏了黑暗天顶许多地方。

沙凌娜和叶飞只好走过更远的钢梁来绕过损毁的地方，有些钢梁看起来完好，但是实际上已经松动，撑不住两个人的重量。

回到沙凌娜住地之后，两人已经又渴又饿，喝了点儿水，叶飞就独自离开了。沙凌娜浑身疲惫，来不及整理被震动搞得乱七八糟的房间，刚打算躺下好好地休息一下。这个时候，她听见母亲的声音。

“刚才那个男人，是谁？”

她突然出现在沙凌娜面前，就好像一直在那里一样，她声音满是疲惫，身体也散发着虚脱的气味。

“妈妈，”沙凌娜说，“你回来了？”

“那个男人是谁？”母亲继续问。

“我的一个朋友。”

“朋友？”然后她就不做声了。做母亲的知道，女儿身体味道已经和过去不一样了，她已经不再是一个孩子，虽然她才十四岁，但在黑暗天顶，这已经是大人了。

“别靠他太近。”母亲说，没有作出任何解释，然后就软软地在地板上躺下了。

过了一会儿，她说：“孩子，注意安全，不要去危险的地方。这样的震动会有一次，就会有第二次。”

然后很快的，母亲就睡着了。

沙凌娜看着自己的母亲睡去，头脑一阵茫然。

她突然觉得，对于自己的母亲，她实际上一无所知。从她记事开始，就没有父亲，而母亲也并不是总在自己身旁。在她想得起的绝大多数时间里，她都是独自一人。母亲好像只是一个偶尔出现的房客，而当自己慢慢长大之后，母亲甚至很多很多时间仅仅出现一次，带来食物、水和钱，然后又离去。她从来不知道母亲的事情，不知道她干什么，不知道为什么她一个人能带来这么多那些强壮的男人都无法获得的资源。母亲从来不讲自己的事情，很少交谈，所说的，好像只有“你不能这样”的只言片语的命令而已。

对于自己的母亲，她了解的似乎还没有对叶飞了解得多。

沙凌娜想着想着，就那样睡着了。当再次醒来的时候，身边已经再次空无一人。

“别靠他太近。”她想起母亲这句话，笑了笑，朝上面爬去。

来到叶飞的住地的时候，沙凌娜感觉到一片凌乱。大震动对这里造成了不小的破坏，空气里有股冰冷的血腥味儿。

“怎么了？”她随手抓住一个人问。

“死了两个人，一个掉下去了，一个被当头砸死。”

“叶飞在哪儿？”沙凌娜问。

这句话吓了那个人一跳，不作回答，转身跑开了。

很快沙凌娜发觉，那群和叶飞住在一起的人们，显得有些冷漠，好像在逃避她一样。

“叶飞人呢？”她问。

没有人回答，这群人似乎都没有听到这句话一样。

“怎么了？回答我？”

这样的冷漠让她害怕了起来，如果当时她不是和叶飞在一起，沙凌娜真的担心叶飞是不是死掉了。

她在这个混乱的平台拼命地抓住每个人,问:“叶飞在什么地方?”

过了好久,终于有个人因为挣脱不开她的纠缠,告诉她。

“那家伙去沉睡街了!”

这句话差点儿把她吓死。

沙凌娜只远远地看过沉睡街的样子,当时她离那条街有四个钢梁,再也不敢靠近了。

四个钢梁的距离之后,是一片潮湿温暖的静寂。

谁也说不清沉睡街到底是何时成为沉睡街的。那是一个在黑暗天顶罕见的巨大平台,足有六七个人长的宽度,伸张得足足有五个钢梁长。一切狭长的天顶蛛网世界,这是一个好像奇迹一般的平台,然而这个平台却是世界中心的绝境。

所有人能够想起的过去开始,这条街就已经是死寂的沉睡街。在这条长街上,躺满了不知道多少人,不知道哪些还活着,哪些已经死去。厌倦了生活的人会来到这条沉睡街,就和这里面所有人一起,躺下,睡去。在没有光明的黑暗天顶,一觉睡去可能是一瞬间,也可能就是永远。而在沉睡街,一旦睡去,就是永远。

这条街,永远有人进去,从来没有人出来。在那片绝对的黑暗中,在周围的不知道是尸体,骷髅,或者是沉睡者身体的包围下,那片温暖、潮湿、沉闷的空气中,躺下睡去,不知道会睡多久,沉睡者就算是醒来,也不会有力气离开,他们会睡到头脑昏沉,四肢乏力,然后慢慢地永恒地长眠下去。这是死者的圣地,也弥漫着沉睡者的诅咒——欢迎进来,没有人能离开。所有前往的人都在等待死亡,等待一梦到永恒。

沙凌娜在许多年前远远地看到的沉睡街,除了迎面而来的温暖潮湿,还有点点鬼火飘荡,好像亡灵的诱惑,引诱她前去,又好像死神的驱逐令。母亲带着她从一旁经过,停在这里,对她说:“永远,永远不要走到那个地方去。”

多年之后,她再次来到这里,依然是迎面而来的温暖潮湿,似乎一切都没有改变,就连点点冥火也好像飘荡了许多年,永不熄灭一样。

叶飞到沉睡街去了。

这实在是天顶下最难以置信的事情了。沉睡这种事情,离那个叶飞不应该还远得很吗?

她站了好一会儿,感觉到身后有人。一激动,沙凌娜几乎以为那是叶飞了。

但是那个人身上带着受伤未愈的血腥味,带着衰老的酸臭味儿,步伐缓慢,从她身边走了过去。

他一步一步缓慢地拖动自己受伤的腿,朝沉睡街走去。他并不真正的老。这种事情就这样在沉睡街不断地发生,当一个人对生活不再抱有希望,他们就来到这里,沉睡,睡到某个时候,再也不醒来。

沙凌娜慢慢地跟在他后面,朝沉睡街走去。那个人停下来,似乎是认真地闻了闻她身上的气味,然后不发一言,继续朝前走去。

空气就好像被放入催眠元素一样,越来越沉重,一切显得格外的温暖和舒适。整条巨大开阔的大道上,横七竖八躺着各式各样的人。有的人散发着淡淡的温暖,有的已经冰冷,有的散发出惊人的高温来,好像燃烧起来一样。在一片沉静当中,偶尔会响起鼾声,偶尔会有翻身的沙沙响,不知不觉当中,那个一起走来的人悄无声息地融入这样的街道当中,就好像从未出现在沙凌娜面前一样。

慢慢地,沙凌娜就感觉到头脑昏沉沉起来了。她要找到叶飞,但是在这样满是人,满是不知是死是活的身体的地方,要找到一个人简直就是不可能的事情。

沙凌娜焦急地在沉睡街奔跑起来,但是没有办法认出任何一个人。她会踢到人身上,有时候会听到不满的嘟囔声,然后那人一个转身再次睡过去,更多的时候毫无声息,甚至有的已经干枯,有的已经是枯骨。她在这样的衰老、绝望、死亡的困境里奔跑,最开始的焦急慢慢地被惊恐代替。沙凌娜这时候才突然明白,自己还是一个孩子。周围那种温暖的死亡好像要慢慢地涨起来,把她淹没在其中一样,冲进这条沉睡街的勇气开始慢慢流走,她想起听说的那些不吉利的传说,那么多那么多的人闯入这条沉睡街,然后再也没有回来,无论他们想不想在这里睡去,一旦踏入这里,便无法逃脱。

她慢慢地,开始觉得困,开始想睡觉了。当自己开始忍不住的时候,她不得不拼命地拧自己的胳膊——在这没有光明的黑暗天顶,要睡去实在是太容易的事情了。

难道叶飞,现在也就在她脚下,埋没在数不清的长眠者里了么?

这样一害怕,她一下忍不住,像小孩子一样大声哭了起来。

哭泣,疲惫,这样温暖和沉闷的空气,让她越来越觉得晕头晕脑了。

"我就要死在这里了。"沙凌娜想。

她错了。

在失去知觉之前,她听见一个声音微笑着说:"哭什么呢?"

一只手拉住了她,然后另一只手轻轻地擦干了她的眼泪。

沙凌娜浑身一软,就倒在了叶飞怀里。

"你怎么会到这里来的?"叶飞说。

“来找你，”沙凌娜说，“我以为……以为……”她一边说，一边继续地哭着。

“以为我不想活了？我？”叶飞大笑起来，“不可能。”

“在到下面去之前，绝对不可能！”

过了好一会儿，沙凌娜才缓缓地平复了呼吸。在叶飞身边恢复了冷静，头脑似乎也慢慢地清醒了起来。

叶飞带着她，在这群长眠者的圣地里游荡。最开始沙凌娜有些茫然，但是慢慢地，她明白了叶飞在干什么。

他翻开这些身体，无论或生或死，或者干枯或者腐烂，他在盗窃这些沉睡者遗留下来的所有财富。

当每一个沉睡者来到这条沉睡街的时候总是带着不少食物——他们打算在这里沉睡至永恒，而并非在这里饿死，当自己醒来，总需要填饱肚子。更多的人会带着自己的一切，自己所有的财富。当这条沉睡街成为死神的领域，这里便聚集了越来越多的财富，越来越多的秘密，然而只有人将这些东西带来，却没有人将它们带出去。

“你在偷东西。”沙凌娜震惊地说。

“偷东西？”叶飞被吓了一跳，“这些人已经死了。这些东西对他们来说，还有什么用吗？”

沙凌娜沉默了一会，“可是还有些人没有死啊。”

“现在还没有死而已。很快他们就会死去，他们不会离开这里，这些东西对他们毫无用处了。”

“可是，可是……”

“有什么好可是的？”叶飞恼火地说，“我需要钱，他们不需要，难道有什么不对吗？”

“我们应该尊重他们，不管死了还是没有。”

“我倒觉得，我们应该更多地尊重一下还活着的人。”

叶飞说完，心情显得很不好。

“走吧，我们离开这里。”

不由分说，他就这样拉着沙凌娜离开这里。

这样，一直走过了好几根钢梁，沙凌娜突然甩开了叶飞的手。

“你为什么要这样做？”她说，“这样做，你不会害怕吗？”

“害怕？”叶飞看着她，重复着这个词。“害怕。”

“我当然害怕,”叶飞说,“我害怕得要死。”

“我很小很小的时候,身体很弱,谁也打不过。所有人,比我大的,比我小的,他们都可以欺负我。以打我为乐。他们把我捆起来,在钢梁之间抛来抛去,我随时都可能被他们失手丢下去,摔成肉酱。我越尖叫,他们丢得越开心。我害怕得要死,他们高兴得要死。”

“有一天,一个人被失手摔死了。那群人逃得无影无踪,过了一根钢梁,再也不见踪迹了。”

“生,死,就是一根钢梁的界限,再也没有办法找到他们,他们消失不见了。我一直想知道为什么,为什么这个世界是这个样子。”

“后来我明白了,因为这个世界没有光。每人只能知道自己身边手臂长的世界。在那之外,大家就什么都不知道了。人可以干任何事情,可以杀人,然后只需要跑过一根钢梁的距离,那些东西就和自己在另一个世界了。不会有人找上你,不用付出代价,这里一片黑暗,每个人都像畜牲一样活着,除此以外什么都没有。”

“我害怕,这里这么黑,什么东西都感觉不到。我害怕得要死,不知道什么时候,在哪个角落我就死了,就好像这些在沉睡街的人一样。周围的人,下面的光明,未来的世界,一切都和我无关了。我害怕得要死。我要离开这里,我要到下面去,我要去那个有光的世界,无论如何,无论怎么样,无论用什么手段。其他的一切,都去他妈的吧。”

叶飞不停地说着,浑身发抖,他的手指冰冷,颤抖着伸进自己的口袋里,掏了三四次,终于掏出那盒火柴来。

划了两三次,才哧的一声点燃。那个小小的火苗跳动了两下,稳定了下来。那个火苗被他小心翼翼地团在手里,慢慢地他重新镇定了下来。

“还有五根,我就要离开这里了。我的钱就快要够了。”

4

她喜欢那样温暖的光
喜欢那个光芒覆盖着的下面世界

沙凌娜回到自己的小窝里,想了很久,很久。

毫无疑问,她喜欢那样温暖的光,喜欢那个光芒覆盖着的下面世界。

但是,不知道为什么,她却没有叶飞那样的坚定信念,她不知道自己是不是应该跟着叶飞去下面。这个黑暗的天顶到底有什么让她留恋的？还是她害怕改变和那个不确定的下面世界呢？

沙凌娜想了很久很久。

叶飞要到下面去，那我也要去。

这就是她的决定。

她又在这个小窝里等待，一直等一直等。

当她母亲再次出现的时候，沙凌娜对她说："我要到下面去。"

她的母亲一下就呆住了，甚至停下，慢慢地把身体转过来，面向着她，用无法置信地口气问道：

"你，说什么？"

"我要到下面去。"沙凌娜重复道。

"你疯了。"她母亲声色俱厉地说，"绝对，绝对不可以。"

不知道从哪里来的勇气，沙凌娜第一次正面地和她母亲争吵起来了。

"凭什么，为什么你不许我到下面去？"

"因为下面，是地狱。"

"你胡说，你根本就不知道下面是什么样子的。"沙凌娜大声说，"下面是光，下面不是这个鬼地方那样一片漆黑的，我要到下面去！"

"我不知道下面是什么样子的？"她母亲突然犹豫了片刻，苦笑起来，"我就是从下面来到这里的。"

半晌的寂静，这个世界好像度过了一段静止的时空一样。

"你骗人。"沙凌娜说，"你骗人，下面的人怎么可能到上面来，你骗人。"

她说完，轻盈得猫一样跳了出去，在狭窄的钢梁上飞奔起来，转瞬之间，就脱离了她母亲的感知范围，她母亲急忙冲出去，但是已经找不到沙凌娜的任何踪迹了。

"下面不是你想象的那个样子的！"她大喊起来，但不知道沙凌娜还能不能听到了。

"我马上就要到下面去了！"

沙凌娜一路气喘吁吁地找到叶飞的时候，她还来不及说一句话，叶飞就兴高采烈地宣布道。

沙凌娜大吃一惊，有些呆呆地抓着他。

"我终于筹够钱了，我马上就可以到下面去了，"他抓着沙凌娜几乎要跳起舞来,“我就要下去了,我就要到光的世界里去了。去他妈的黑暗吧,去他妈的这一切。哈哈哈哈……”

他开心地笑着:“陪我一起过去吧。我要你看着我离开这个鬼地方。”

沙凌娜想对叶飞说:“我想要和你一起去”。可是不知道为什么,她却觉得自己无法开口了。

叶飞拉着她,像要飞起来一样在钢梁之间狂奔,用疯狂放荡的步伐在钢铁蛛网中跳跃,好像一刻也无法等待。钢梁好像脚下逃跑开的条纹,甚至连踪影都看不清,甚至每一个跳跃前都不知道下一个钢梁在什么地方,叶飞就那样笑着,好像要把自己一辈子的笑容全部在这里绽放出来一样。

“停下,停下。”沙凌娜终于气喘吁吁,再也跑不动了。“我跑不动了,别跑了,慢一点儿。”她喘着气说。

叶飞于是停下来,笑着抱起沙凌娜,不顾掉下去的危险,转了好几圈。

沙凌娜喘着气,好半天,才说一句话:“到下面去,要多少钱?”

叶飞把她放了下来:“你问这个干什么?”

“我想要和你一起到下面去。”

他愣了一会儿:“五万。”

沙凌娜的母亲总是给她很多钱,她甚至常常搞不清有多少,但是她知道,没有这么多。

“你能……”

沙凌娜迟疑了好久,说:“你能等我赚够五万么……我现在没有那么多钱。”

叶飞沉默了半天,小声地说:“对不起……我已经等得太久了。”

尴尬的沉默持续了好一会儿。

“没关系,”沙凌娜忍着泪水说,“没关系,我会去找你的。”

等了等,她又接着说:“我们走吧。”

她拉着叶飞的手,让他领着自己朝前走去,终于还是忍不住悄悄地流下了眼泪。

当叶飞领着她从两个冰冷的好像柱子一样的高大男人身边走过的时候,沙凌娜感觉到一阵胆怯和紧张。越过这里,她就真的要和这个男人告别了。

一道钢铁墙壁立在面前,摸起来格外的坚硬冰冷,好像两个世界的分隔线一样。

叶飞用力地敲了敲门。发出铿铿的回响声。这个房间不像那些住所一样,是用破烂的铁板铺在钢筋的搭架角落,勉强做出一个平整的地面来,而是真正用坚固的铁从四面死死地密封起来,不透出一丝缝隙。

"叶飞,进来吧,你旁边的是你的朋友?"

"是的。"叶飞回答道。

话音刚落,他们还没有做出任何动作来,那个钢铁墙壁突然朝两边分开,一道柔和的白色光线好像撕裂这个铁壁一样,朝两边迅速地扩展开,哗啦地涌了出来,迎面扑在他们的眼睛里。

好像圣域之门就这样无声无息地在沙凌娜面前洞开一样,她几乎窒息了过去。

这个耀眼的光芒,比那来自遥远下方而衰弱的微薄光线,要强烈无数倍。一瞬间,整个世界都被这耀眼的光芒淹没了,她无法思考,无法呼吸,过了好久,才慢慢地恢复了意识。

叶飞笑着看着她,她也看着叶飞。在这样的光线下,那张脸好像刀锋一样锐利,又好像水一样的柔和。尽管她几乎从来没有见过人的表情,但她还是清楚地明白了他脸上挂满的快乐——而这样的快乐意味着,他就要离自己远去了。

然后沙凌娜跟着叶飞走了进去。这个房间里,放满了各式各样东西,沙凌娜不明白那些是什么,那些神秘未知,或大或小,或粗糙,或精细,或简约,或繁杂,似乎充满了魔法的物品好像毫无规律,又似乎整齐地堆满了整个房间,这个看起来纷乱复杂的房间,似乎是一个随时都会拯救自己命运的魔屋一样。这一切似乎就是天堂。

过了好久,她才注意到房间里的那个人。那个人个子很矮,长得干干瘦瘦,好像一个活动的骷髅。他的脸却意外地柔和,眼睛里,就和他的身体一样,显得懒洋洋的。

那个男人没有看叶飞,反倒是从上到下打量了沙凌娜很久。

"我觉得,我好像在哪里见过你。"

见过?在这个黑暗天顶,怎么可能有人见过?

"你一定认错了。"叶飞说。

"应该是吧。"那个男人摇摇头说,"钱呢?"

叶飞从口袋里掏出一把花花绿绿的东西,过了好一会儿,沙凌娜才明白过来,那就是自己熟悉的钱。

那个男人数了数,收了去。

“你终于挣够了。”他懒洋洋地说,似乎没有从这一大笔钱中得到任何兴奋。

“现在你就要到下面去吗?”他问。

“对,我现在就要到下面去。”

“好。”他说。

他站起来,身体的高度只到叶飞的胸口。

沙凌娜的心好像要爆炸一样疯狂地跳着,她知道,这个男人站起来,就要将叶飞送走了。叶飞就要这样离开这里,到他梦想的天堂中去。她不知道,他是不是还会想起自己,当他生活在那样的天堂的时候,自己是不是还能和他有联系。她说自己将要到下面去找她,可是她不知道那将是什么时候的事情。她明白,自己的母亲不可能为她提供这样的金钱,然而她自己又用什么样的方式去挣如此巨大的数额呢?当她有一天到下面去,在那个巨大的光明正义温暖的天堂里,她又还能不能再找到叶飞呢?这样的离开,是不是就是永远了呢?

她觉得自己就要哭出来,只能拼命忍住。那个男人站起来,叶飞跟在他身后。

那个男人走向房屋的角落,伸手,轻轻地触摸了前方的墙壁,悄无声息的,那堵墙壁豁然洞开了。

5

从天堂到地狱
只是短短的一瞬间

从天堂到地狱,只是短短的一瞬间。

叶飞那张兴奋的脸还清楚地停留在沙凌娜的脑海里,他迫不及待地朝那扇洞开的大门望去,一张网好像划破这一片天堂的恶魔一样,从那里激射出来,一下就把他死死地罩在当中。他就像一根木棍一样轰然倒下。

他们两人还没有从震惊中恢复过来,来不及说出一句话,身后通往黑暗天顶的大门就突然打开了。不知道多少个人,五六个,还是七八个,高高矮矮的人涌了进来。

“我终于抓住你了。”沙凌娜听到一个愤怒的声音说,就看到一只脚狠狠地踢在叶飞的头上,叶飞惨叫一声,满脸的鲜血。

“到外面去,别弄脏了我的地方。”那个房间的主人平静地说。

于是这群人立刻拖起叶飞,走了出去。沙凌娜像一个傻子一样呆呆地望了这个买卖人一眼，转过身跟着他们跑了出去。

那扇明亮的大门悄无声息地关上，一切重新陷入黑暗的绝境里。

一阵拳打脚踢的声音响了起来，大声的咒骂在天顶回荡起来。

“我叫你抢啊，抢啊。”

“这脚是为了我的胳膊，这脚是为了我兄弟的腿，这一脚……”

叶飞的呻吟淹没在复仇的咒骂当中，鲜血的味道一下子就那么浓烈，好像要把周围淹没了一样。

沙凌娜大叫起来。

“住手，给我住手！”

然而根本无人理会。她在这围殴的人群外侧无助地大喊：“停下来，求求你们了，停下来。”不知不觉泪流满面，声音也颤抖起来。

她拼命地从缝隙中间挤进去，死命地推开周围的人，扑倒在叶飞身上。

“住手！”

马上，几只手就把她扯了出来，将她丢到一旁。

“没你的事儿。”他们说。沙凌娜无力地哭泣着，拼命想挣脱，却拧不过这些壮汉的力气。

叶飞的呻吟慢慢地低了下去，很快就听不见了。

又过了好一会儿，殴打的声音慢慢停止了。又踹了两脚，叶飞已经没有反应了。

有人复仇地笑了起来：“人渣也想去天堂，这是你的报应。”

他们放开沙凌娜，放肆地大笑着，唱着歌离开了。

沙凌娜抽泣着伏下身去，叶飞浑身是伤，骨头好像成了一堆胡乱的碎片，血流满地。

她哭着轻轻地摇了摇叶飞，他发出一声低不可闻的呻吟来。

“你没事儿吧？”沙凌娜泣不成声地问。

过了好一会儿，才听到叶飞低声地说：“我快要死了。”

她听见叶飞小声地哭泣着说，“我不想死，我不想死。我还不想死。我还年轻，我还什么都没有看到。”

他挣扎着，用他还没有彻底碎掉的左手朝自己口袋里掏去，他颤抖着，摸不到自己要找的东西。

“火柴，火柴。”他低声说。沙凌娜伸手从他满是血的衣服里掏出那个小小的盒子。

叶飞已经说不出话来，沙凌娜知道他在想什么，但是手已经颤抖得不听使唤了。好半天,她才打开那个盒子,从里面掏出那剩下的五根火柴。

嚓,嚓,嚓。她拼命地划着,划了六七下,终于,哧的一声,这五根剩下的火柴全部点燃了。

在这团大大的温暖的火焰下，沙凌娜看见那张满是血污扭曲的脸已经无从辨识,但他还是拼命地睁开眼睛,看着她手心的火焰,血朝他深陷的眼窝下流去,糊住他的双眼,他却连眨也不眨一下。

她看见叶飞用自己左手拖着那个已经几乎粉碎的身体,向一旁爬去,颤抖着,一寸一寸地朝钢梁的边缘移动着。他张了张嘴,却没有发出任何声音来,然后就从钢梁的边缘掉了下去。

沙凌娜无声地看着这一切,整个头脑一片空白。过了好一会儿,她突然感到手指一阵剧烫,手一松,那五根燃到尽头的火柴哗地朝下面那无尽的深渊跌落下去,一下就熄灭了。

这个世界,再次陷入那片绝望的黑暗里。

沙凌娜就像一座雕像一样,蹲在那里,过了好久。

她的头脑和身体都好像被抽空了一样,什么也不能想,一丝也不能动。她不知道到底发生了什么,这一切到底是怎么了。她只知道,叶飞已经死了。

她慢慢地停止了哭泣,站起来,回头朝那个房间走去。

就好像知道她会回来一样,她刚刚站在门口,那个墙壁就打开了。

买卖人依然懒洋洋地坐在那里,抬起头来,望着沙凌娜。

“为什么？”她问,“你不是答应要把他送到下面去吗？”

“是啊。”买卖人回答,“生意就是生意。如果他还在这里,我就把他送到下面去。”

“可是你为什么要杀了他？”

沙凌娜说完,突然爆发出巨大的力量,一跃而起,朝他扑了上去。

在她刚刚离开地面的瞬间,背后一阵疾风掠过的声音。她的整个身体被拦腰擒住,用不上半分力气,被轻飘飘地拎了回来。

门口的守卫像一阵舞动的风一样拦在她面前,一言不发。

“生意就是生意。”他背后的老板说,“我收了他的钱,答应送他下去。我也收了别人的钱,那些人要我把你的男朋友带给他们。

“谁让你的男朋友出手那么狠呢？在这个地方，抢劫，偷东西都不是什么了不得的事情。要怪，就怪他做得太绝，只要给那些人留一点儿活路，他们也不至于发这样的狠心，非报仇不可啊。”

沙凌娜整个人僵化在那里。她知道叶飞在沉睡街偷东西，但她并不知道，他不仅掠夺死人的东西，也掠夺活人的。她不知道那样的一个叶飞的存在，沙凌娜什么也不知道。

“这不是你害的吗？”沙凌娜怒吼起来，“是你告诉他，五万就能送他到下面去。难道不是你诱骗他去做这些事情的吗？”

“生意就是生意啊。”买卖人说，“我开价，他付钱，其他的事情，和我有什么关系吗？”

沙凌娜沉默了好久。

“你收了他的钱。”

“没错。”

“我要代替他下去。”

买卖人大笑起来：“我和叶飞的生意里，没有你什么事情吧？他死了，交易取消，他的钱没有主人，我先到先得而已。”

沙凌娜气得浑身发抖，但是那个保镖像一座山一样挡在她的面前，一动不动。

在这样的僵持当中，猛然间，“轰……”一声巨响，整个房间狂乱地颤抖起来，好像无数个巨锤在周围聚集起来一样，在这个狭小的封闭空间里，震动和声音来回碰撞着，摆满这个空间的各式各样的东西好像活起来一样，疯狂地跳着，四处飞舞。黑暗天顶的一切开始剧颤，站立不稳，买卖人，保镖，沙凌娜，都哗地扑倒在地上。

整个黑暗天顶好像坍塌下来一样，一切都压到他们的身上了。

哐，哐，巨响迅速地靠近，还来不及明白发生了什么，刺啦，头顶一声巨响，买卖人的房间顶上被一个巨大的铁臂刺穿，然后哗的巨响，房顶被撕成了两半朝两旁抛了出去，装在周围的钢梁掉了下去，发出空荡的哗啦啦的巨响。

沙凌娜抬起头，房间的灯火把头顶的钢铁怪物照得透亮，黑色泛黄的身体，乱七八糟的接管，好像人被撕裂开的腹部里的脏器一样乱七八糟地堆积着。

这就是巨锤了。沙凌娜的头脑在急速地转动着。那钢铁怪物的巨爪，朝房屋里袭来，可怕的力量好像这个厚厚的墙壁是空气一样，轻飘飘地就被撕开了。

只用了两三下，这个华丽的房间就少了四面墙壁，成了一个孤零零的底盘，灯光大半熄灭，这个装满了东西的房间，在暴力摧毁之下，已经残破不堪了。

买卖人抬头，看着这个东西，面露寒光来。

“很有本事。”他大声说，“这么快，就要除掉我了。很不错，很不错。”

他艰难地站起来，对着那个机器吼叫起来：“来吧，我看看，你除了杀掉我，还有没有什么别的本事！”那个声音在黑暗天顶里回荡，好像一头咆哮的狮子一样。

这个时候又一阵巨响从另一个方向哐哐地传来。那个机器怪物抬起身体来，好像朝远处望去。一个巨大身影好像一道闪光一样从黑暗里袭来，砰地撞在附近的钢梁上，停了下来。

借着一点儿亮，沙凌娜看到那个东西的样子，两个巨大的平锤挂在它的肩膀上。

哗，哗，两声，先来的机器人猛地朝巨锤撞过去，巨锤连一点儿反抗的能力都没有，哗啦啦地被拆成碎片，掉了下去。

然后它又跳了回来，巨大冲击力好像要把整个天顶震塌。

它一拳将房间的地面打塌，就在另一拳要把周围一切毁坏的时候，沙凌娜仰起头，和那个机器怪物的目光相迎了。

那个暴风一样的拳头就突然生生地刹在半路，一动不动了。

“沙凌娜！”那个机器人大叫起来，“你，你怎么会在这里？”

沙凌娜愣住了。

“母亲？”

买卖人一愣，旋即大笑起来。

“原来你是她的女儿，难怪这么面熟了。”

另一阵颤动又从远处响了起来，另一只巨锤，也朝这边赶来了。沙凌娜的母亲来不及管他们，朝一旁闪开，和巨锤纠缠起来。

趁这个时候，买卖人跳起来，一把抓住沙凌娜，那个瘦弱的身体里居然有这么巨大的力量，让她毫无反抗之力地被拖了起来。

沙凌娜到现在还没有明白，这短短的时间里到底发生了些什么事情。买卖人把她丢进那个残破的墙壁背后，塞给她两个圆圆的胶囊。

“吞下去！”他吼道。

沙凌娜一动不动。

“吞下去！”买卖人急躁地吼着，“你不是想到下面去吗？吞下去！”

沙凌娜一惊，乖乖地吞了下去。

于是买卖人笑了起来。

"到下面去吧。"他说,"看看你想要的天堂。"

他抬起头,看着那个和巨锤缠斗在一起的机器人。

"真有趣啊,你千辛万苦才上来,你的女儿却千方百计地想下去。"

他按下墙壁上的按钮,墙壁猛然合上,一声巨响。

头顶上,两个机器人的战斗火花四溅。

6

这是一个光明温暖的天堂
却满是规则和节奏

突然间,一切失去了重量,沙凌娜从那个小小的密封空间里轻飘飘地浮起来,然后被狠狠地贴在上壁,狠狠地挤压着,朝下面疾驰而去。

好像血液都要从身体里被抽出去一样,沙凌娜眼前一黑,晕了过去。

直到她撞在地板上,鼻青脸肿地醒来。

门没有自己打开,周围还是一片黑暗,但是这种黑暗已经淡淡的,不再那么浓厚得让人窒息了。透过门的缝隙,浅浅的光从缝隙里涌出来,点点滴滴的。

沙凌娜花了好大的力气,扳开了钢墙的一道缝,剧烈的光芒刷拉拉地射进来,好像切开黑暗的刀锋一样,照在她的眼睛上。

她浑身一抖,好容易才抓住周围,没有再度晕倒过去。

透过那条缝,她仔细地看着外面,光明,温暖。

沙凌娜首先注意到的,不是周围郁郁葱葱、长得高大宽阔的梧桐树,也不是那些整洁华丽、色彩各异屏障一样树立在周遭的建筑物,也不是那些穿梭不息、风一样舞动的飞艇。沙凌娜首先注意到的,是那广阔无边的地面,那银灰色的,温暖,粗糙,从视线蔓延出去,消失在朦胧远方的地面。和这样的地面比起来,天顶的圣域,那"宽阔"的沉睡街不过是条愚蠢的缝隙,而漫布天顶的道路——那些钢梁则是夺命的悬崖。

于是沙凌娜拼命地拉开那堵卡死的门,她用了那么大的力气,连指甲都掀翻了,血流不止。但她已经不知道疼痛。

从可以容身的缝隙里,她挤了出来。

这个世界亮得让她几乎睁不开眼睛,整个世界光明,温暖,她抬起头,看着头顶上漆黑的天空——那就是她来的地方。

你说对了,下面的世界,才是给人生活的地方。

沙凌娜这样想着,浑身脱力,倒在了地上。

地面那么粗糙,温和,无边无际,永远不用担心自己会在什么时候掉下去,不知不觉地死去。

沙凌娜开始慢慢地熟悉这个世界。

不要喝残留在地上和墙上的水,街边有随处可见的管道,里面的水甘甜可口,没有腥味,也没有锈味。街边的大机器,只要拍一下对应的按钮,就有各种各样味道的水——冷的热的,甜的酸的。这一切,随便自己拿。

千万不要在街道找吃的,无论大圆筒里的东西看起来多么美味。你可以到门口画着食物的房间里去,那里面有无穷无尽的食物可以任你选择,有的东西咬不动,就把它丢掉,吃别的。

街道只是用来走路的地方,当你累了的时候,不要躺在那上面睡觉——你可以随便拦下一个没有人的飞艇,它就会送你到一个巨大建筑的某个地方去。里面充满了各种各样的东西,还有一张柔软的巨大方块,你可以跳上去睡觉,会舒服到你永远也不想起来。这个房间只有一个不好的地方,这个房间里的东西会叫你,"卡西姆",一个从来没有听过的名字。

水多得无穷无尽,不仅可以用来喝,也可以用来冲洗身体。但不要在有人的地方做这种事。

……

她慢慢地学习,慢慢地习惯。这个世界温柔而美丽。在这里,你不可以获得一切你想要的东西。你不需要付出任何代价,你不需要用某种方式来得到钱,不需要再为了自己想要东西而把它付出去。只要你想要,你只要拿就是了。

这是一个天堂。

在这样的天堂里,沙凌娜好像觉得自己有些变傻了。想事情也变得有些迟缓,有时候有些迷迷糊糊的。她将此归咎于温暖舒适的空气。

这是一个井井有条的世界,每过一段时间,光线会暗下去,然后再过一段时间,光线又会恢复。一开始,对光线这样的暗淡下去,她还抱着无穷的恐惧,害怕它会越来越黑,变得像天顶一样。后来她慢慢习惯了。在每个亮的时间里,她会去吃三次饭,因为每到一定的时候,就会有一个小小的机器飞舞着,出现在她的身旁,对她说:"卡西姆,吃饭了,卡西姆,吃饭去。"如果她不去,这个东西就会一直叫啊,叫啊,永不疲劳，永不停息，直到她乖乖地找个地方开始吃东西。当光暗下去，过了一段时间，那个小东西又会出现，对她说：“卡西姆，该睡觉了，卡西姆，该睡觉了。”如果她不去，那么这个东西就会一直叫啊，叫啊，永不疲劳，永不停息，直到她乖乖地叫上辆飞艇，回到那个软绵绵的方块去睡觉。她稍微感到口渴的时候，那个小东西也会出现，对她说：“卡西姆，该喝水了，卡西姆，该喝水了。”如果她不去，那么这个东西就会一直叫啊，叫啊，永不疲劳，永不停息，直到她乖乖地拿瓶水喝下去为止。

这个东西好像就是这个世界的规则，对她说：“卡西姆，不要走屋顶，危险。”“卡西姆，吃蔬菜。”“卡西姆，别跑，刚吃了饭。”“卡西姆，别喝水，先休息休息。”

很快地，照这个小东西的教导，她学会了很多很多的东西，该干什么，该怎么干。她学会在脚上穿舒服柔软的鞋子，在衣服里面穿着小小的内衣和内裤，在固定的时候起床，在固定的时候吃饭，在固定的时候睡觉。她不能吃太多，无论东西多么美味；也不能吃太少，如果不喜欢，你可以换别的。在睡觉之前，要刷牙洗脸，每天要洗澡，每天要乖乖地运动。如果你不这样做，那个小东西就会在自己的身边唠叨不停：“卡西姆，卡西姆。”

“我不叫卡西姆，”她说，“我叫沙凌娜。”

“卡西姆，卡西姆，卡西姆，卡西姆。”它还是这样叫着。

不知道过了多少个光亮、黑暗的循环周期，沙凌娜已经几乎成了这个世界的一员。

这是一个光明温暖的天堂，却满是规则和节奏，如果你不按照这样的规矩行动，那个可爱的东西就会一点儿也不可爱地叫起来。

“卡西姆，卡西姆。”

每个人都乖乖地在这样的规则里乖乖地生活着，每个人都是自由的，但是沙凌娜谁也不需要，也谁也不认识。

慢慢地，沙凌娜开始觉得有些无聊和空虚了，这个世界里，没有危险，也就没有了激情。人们在规矩和节奏中按部就班地生活，一步一步，咯吱咯吱。

7

他的面孔在不断闪烁变幻的灯光下
好像混沌的天使一般

就在这个时候，沙凌娜遇到了萧殒。

那时候已经晚了，小东西已经开始叫起来："卡西姆，该睡觉了，卡西姆，该睡觉了。"

于是沙凌娜就穿过街道，打算叫辆飞艇回去。这个时候，从街道的对面传来一阵轰隆隆的嘈杂弦声。那个声音一开始轻轻地毫无节奏地乱响着，然后变得铿锵有力，简单强劲的节奏好像在敲打她的骨头一样。

然后又传来了人的歌声，不是温柔的低吟，也不是放肆的号叫，而是单纯有力，强劲却透着简单的理想主义地歌唱着。

小东西还在她身边叫着该去睡觉了，周围的人也正乖乖地坐上飞艇，往回走。她犹豫了一下，不顾那东西的唠叨，朝街的尽头走过去。

拐过弯，在街边，她看见一个差不多和自己一样高的男子站在那里，抱着一个木身的弦乐器，边弹边唱着。

"如果这也算天堂，那我宁可去地狱，那里没有叽叽喳喳的守护鸟，恶魔说，嘿，我们拿生命来做游戏。就算输掉一切，它至少曾经在我的手里。"

小东西在沙凌娜的耳边还在不停地叫，另一个小东西也出现在那个男人的肩膀周围，叫起来："萧殒，该睡觉了，萧殒，该睡觉了。"

然后他做了一件令人吃惊的事儿来——他回手，一把抓住那东西，狠狠地朝墙壁丢过去，那东西被撞得粉碎，溅出一个小小的火花来。

萧殒抬起头，盯着沙凌娜的眼睛，说："毁了它。"

那个眼睛好像有魔力一样，让沙凌娜无法挣脱，她乖乖地抓住那个小东西，学着萧殒的样子，朝墙上丢了出去。没有碎，萧殒立刻一拳补了上去。

他转过头紧紧地盯着她的脸，"卡西姆，好奇怪的名字。"

"我叫沙凌娜，不叫卡西姆。"沙凌娜看着他的脸，那张面孔分外柔和，几乎没有棱角，五官小巧精致，看起来好像一个乖巧软弱的孩子一样，唯有那双锐利的眼睛例外。

"我叫萧殒。"他微笑起来，"喜欢我的歌吗？"

沙凌娜想了想，点了点头，"你不回去睡觉吗？"

"回去睡觉？只有好孩子才天一黑就回去睡觉呢。"萧殒盯着沙凌娜的眼睛说，"你是好孩子吗？"

沙凌娜不知道该怎么回答。

"不是，你当然不会。好孩子的眼神不是这个样子的。你和我一样，是这个好孩子天堂的囚犯。"

他抓住沙凌娜的手,拉着她跑起来。

沙凌娜被拉着,身不由己地飞奔起来,跨越街道,绕过广场,从回家的拥挤人群中穿过,他们在这个世界整齐的回家人流中逆行,就好像整个沉闷的乐章里两个跳跃的音符一样。

“我们是去哪里?”沙凌娜边跑边气喘吁吁地问道。

“去参加音乐会。”他拉着她一刻不停地飞奔,绕过城市的中心,拐入无人的秘密角落,最后在一栋小小的昏暗的建筑下停了下来。

最近的灯火在街道的尽头,这里黑暗得好像天顶的角落一样。他带着她,费力地拉开一道满是铁锈的门,一阵吱吱嘎嘎的响声。

走过一个伸手不见五指的过道,打开另一道门,五彩炫目的光线闪烁着,伴着响得让人浑身颤抖的声浪一起夺门而出,几乎把沙凌娜撞倒。

“欢迎来到坏孩子的世界。”在那片嘈杂的音乐中,萧殒用尽力气对沙凌娜大声叫道,他的面孔在不断闪烁变幻的灯光下,好像混沌的天使一般。

这个宽阔的房间里,满是人。那些分不清年龄的人在强劲的音乐下疯狂地扭动着身体,没有规则,甚至缺乏美感,但是却显得活力四射。这一切好像把外面沉闷的规矩一扫而空一样,虽然令沙凌娜耳朵生疼,但却使整个身体轻松了起来。

萧殒带着她朝里面走去,无数人停下来,跟他打招呼,这个孩子脸的家伙俨然一副当中领导者的样子。

他带着沙凌娜一起扭动,随心所欲地舞蹈。沙凌娜一开始拘谨,身体僵硬,但很快就放松下来,在整个噪音充斥的房间里摇摆起来,在一片混乱中,她突然感觉到平静。

他们跳了一会,满头大汗,于是快乐地笑着,坐到了一边去。萧殒从房间的另一边取出一瓶饮料,两个杯子,倒上。

“干杯。”他满脸微笑。

沙凌娜只喝了一口,苦,干,辣,那种强烈的刺激感立刻让她咳嗽起来,然后全吐了出来。

萧殒放声大笑起来:“果然还是受不了啊。“

沙凌娜一边咳嗽,一边说:“这是什么,太难喝了。”

她刚问完,就听到耳边熟悉的嗡嗡声。“卡西姆,不许喝酒,卡西姆该去睡觉了,卡西姆……”

萧殒抓起手边的杯子,朝那小东西用力地扔了过去,一下就把它打成了碎片。

“这是酒。”他说，好像什么也没有做过一样，“多喝喝就习惯了。”

“这东西有什么好的？”沙凌娜问。

“不知道啊。”萧殒耸耸肩膀，“它不许我们喝酒，所以我们就喝。”

沙凌娜又举起杯子，小心地尝了一点，一点一点儿地喝下去了。慢慢地，这东西好像没有那么难喝了，反而可口美味起来。

她把一整杯都喝了下去。

萧殒直勾勾地瞪着她。“天哪。”他说，“你太厉害了。”

他又倒上一杯，从口袋里掏出一颗红色的小药丸，丢进去，摇了摇，药丸溶化在里面。他先一口喝下去一半，然后递给了沙凌娜。

沙凌娜喝了下去。

萧殒神情迷离地站起来，脸上露出神秘的微笑，朝舞台中央走去。沙凌娜看着他，突然觉得一切都恍恍惚惚起来，慢慢地，好像这个世界离自己远去，陷入一片神奇瑰丽、五彩缤纷的迷雾里。

音乐挑逗着她的神经，让她无比兴奋和激动起来，她迷迷糊糊地听到萧殒的声音大喊：“为了欢迎我的新朋友，沙凌娜，我为大家唱一首，好孩子天堂！”

然后吉他的声音远远地飘来，萧殒的歌声迷离朦胧。一切知觉都混乱起来，她只感到快乐，无比的快乐。

不知道她在这里舞蹈了多久，然后，萧殒和她相互傍着，离开那里。他们两个接吻，抚摸，然后做爱，既不知道在什么地方，也不知道在什么时候。她觉得很快乐，然后一切都忘记了。

第二天，沙凌娜发现自己已经躺在了自己家的床上了。

她觉得自己头痛欲裂，喉咙干得好像要冒火了，整个身体刺痛不已。她爬起来，倒了杯水喝下去，就听到小东西嗡嗡地在耳边吵闹起来。

“卡西姆，不能喝酒。”它说，沙凌娜回头瞪了它一眼。

在一刹那，那个小东西突然刷地展开来，好像一个被从无数个角度剥开的丝茧一样，以沙凌娜的眼睛难以看清的速度，织成一张大网，噗地向她袭来，沙凌娜一阵惊慌，朝旁边一闪，可是完全逃不开它的袭击。

那张网死死地罩在她的头上，沙凌娜挣扎了一下，听见这东西说：“不能喝酒。”

剧烈的疼痛透过太阳穴朝沙凌娜袭来，浑身的神经好像被狠狠地鞭打过一样，沙凌娜忍不住大叫起来。痛苦持续了短短的一段时间，停了下来。

“不能使用麻醉品。”

又一阵剧痛，这一次持续了很长的时间。当一切安静下来以后，沙凌娜瘫倒在地板上，半天才爬起来。

她静静地盯着那个小东西很久，直到天黑下来，听到它开始发出“卡西姆……”的声音，她拎起身边一把椅子，狠狠地抡了过去。

她离开房间，朝那个秘密的坏孩子天堂跑去。

她开始这样的生活。

生活从夜晚开始，她离开房间，找萧殒，听他唱歌，和他一起等待新的会停下回家的脚步，和他们一起逆行的人。他们等了很多天，很多天，一个都没有看到。

然后他们去跳舞，好像是为了释放出在这个沉闷、死板、按部就班的世界里无法释放出的所有的生命力一样，他们拼命地舞蹈，沙凌娜柔软灵活的身体在舞台上轻灵地活动，好像一个精灵，只有萧殒才能配合她的舞蹈，其他人，只能望着她发呆。她跟着萧殒酗酒，吸毒，整个世界在她的视野里颠倒，狂乱，扭成碎片然后再就着私酿的烈酒喝下去。

这种放纵会持续一整夜，然而在第二天醒来之后，在她还来不及反应的时候，那个该死的小东西就开始它的惩罚课程。这个课程越来越强，持续时间越来越久，而沙凌娜的目光也就越来越锐利，越来越像萧殒的眼睛。萧殒和她那么的接近，甚至引来了那么多人的妒忌。

她以为这样纸醉金迷的生活会永远地持续下去，直到那天清早为止。

她如往常一样醒来，几乎出于条件反射，她捂住自己的头，等待痛苦的降临。

但是什么也没有发生。她等了好久，直到自己的意识慢慢清醒过来，抬起头，沙凌娜惊讶地四处张望，那个该死的小东西居然没有出现。

然后她看见一张陌生的女子的脸，那张脸下面，是一个消瘦而且有些蜷缩着的身体。沙凌娜愣在那里，不知道发生了什么，直到她开口讲话为止。

“沙凌娜，跟我回去。”她严厉地说。

一股恶寒爬上沙凌娜的脊骨，朝身体各处窜去。

“母亲！”她认出这个声音，这时候她才突然想起来黑暗天顶的一切，那些好像恍若隔世的所有的东西，想起在那个地方，她甚至连自己母亲的长相都没有真正见过。

“跟我回去。”她母亲说。

回去？回到那个黑暗的天顶上面去？她感到头脑一片混乱。下面不是天堂，她已经明白,叶飞的幻想并不是真实,但是那上面呢?

“你已经明白了这个世界的大概样子了吧?”母亲说,“这个世界应有尽有,一切按部就班。

“你知道为什么我会离开这里,到上面那个一片漆黑,什么都没有的地方去吗?这里按部就班的规则固然令人难以忍受,但是你觉得,这就是足以让我们离开这里,到天顶去的原因吗?

“沙凌娜,你觉得,一个应有尽有的世界,什么也不用干,什么都可以白拿,没有物质缺乏,不需要限制使用,那为什么要每个人在固定的时间睡觉,在固定的时间吃饭,不许喝酒,不许吸烟,你有想过这一切的原因是什么吗?”

8

这个执法现场看起来冷冰冰的
连一点儿血腥味儿都闻不到

母亲给沙凌娜讲了这么一个故事。

在很久很久以前,久到没有任何记录留下来,更不可能有一个活着的人见过的时代。在天上没有一个巨大的顶盖将这个世界遮挡起来,在遥远得可怕的空间,有着无数比地球大无数倍,燃烧着发光的星球。它们那么远,看起来好像只有拳头那么大,一颗比所有的都要近的星体,叫做太阳,它的光芒,比地面上的灯光要明亮百倍。人们就在这样的世界上生活,自由幸福,那个世界光明正义温暖。

后来,某一天,来自无比遥远的星球的怪物来到地球上,他们那么强大,只花了一瞬间,就占领了整个星球。然后他们把天空盖了起来,遮挡了太阳的光芒。他们把人类圈养起来,自己躲入地下。他们给人类吃的,喝的,满足人类的一切要求,让人们好像活得比过去要幸福百倍。

再后来,终于有人发现了秘密,在这些被圈养的人类的脑里,外星人植入了控制器,人类的头脑在他们自己不察觉的情况下成了外星人的计算器。他们用这数十亿大脑组成的无比强大的计算机来为自己效力,而每个被圈养的人,都是一个会动的计算单元。他们要保证每个头脑的正常使用,有足够的使用寿命,于是给人们严格的作息时间,强迫他们改掉了一切可能伤害身体和头脑的习惯。

被窃取了大半智慧的人们过着愚蠢的幸福生活,而有些人,不知道从哪里听到了这个秘密。

一个男孩子知道这一切,告诉了他的女朋友,然后告诉了他认识的朋友们。这些人对世界的按部就班不满,但是没有人相信这一切,就连他的女朋友也是。

于是这个男孩子说,“我会让你们相信的。”然后他用铁棍敲碎了自己的头骨,在一片红白相间的脑花里,许多小小的机械轻轻地蠕动着。

有的人逃跑了,男孩子的女朋友带着留下的人,历尽艰险,到了天顶。在那里,这些机械失去了作用。他们发现,自己并不孤单,在脚手架一样的黑暗世界里,还有更早来的人。这些人或者是很早以前和他们一样逃跑的人们的后裔,他们已经什么也不知道了,只能像虫子一样地活着了。

他们开始设法毁灭下面那个巨大的牲口圈,但有的人无法忍受那样的生活,也离开了。还有的人不愿意回去,然后当起了买卖人,从地下带来各种各样的东西,在黑暗天顶获利。

男孩子的女朋友生下来他的孩子,取名叫沙凌娜,随着她的长大,他们的计划开始慢慢成形了。

“但是,我绝对没有想到,你竟然会接受那植入大脑的机器,来到这里。”

母亲说:“我们要毁掉那些怪物在地下的中枢,然后拆掉天顶,让这个世界回到本来的样子。跟我走。”

一个小东西急匆匆地朝沙凌娜飞了过来,母亲一扬手,不知道发生了什么,那东西化作一股青烟,蒸发不见了。

“戴上这个,”她母亲递给她一副头盔,“你大脑里的机器就会失去作用。”

就在她犹豫要不要接下来的时候,不知道什么地方传来了声音:“卡西姆,你因为散播烈酒,吸食及传播毒品,破坏执法者,已犯罪。我们将拘捕你。”

话音刚落,从房间的四面八方,数个绳网朝她袭来,她的母亲猛地扑上去,十指张开,伸开一双光刃构成的利爪,左右开弓,掉落一地的碎绳段。

“跟我走。”母亲说,沙凌娜再没有时间犹豫,戴上头盔,跟着母亲狂奔起来。

那个巨大丑陋、好像乱七八糟的脏器一样的机器人静静地停在建筑的背面。她们急匆匆地跑着,不断有小东西向她们飞来,她母亲有些手忙脚乱地将这些东西烧毁,手套的激光刃因为过度地使用而有些发烫。

她们爬进机器人的腹部,整个机器轻响一声,启动起来。这个大家伙四肢着地,朝前面奔跑起来。大约六米的机器人,那样急速地奔跑着,沙凌娜在舱内觉得身体震动得有些难受。

这个世界不可能放任她们横冲直撞,很快,不知道从哪里冒出来的保卫机器朝机器人攻过来。那些东西身高大约只有它的一半,无论速度还是力量都明显不是她们的对手,但是数量可观,而且从四面隐藏的角落袭来,纠缠得让人心烦意乱。

大脏器甩开双臂,跃起的保卫机器被那个强力而敏捷的手臂一击就散成碎块,零落地乱掉开。但偶尔还会有东西纠缠住它的身体,它不得不用践踏、撕扯来毁掉这些东西。那些机器似乎都没有装备远程武器,在大脏器的炮击下无力还手。

"我们去系统中枢那边,击碎地面,去毁掉这个外星人系统的核心!"母亲说。

这个时候,沙凌娜才慢慢清醒过来。

"箫殒。"她说,"我要去救箫殒。"

箫殒的所有信息联络都中断了,沙凌娜想尽各种方法也联系不到他。她母亲看了看她的脸,明白了这一切。她好像看见自己的过去,于是扭转头,朝沙凌娜指点的方向跑去。

她指点着道路,领着母亲去那个角落的舞场,母亲只是听了两句,就绕过她指点的路线,越过几个屋顶,从奇怪得看不见的迷道窜出,好像来过这里无数遍一样追了过去。

她们在门外停下,大脏器轻易地就把那扇大门拉开了。她们下去。

"就连地方也没有改变。"母亲轻轻地叹息着,带着她冲了进去。

没有拉内门,母亲将它切成碎片,洒落一地。

那里面没有灯光,也没有歌声,黑暗中,满是酒的味道。母亲伸手往墙上摸去,咔嚓一声响,亮了起来。

这个巨大的房间里,一片狼藉,地上横七竖八地躺倒着无数人,有的被网缚起来,有的已经一动不动,不知道是死还是活。而在空中,无数狰狞的好像白日亡魂一样绞缠的丝网状物体漂浮着,有的四处飞舞,有的则接在人的太阳穴上,而有的正慢慢从一个小小的圆珠展开,变成一只幽灵。一个家伙正被贴住了额头,浑身痉挛起来,然后倒地,停止了呼吸。

这个执法现场看起来冷冰冰的,连一点儿血腥味儿都闻不到。沙凌娜的母亲把双手的功率开到最大,发出了耀眼的蓝光,然后冲了进去。天顶的生活造就了她惊人的敏捷,她在这群幽灵的攻击中跳跃躲闪,将它们化为轻烟。

沙凌娜扑进那乱七八糟的人堆,在里面慌乱地寻找箫殒。她不知不觉回忆起很久以前自己在沉睡街找叶飞的事情来,虽然两件事几乎没有任何共同点。她努力在活着的人的呻吟中翻检,询问有没有人看到箫殒在哪里。他们乱七八糟的呻吟和指点让她几乎是颠三倒四地在房间里奔波,几次几乎被那些幽灵缠住杀死。最后找到箫殒的时候,他奄奄一息,满脸的眼泪,被绳网绑成一个粽子,但毕竟还活着。

沙凌娜费了好大力气,把箫殒扶了起来,解开他身上的绳子。箫殒惊讶地看着她,问她到底是怎么逃脱的。于是她告诉他整个故事,从遥远的黑暗天顶开始。

她慢慢讲着,箫殒用难以置信的表情听着,当讲到他们那个充满了机器的大脑的时候,箫殒震惊得连愤怒都来不及了。

这样出神的讲述和倾听很快就让他们忘记了周围的一切,他们两个谁也没有注意到,背后朝他们飘过来的幽灵。等听到身后传来母亲的大叫的时候,他们回过头,只看见后面那几张已经展开的躲不掉的细网了。

在极度的惊恐当中,他们只看到母亲跳起,奋力朝他们扑去,然后狠狠地将他们两个撞飞开。等他们的视野重新回来的时候,沙凌娜的母亲已经被几道网死死地缠住,浑身痉挛着倒下了。

在一片混乱中,沙凌娜取下母亲的手套,慌张地研究它的使用方法。然后,她几乎是疯狂残暴地将剩下的几个幽灵撕成碎片。

面对着母亲的尸体,她的思想一片空白。这个时候,沙凌娜才真正明白,自己对自己的母亲的了解是多么的少——如果没有母亲的讲述,对她经历过的故事沙凌娜一无所知,甚至离她第一次看到母亲的脸到现在都还没有过去半天。

她甚至连悲伤的空隙都没有。用不了多少时间,下一批幽灵就会出现,他们必须抢在那之前把这一屋子的人堆释放开。

没有刀,他们就一人一只手套,拼命地切割那些绳索,站起来的人越来越多,进展越来越快,在他们精疲力竭之前,大家重新站了起来。

但是已经死去的人,是没有办法复活的,捧着尸体哭泣的人让大厅愈加混乱。好容易,箫殒才把人们聚集起来。

他对那些人们说,战斗吧,将这个世界捣毁,拆毁天顶,让阳光照射下来。他说,消灭那些把他们像畜牲一样圈养的外星怪物,到地下去,捣毁他们的核心。他说,我们要自由,我们要自己的头脑,我们不要圈养,我们要自己去争取自己的一切,放弃这一切伸手随意索取的世界,不吃这个餐厅里的食物,不喝饮料机里的水。

他告诉这群和自己一起酗酒、吸毒的兄弟沙凌娜母亲传下来的秘密,他还没有讲完,下面的喧嚣就打断了他。

"我们不是你!"有人吼叫起来,"我们喝酒,吸毒,但我们不是来寻死的!"

"我们要活着,我们要正常地生活,要发疯你自己去。我们可以不要自由的头脑,但是我们要水和食物,我们要未来。我们不要像你说的上面的人一样,像一堆蛆虫一样地生活。”

“难道这里死的人你还觉得不够吗？你被判死刑,我还没有！”

在一片混乱的反对声中,箫殒无法说出一句话。那登高一呼应者云集的幻想哗啦啦地被打碎,他看看身边,只有沙凌娜一个人而已。

第二批幽灵们从入口飘了进来。沙凌娜双手张开,迎着冲了出去。除了他们两个人,一个追随者也没有看到。

登上那个巨大的脏器,关上门。沙凌娜戴上控制头盔,对箫殒说:“我们还有两个人,我母亲只有一个。不是吗？”

机器启动,线路图展现在他们面前,大脏器一跃而起,腾空数米,好像飞一样朝前面冲了出去。

他们一路飞奔,那些保卫机器人从高耸至天顶的建筑,一望无际的广场,原始丛林一样的公园里发动袭击,好像无处不在的鬼魂,不时从你最不愿意看到的地方跳出来。大脏器跑啊,跳啊,用脚踢,用炮轰,用手臂打,将这些东西轰成残渣,在一路火光和如雨的碎片中前进。沙凌娜慢慢地习惯了这上下不息的震动,在她的思想控制下,这个看起来笨重的家伙好像一个火光中舞蹈的精灵,在一片正在倒塌崩溃的废墟中飞舞,朝终点飞去。

控制舱这样剧烈而无规则的抖动却让第一次乘坐的箫殒头晕目眩,好像被一群大象从脑袋里跑过一样,一阵恶心,几乎呕吐出来。

他们慢慢地接近路线图的终点, 在那个和周围没有任何不同的街道上停了下来。

这就是终点,但是没有看到强大无敌的守卫敌人,也没有华丽或者邪恶的装饰,一切都是那么普通, 除了因为停下脚步而看到追捕者潮一样涌来以外没有别的不同,这让满是英雄色彩的战斗有些失彩。大脏器浑身丑陋的动力管全力运转起来,为此准备的所有力量都开启,她看着面前的数字不断上升,直到突破极限,然后哐的一下,朝地上打了下去。

地面蛋壳一样崩塌,余波沿着街道朝四周涌出,一瞬间就将马路和房屋吹成粉末,尘埃之潮铸成一道巨大的毁灭之墙,朝周围推了出去。

厚厚的钢铁水泥地面散开,然后露出一层白色水晶般的板块。大脏器的身体从已经悬成半空的位置坠落下去,还来不及分析这层结晶是什么东西,就哗地撞碎了它。

然后咕咚一声，他们沉入大洋那望不见一丝光的深渊里。

9

两万年的确是个漫长的时光
如今已经没有人知道当年的事情了

沙凌娜最后的记忆，是涌进舱内，慢慢淹过头顶的水。她抓着萧殒的手，发现他脸色苍白，浑身痉挛，她拼命地想让这个机器动起来，但它只是胡乱扑腾了两下，就直勾勾地沉了下去。

不知道过了多久，她恢复了意识，周围世界一片暧昧的白色。她好像站在无边无垠的世界中央，四周放眼望去，空无一物，地面没有消失在地平线下，而是朝上融入这片白色的世界里。

沙凌娜站着，不知道等了多久。这是哪里？她对自己说。

然后空间好像被撕破了一个口子一样，在沙凌娜背后，一个人出现。他没有声音，没有气息，没有味道，但是沙凌娜却知道他的出现。

"你好。"她听见那人说，那个声音不是男人也不是女人，不是孩子，不是成人，也不是老人。

没有任何惊讶的感觉，好像等待已久一样，沙凌娜转过身去，"你好。"

他有面孔，他没有形象，他好像是这个样子，又好像是那个样子。沙凌娜看着他，他就在眼前，却不知道他的样子，看不出他的高矮，他存在，但没有样子。

"你已经走得够远了。"他说。

她知道他的身份，没有任何原因，她知道他是谁。

"你就是外星人管理这个世界的中枢？"她说，说的时候却很平静。

"大约就是这个意思。"他说，"我知道你想毁掉我，你想拆掉盖在这个城市上的天顶。"

沙凌娜点了点头。

头顶上，那个散发着暧昧的银白色天空突然熄灭了，笼罩在一片漆黑当中。沙凌娜抬起头，看着那个散发着深邃黑暗的无尽空间，好像被吸进去一样，点点闪烁的光芒在黑色的天幕下跳动。

"在两万年前，这个时候，你不会看着这样漆黑的天空，也不会注意到那些遥远的星光。你只会看到一个巨大的球体在空中缓缓移动，它的光芒足以让整个星球朝它的一面变得温暖滚烫，比你看到的城市要明亮数倍，整个天空会是一片蓝色，如果有水汽，还会飘着白色棉花一样的云。”他说，停顿了一会儿。整个天幕幻化改变，一个明亮的大火球出现在天顶，原来漆黑的天空突然间一片蔚蓝，那强烈刺眼的光芒让沙凌娜不得不低下头不去正视它。

“但是在两万年前，那个星球消失了。你们没有了阳光，整个世界陷入一片死亡的黑暗里。”天幕上的太阳突然间放出灼目的蓝光，一闪，消失不见了。

“你们做了什么？”沙凌娜脸色惨白地问。

“不是我们做了什么，而是你们做了什么。”他说，“你们这个世界的能量消耗肆无忌惮地增长，最开始是疯狂使用星球上自己的资源，然后开始尽可能地利用太阳的巨大能量，终于到了连整个太阳核聚变释放出的所有太阳能都不足以满足你们的欲望的一天，你知道那时候的情形吗？整个巨大恒星外面被严严实实地包围上一圈人造的外壳，用来收集它的光能，整个太阳系暗无天日，没有一丝阳光，只有你们这个星球因为窃取恒星的能量而放出耀眼的灯光。就算如此，也没有办法满足你们了，于是不知道谁想出了这样的点子——把太阳从内部抽空，用非常的手段让它几十亿年的寿命在短短的时间内用光。

“很可惜，你们失败了，原来遮盖在太阳表面的壳子被一瞬间烧毁，这个星系重新出现了一刹那的光芒，多少年没有被阳光照射过的星球重新享受了一下，然后，你们的恒星就永久地熄灭了。同时，致命的射线变得比原来强烈千亿倍，没有能量来源，被死光照射，这就是你们星球自由文明的最后的画面。

“在那个时候，我们的探索船发现这个异变，在你们灭绝的前夕来到这个星球。于是我们和你们达成这样的协议——我们救你们，将你们在这个绝境里保护着，让你们生存下去。

“我们的文明在那个时候，正走进一条死胡同里，停滞了近千年，没有丝毫的进步。我们需要另一种思考逻辑和思维方式来帮助我们，把我们从死胡同里拉出来。这就是拯救你们的代价。

“于是我们在海面上建立漂浮的城市，用我们的材料为你们搭建了防辐射的天顶，用我们的技术来为你们提供能源，食物，水，以及生活所需要的一切。而你们的头脑一部分思考能力交由我们使用，在灾难后留下的数十亿人类的头脑构成一个超级头脑，帮助我们研究，反思，提出我们文明发展的建议。我们没有超负荷地压榨你们，只是利用你们思考的缝隙而已。但是作为交易，我们希望你们不要违约，不要让我们养活你们，然后又将自己的思维能力毁掉。我们强迫你们放弃那些该死的习惯，酗酒，抽烟，吸毒，我们要你们的神经系统健全，这应该是这个交易最基本的代价吧？将来或者有一天，当我们在你们的帮助下飞跃，我们可以帮你制造一个新的太阳，那时候，我们就会离开你们，你们不需要我们的保护，我们也不再需要你们的帮助了。

“但是两万年的确是个漫长的时光，如今已经没有人知道当年的事情了。甚至你们可以不接受当年的交易，就像你出生的那个天顶里所有的人一样，他们可以用另一种方式生活，不接受我们的饲养，也不把自己的头脑贡献给我们。我没有去清除你们，这对我来说易如反掌。”

“没有吗？”沙凌娜反驳道。

“你是说巨锤。”他说，“不，那不是，那只是天顶维护机而已。它只是检修被你们损坏，可能影响使用的天顶结构而已。它并没有刻意地杀死你们，当然，也不会刻意地绕开你们。毕竟我的协议里面，没有非要保护你们这些违约者的条款。”

“这就是全部的故事。”

“为什么我要相信你？”沙凌娜问。

“就凭我从海里把你们救出来，而没有任由你们淹死在那里。”

这时候，沙凌娜猛然想起来，在这个暧昧的世界里，她居然忘记了萧殒的存在。

“他呢？”沙凌娜问。

等了好一会儿，她才得到回答，“他还没有醒过来，我救了你们的时候，他的神经已经因为毒品的刺激而陷入瘫痪。因为酗酒和吸毒，他的神经系统状况相当糟糕。因为窒息缺氧造成的损害，可能会对他的部分神经造成彻底地损毁。”

突然之间，沙凌娜觉得整个世界都离她远去了。她毫无理由地想起这么久以来发生的一切，想起在身边死去的人，想起叶飞，想起买卖人，想起母亲，想起舞场里的尸体。然后她想起黑暗天顶，想起那些无奈地痛苦生存着的人，想起沉睡街，想起整个被盖在厚厚的盖子下，为躲避辐射漂流在海洋中的世界。

“我有个建议。”她说。

10

这就是他们的背面天堂
永远安静地存在在那里

当大搬迁最繁忙的阶段结束之后，黑暗天顶似乎比沙凌娜的记忆更加冷清了。

她知道，随着时间的流逝，在大搬迁最后结束的期限前，黑暗天顶还会更加冷清。多少被一腔热血冲昏头脑的人会慢慢发现，在黑暗天顶的生活要比他们想象的极限还要痛苦得多。除了极少数信念坚定得无法想象的人以外，大多数人都回到下面那个光明的世界去。甚至在那之前，很多人就会死去，有的失足跌落，有的一睡不醒。很多人会在截止日到来之前疯狂地逃离。

就像原来黑暗天顶的居民们一个也没有留下来一样。

这就是她的建议，重新告诉人们这个两万年前的协议。这些已经在两万年的生活中忘记了一切的人们在混沌的生活中被惊醒起来，重新被告知过去在人类历史上发生的故事，不仅告知地面的人们，也告知天顶的所有人。

如同预想中的一样，地下平静的世界一下子就陷入似乎无法挽救的大混乱当中，多少人发疯，多少人崩溃，多少人开始试图毁灭这一切。

然后整个世界的一切供应停止了，食物，水，光，交通工具，所有的一切。

两天之后，一切平静了下来，然后，供应重新开始。

疯狂之后的人们开始思考这个世界，思考关于思想自由，关于生存，关于命运，关于这个交易。然后他们开始迎接大搬迁时期。

在三个月内，任何人可以自由流动，可以从下面到黑暗天顶去，或者从黑暗天顶来到地面。在这个消息发布的同时，那些从来没有见过光明的黑暗天顶的居民一个也没有留下。而绝大多数坚定的反抗者，在见了黑暗天顶的第一面，连一步都没有踏出新建的天梯，就重新下去了。走出天梯的人里面，只有一半走过一根钢梁的距离还没有折回去；而在黑暗天顶生活了一天之后，留下的不到上天梯时的百分之一。

到了这个时候，就连千分之一都没有了。沙凌娜明白，最后留下的，只有万分之一不到。

沙凌娜留了下来。很难说出到底是何种原因使然，思想自由，宿命的选择，或者仅仅是出于个人的感情，她只是觉得自己已经没有办法留在下面那个世界里。

她在上面生活了十四年，她也可以继续这样生活下去。

她慢慢地教萧殒适应这样的生活，一步也不离开他的身边。教他学会走路，学会听，学会用手，学会逃避危险，学会寻找水。

就像"他"所说的，因为长期吸毒和酗酒，加上溺水，萧殒的神经系统有一部分发生了无法弥补的损伤。但现在，沙凌娜相信，这样的损伤是天意。

萧殒永远地失去了视觉，再也看不到任何东西。

但是在这个黑暗天顶,他们需要看到什么东西吗?

他们整天整天地守在那里,听见新人们在远处呼喊着,传来踢踢踏踏的声音,而沙凌娜和萧殒抬头望着天空。

视野里一片黑暗,但是在他们头脑的世界里,一轮红日划破天顶,缓缓地升起,天空一片蔚蓝。

这就是他们的背面天堂,永远安静地存在在那里,谁也没有办法将它夺去。

沙凌娜有了身孕,他们谁也不知道,那将会是一个什么样的孩子。

擦肩而过

CA JIAN ER GUO

那被赤黑墨绿五彩斑斓藻类覆盖的湖面在风中微微波动着
正像是五星饭店里精心调制的整整一盅杂粮彩带羹

唐言认识乔伊一的时候，是在 2273 年 7 月的无锡。当时正值盛夏时节，经过几十年绿化改造，无锡街边尽是梧桐松柏，郁郁如森。如果不是太湖的恶臭像一张无形的手，要伸进你的胃里，把你三天前的午饭掏出来，这也该是一个好季节。

实际上每年这个时候，唐言都在跟这东西打交道。自从 2263 年之后，全球生态学年会就一直选在湖滨或者海边城市——旧金山，无锡，新加坡，利物浦……其中令唐言印象最深的是淹没前的上海。那就像是一个巨大的三期梅毒样本，摩天大楼幕墙上布满了赤橙蓝紫的藻类。浦东的地标建筑——就是那高达五百三十米，像一双展开的双臂似的“第一接触中心”——仅仅建立了不到二十年就被废弃，底墙上已是霉斑遍布，上面的涂鸦标语已经褪成锈色，但勉强还能辨认：“它们也许会回来，但我们绝不会了。”空气中几乎能感觉到的密布的孢子让世界迟缓了下来，每踏出一步，都觉得浑身撞上蛛网似的。偌大的城市，空旷寂静如死，只有满鼻子的消毒水和生长控制剂味道证明政府还没有抛弃这里，但也正像无边旷野中一个衰弱将死的身影，那么的无力。

所以无锡的恶臭至少证明了一点，这个城市还活着。如果像上海一样已经只留下淡淡的腥气，就说明自然已经将一切重新净化，重新寻找了平衡点，那意味着无锡步上海的后尘也不远了。

满城都是带着猪鼻防毒面具的人，在盛夏三十多度的高温中，汗如溪流。路上大半女子的胸口都是透明的，能看出内衣的颜色来。所以都是一水同色，绿 T 恤绿文胸，白衬衣白抹胸，要么就干脆吊带牛仔，倒也挡得严严实实。

唐言就在这种情况下第一次见到乔伊一，并且牢牢地记住了她。在满城的猪鼻人类中，他看见了一张活生生的脸，并且还不光是一张脸。

那张脸上有一个小而倔强的鼻子，一双充满热情但又坚定的大眼，还有一张紧抿着的小嘴。这张娟秀小巧的脸和她的行为并不太搭调，她浑身赤裸，一丝不挂，手上高举着一个几乎和她整个人一样大的标语牌。

回归自然

拒绝浪费

拯救我们自己

暴晒之下,她似乎只有紧抿着嘴才能坚持不让自己晕过去。周围看热闹的猪鼻面孔手里,从手机到单反相机应有尽有,咔嚓咔嚓的快门声不绝于耳。虽然看不见这猪鼻面具下的表情,但那些镜头聚焦的角度方位足以说明一切。那标语牌只有敬业的记者偶尔会上拉补一张,马上又重新垂下。

也不知是可怜这女孩,还是因为无人理会那标语,唐言一时间怒由心生,脱下西装抡圆了膀子就朝里挤进去。被他挤开的人不满地大叫:“哥们儿你猴急啥?”

冲到最里面的时候,他已经衣衫尽湿,也不顾一群人哄骂,就把外套披在了这姑娘身上。

女孩一愣,双唇一抿,拉着他袖子低声说:“谢谢,不用了。”这声音有着无限委屈,但却被意志强压着,快要哭出来了。围在最前的人听了这话,更来劲了,起哄道:“人家乐意,一傻鸟还想英雄救美,滚开!”

唐言重新把外套裹拢,对姑娘说:“这群王八蛋不是来看你的标语的。”然后从口袋里掏出自己的证件。

“国际生态委员会委员,让开!”

今非昔比,环境越糟,生态学家的地位倒越高。人群三三两两散去。直到人们都散光了,这姑娘才突然哭了出来。

“别哭。我叫唐言,你叫什么名字?”

姑娘哽咽了一会,咽下一滴眼泪说道:“乔伊一。大乔小乔的乔,头一个伊是伊人如梦的伊,第二个一是一二三四的一。”

唐言抬起头来,从乔伊一的肩膀望上去,后面正是“热烈欢迎全球生态专家光临无锡”的巨型横幅,横幅后面,就是方圆千里的太湖。那被赤黑墨绿、五彩斑斓的藻类覆盖的湖面在风中微微波动着,正像是五星饭店里精心调制的整整一盅杂粮彩带羹。

2

在那个渔业高度发达的年代
每一次赤潮都意味着无数银子化为乌有

唐言今年不过二十八岁,一个二十八岁的人成为顶级生态学家,除了需要才能,还需要运气。

最初他并不知道自己的研究方向会成为全球性的恐慌。

唐言研究的是藻类生态爆发。

在历史上，这个问题有过很多名字。在上个世纪，他们还管它叫“赤潮”或者“有害藻华[注]”。因为那时候，人们见到的是一浪浪密密压来，锈血一样的海水，还有冲上岸大片的死鱼烂虾。赤潮发生时，爆发性增殖的浮游藻会在极短时间内挤满水域内几乎所有空间。先是因为耗尽氧气导致生物集体死亡，随后过度繁殖的浮游藻自然死亡，这些尸体一道腐烂，产生大量毒素进一步引发更大水域的二次生态灾难。这种反复自我激发的死亡——腐烂——死亡过程有可能循环多次，甚至致水域再无生命为止。在那个渔业高度发达的年代，每一次赤潮都意味着无数银子化为乌有，所以从那时候开始，对它的憎恨和研究就没有放松过。

“赤潮”起因复杂：洋流扰动导致营养温度环境变化；工业排放热污染；生活污水富磷营养化……但不管是哪一点，都可以成为极端自然主义者攻击的靶子——因为浮游藻类在显微镜下那么小，甚至有些可爱，正符合人们心中被科技文明异化毒害的对象应有的样貌。

到了这个世纪后半叶，事情开始发生了变化。

2253年，美国海军见证了后来被称为“初潮”的浮游藻爆发。在太平洋中途岛以西大约两百海里，执勤的“米奇”航母群发现海面在半个小时内，由蓝色迅速转为浓重的褐绿。甲板上放眼所及所有海域均一片褐绿，舰载机起飞侦查，发生异变的海域直径约有上千公里。经水样分析，表明变化起因是浮游藻类爆发。仅三个小时之后，水域如爆发时一样，在十分钟内退回原来颜色。再进行水样分析，藻类重新回复正常水平。

这起事件引起生态学界的一片混乱。军方提供了整个事件的录像和水样样本，但整个情况没有任何一个学者能提供有建设性的解释。

第一，爆发发生区域难以理解。所谓“赤潮”就像它的名字一样，是“潮”，历来是在海岸带。因为这种区域正是海陆交接处，受海陆双方面影响，环境稳定性不如大洋中央区域，洋流，入海河流水等容易轻易改变局部环境。而“米奇初潮”发生地在大洋中央，水体有足够的缓冲。在这么一个稳定的、并且面积达到百万平方公里的区域出现赤潮，这超过了任何生态常识。

第二，爆发时间无法解释。藻华爆发虽然是由慢到快的指数性增长，但也有一

注：藻华指藻类与其他水生植物因污染所造成之快速过量的生长。这种现象发生于水中有过多的营养盐，在气温升高时情况更会加剧。

个过程，断然没有道理能在半小时内就染绿了海洋。除非这百万平方公里的藻类能像军队一样，在一声令下同步分裂，否则绝不会有这样的爆发速度。

第三，整体过程无法理解。藻华有一个标准过程，即过度增殖—缺氧死亡—毒素二次灾难。所谓赤，就是大面积尸体腐烂的颜色。但是“米奇初潮”的过程完全不同，没有大面积死亡，就更没有二次灾难。按照自然规律，如此密度的藻类爆发必然导致水域缺氧，之后失去控制。但是却什么也没有发生，就连增殖的藻类也自然消失，不知去向。

在“米奇初潮”半年后，大西洋中心就有邮轮目击了第二起爆发事件。生态学界不得不抛出“有害藻华”这个名字——它已经不再显得“有害”——大家起了一个更中性的名字，叫它“藻类生态爆发“。

3

一个国家死了
千年的辉煌灿烂敌不过安静无言的海水

唐言再一次遇见乔伊一已经是初见的三个月之后了，地点也从无锡变成了万里之外的斯德哥尔摩。那天正是 2273 年的 10 月 4 日，也就是荷兰国王亚历山大正式宣布荷兰“消失”的日子。这个国家国土四分之一在海平面以下，四分之一不到海拔一米，填海造陆和海堤围堰是它的骄傲。但这骄傲在自然面前不堪一击。曾经四万一千五百二十六平方千米的国土如今已几乎全境淹没，首都与国王王宫早已成为了藻类和水生生物的乐园。虽然之前数年，就像其他被淹没的地区一样，荷兰国民早已纷纷转入其他国家——主要是中欧和东欧地区——整个国家早就名存实亡，但是这个国家正式宣布“消失”的消息还是一下子让世界沉重了许多。

二十年间，海平面上涨了十二米，并且继续这样涨着。荷兰不是第一个，也不会是最后一个。全球半数国家面临国土被淹的问题，其中有全境淹没风险的也不在少数。只不过之前被淹的国家多是太平洋上不知名的岛国，没有一个有着荷兰这样的地位，也没有一个用这样悲伤的仪式和全球人民告别。数以亿计的人因为家园淹没而不得不移民到内陆，有的还在本国，有的只能背井离乡踏上完全陌生的土地。不光欧洲，中国内陆也多了不少来自上海和福建的人，还大量接纳了来自日本、韩国等国家的移民。所以荷兰的告别仪式足以让全世界的人都感同身受。

斯德哥尔摩会议真正讨论的东西不多，只是在这样情绪的笼罩之下，显得格外的惊慌和死寂。洋流继续变暖,南极温度已经比历史正常水平有了四度的上升,看不出有减缓的可能。如果南极冰川全部溶解,海平面还要上升约七十米,这还没算上格陵兰冰川等等。不断地发布最新的研究数据,不断有新的理论提出解释异变的诱因到底是什么。

但是有两个问题却几乎无人触及,甚至没有人敢大声地直接问起这两个问题。

一个问题是:怎么办,人类面对这样的情况能有什么样的应对?

因为没有人知道该怎么应对。人类掌握了原子能,能登陆火星,在地球同步轨道架设了收集太阳能的光轮系统,以为自己拥有了一切,但面对越来越热的地球,你能怎么办?修建地球空调?

另一个问题是:这一切到底跟藻类生态爆发有什么关系?

这个问题,唐言研究了八年,但答案?他没有。

他有的结论只是两点——第一,浮游藻在全球大型水域密度是过去的"正常"水平的十至二十倍;第二,这远高于"正常"水平密度并没有引发多少生态灾难,内陆湖泊不少变得像油漆似的,但似乎对海洋生态系统没有造成什么影响。

这会议就像是荷兰降旗仪式的前奏,压抑的气氛让唐言有自杀的冲动。出了会场,走在斯德哥尔摩街上,丝毫没有多年前在这里的那种静雅松弛的感觉。同样是水城,斯德哥尔摩头顶上也悬着一把达摩克利斯剑。尽管如此,这城市却又不得不在数年间陆续接纳了大批来自被淹没区域的各国人民。过去的幽静水城现在拥挤得像中国一样,接踵摩肩,连街的尽头都望不见。

所以在这种情况下,唐言怎么也不会错过乔伊一——在几个站在街边大声疾呼的高个子白人的簇拥下,这个披着荷兰国旗的小个子黄皮肤女孩格外引人注目。

在这拥挤但又死气沉沉的街道上,好容易才感觉到人的活气。唐言立刻迎了上去。乔伊一显然也认出了他来,眼睛一下就大了起来,露出惊喜的神色。

也不知道是被压抑了太久,还是冷笑话听了太多,唐言不知哪根筋没有转过来,张口大叫道:"乔伊一!天哪,穿上衣服我都要认不出你了。"

……

她身边的伙伴虽然都是白种人,却也听得懂中文。此言一出,立刻轰杀四方,正喊着口号的五个哥们突然就停了下来,张大了嘴看看唐言,又看看乔伊一。乔伊一一下子满脸羞得绯红,过了好一阵子,才开口说:"唐教授,见到你……还是挺高兴。"

唐言这时也觉得说话不妥,却也忍不住笑,只觉得心里一下子就畅快了很多,就问道："有空吗，晚上和我一起吃晚饭吧？"

乔伊一先是愣了一下，然后微笑着点头。

唐言转身离开的时候，听见后面一阵起哄和打闹的声音，一下子就觉得自己活过来了。还没有死在这个世界上，还有人活着。

真好。

当天晚上，坐在中餐馆里等乔伊一的时候，唐言才意识到自己犯了个大错。

电视里正在直播荷兰降旗仪式。

乔伊一换下了白天穿的那身荷兰国旗装，以一身黑色长裙示人。长发在头顶很随意地挽了一个髻子，露出晒成小麦色的脖子来。

虽然刚坐下的时候有些紧张，但没说两句话，就扯到了藻类生态爆发，海平面上涨，乔伊一一下子就像换了个人似的，胆怯一扫而光，变得坚定而执着起来。

乔伊一比唐言小五岁，刚刚二十三岁，刚刚大学毕业。虽然学的是欧洲语言，但一直在参与自然主义运动。毕业之后，就靠着接接零活赚些钱，在全球各地到处跑，宣扬自然主义。

一个生态学家，一个自然主义者，就一路从海平面上涨聊起，聊到藻华，聊到全球移民，聊到"路过者"。

两人聊得忘了时间，连点菜的事儿都抛在了脑后。直等到唐言的肚子叫了起来，他们才想起来这茬。

唐言顿时觉得纳闷——他们在店里坐了这么久，竟然连个招呼的侍应生都没有。

抬起头来，就看见大厅顶上的大荧幕电视上，荷兰的国旗正缓缓地落了下来。

餐厅里的服务生站在电视前，早已忘了自己的工作，也不知就那样站了多久，泪水早就湿了胸口。透过餐厅玻璃窗朝外面看去，广场满是人，不管是不是荷兰人，都身披三色国旗，泪流满面，泣不成声，不断有人哭晕过去。

电视直播画面下切换着各种各样的场景——没顶的风车古堡；曾经的郁金香种植园；橙色球衣的球队和球迷；全球各地拥在广场上只有哭声的民众，最后画面凝固在现任国王亚历山大的脸上。

亚历山大已经老了，白发苍苍，盯着缓缓降下的国旗面无表情。唐言突然想起自己看过的一段电视资料，三十年前亚历山大继位的时候，访问中国的记录。那时候他还很年轻，英俊潇洒。中央电视台采访他的时候，他开玩笑似的说了一句话：

“当国王，当然希望能在历史上留下名字。我希望在我在位期间，能让十五亿中国人不再叫我国‘荷兰’，改叫它正式名字——尼德兰王国。如果能做到这一点，就算功成名就了。”

这个愿望没有成真，中国人还是叫它荷兰，但历史恐怕会记住亚历山大国王，以他最不希望的方式。

2273 年 10 月 4 日，这个有风车，郁金香，还有橙色军团的国度最后一次升起了红白蓝三色国旗，然后缓缓降下。从 2273 年 10 月 5 日零时开始，世界上不再有尼德兰王国这个国家存在，所有前荷兰国民就地入籍，军队、政府自动解散，荷兰王室将移居俄罗斯，从一国之君变为异国平民。

这个曾有过“飞翔的荷兰人”的帝国战舰就这样从此消失。可能在人类历史上，从没有一个时刻会有一种悲伤这么的让所有人感同身受——一个国家死了，千年的辉煌灿烂敌不过安静无言的海水，在自然的力量下，毫无反抗之力的，全无挣扎之法地死了。

两人一直把降旗仪式看完，也没有叫来侍应生点餐。

降旗结束，唐言看见乔伊一眼中点点的泪光，只觉得心脏好像被什么东西猛揪了一下。他突然靠过去，伸手一把把乔伊一搂在了自己怀里。

“做我女朋友吧。”他说，连自己也被吓了一跳。

乔伊一出人意料地没有挣扎和抗拒，只是静静地在他怀里躺了一会儿，才问道：“我白天穿的衣服和我现在的裙子比起来，你喜欢哪一件？”

唐言一愣，然后很诚实地回答道：“不管你穿的是什么，我看到的都是三个月前见你第一面时那身装扮。”

乔伊一脸上一红，竟也笑了起来，回答道：“好吧，我答应你。”

4

卡桑德拉大桥已经炸掉
人类的列车正朝桥底的深渊飞驰而去

唐言没有看过《卡桑德拉大桥》，但乔伊一提起这部电影的时候，他却能想起老电影的剧情。故事很精彩，讲的是一列火车被恐怖分子用病毒污染，乘客接连死亡。政府为了避免病毒扩散开，决定爆破列车途经的卡桑德拉大桥，让整车乘客带着病毒一起灰飞烟灭。乔伊一说，改天有空一起看看吧，唐言一口就答应了。

只是不知道这改天要改到哪一天。虽然有了女朋友，但是两个人成天忙着全球各地到处跑，各忙各的。唐言每个月的电话费猛涨，还大半是国际长途，每天网络在线时间也噌噌地往上升，IM 软件上的聊天记录飞快地从 MB 长到 GB。

唐老板有了女朋友的消息，就像是往实验室水池里丢进一根通氧管。学生们本来就跟他年纪差不多，见他谈恋爱，就更无顾忌，成天跟他说些荤段子。唐言倒也不怎么生气，毕竟实验室成天跟绝望的消息打交道，迫切需要一个发泄口。有了乔伊一，唐言就觉得整个生活的世界都重新有了生气起来。

每天都在网上聊着，时不时还有几个小时的国际长途，两个人到底哪有那么多话题可以聊？

唐言自己也不知道，只觉得说着说着，时间就飞快地过去了。好像一下子变回了小孩子，忘记了纠缠在自己身上那么多没完没了的烦恼，只一心一意想谈好一场恋爱。

如果两个人能不谈藻类生态爆发，那就更好了。

“米奇初潮”之后，全球海洋在三年中连续出现了多次类似的爆发情形，大型湖泊也发生了这类的爆发，但三年之后，这样的爆发就停止了。

就像夏日序曲一样，雷声之后，就是暴雨。

海洋浮游藻类密度上升了十倍，但是却似乎对海水生态没有造成什么影响，海水都没有变色，好像只是凭空多了十倍藻类而已。

到了第五年，也就是 2258 年，海洋毫无征兆地开始大规模释放甲烷。

关于温室效应，人们之前谈论的主要是二氧化碳，只有专业学者才注意另一种气体——甲烷。甲烷太珍贵，人们总惦记着它作为新能源燃料，海洋下大批固体甲烷被人们当作宝藏，却忘了另一个问题。

甲烷的温室效应是二氧化碳的二十一至二十五倍。

人们就眼睁睁地看着宝藏化为乌有，全球气温开始疯狂升高。温度越高，海洋甲烷释放越快，正反馈达成，温室效应一日千里。之后十五年里，南极、北极、格陵兰三大冰川大面积化冻，海平面不断上升。

这一切到底跟浮游藻类有什么关系呢？

很难说。

根据采样表明，随着海平面上升，以及水温的升高，浮游藻类的生活区域比过去扩大了几倍。浮游藻毕竟很低级，单细胞，甚至还很难说清是动物还是植物，自然也没有组织分化，无法应对太过复杂的环境，所以在水中能生活的深度有限。深处的高压力，少光和低温它都不能适应。海平面上升和温度上涨大规模地扩展了它能生存的空间，不仅是前陆地变成浅海，几度水温的上升也极大扩展了它生活的水域深度。

换句话说，这温室效应简直是为浮游藻量身定做了一个天堂。

但这毕竟是臆测。没有任何证据链条表明温室效应与浮游藻有关，人类都没有掌握气化海底甲烷的手段，它们又怎么能做到？

各地藻类采样倒是表明，浮游藻类的遗传物质在数亿年间并无太多变化，它一如既往的简单。非动物非植物，在生命树中被归于最底层。

那生态学家们研究了这么久，到底有什么用呢？

藻类生态爆发，温室效应，海平面上涨，这一切其实都与人类无关。人类没有插上手，不管是启动它，还是阻止它，人类都没有这么大的能力，只能旁观。

全球都紧盯着生态学家，指望他们指点出路，却忘记了一点：生态学家们，都是卡桑德拉预言家。

他们研究了很久，花了很多钱，然后他们告诉你自然进程是这样，并且会一直进行下去，他们无能为力。

卡桑德拉大桥已经被炸掉，人类的列车正朝桥底的深渊飞驰而去。

5

这些东西突然出现，然后莫名消失
没有和地球进行任何沟通

为了接乔伊一的飞机，唐言提前了一个多小时到首都国际机场。京城里早就满是操一口上海、闽南普通话的移民，现在更是多了连中文都不会的日本、韩国人，城里总是水泄不通。

从在斯德哥尔摩分手，一下子就过去了五个多月，虽然两人成天在网上腻不开，但居然就一直没见过面。

出门前，唐言专程洗了个澡，换上一身新买的衣服。可惜在公交上堵了快两个小时，还是一身臭汗。

不过乔伊一也好不了多少，毕竟在国际航班上坐了十多个小时，也是衣冠不整，睡眼蒙眬的样子。

见到唐言，乔伊一一下子就甩开行李扑了上去，唐言的身体不够壮，直接就被扑倒在了地上,两个人在大厅地板上滚了好几圈,在众目睽睽下傻傻地笑。然后唐言突然捧着她的脸激吻起来。

正午机场高速水泄不通,两人干脆就径直去了机场边的五星酒店。

直到第二天早上清晨六点,他们才第一次离开房间。错过了午饭,错过了晚饭,两个人的早饭吃掉了四个人的分量。

“趁这会儿路不堵,进城吧。”乔伊一说,“这地方也太荒了,什么玩儿的都没有。”

“真的吗?”唐言笑着说,“你确定什么玩儿的都没有?”

乔伊一白了他一眼,就一个面包砸在他脸上。豆沙挂唐言的在右脸颊上长长一条,乔伊一只好又用手指帮他擦下来,然后随口抿掉。

他们打车回城。北京的哥眼神儿特好,见两人这样子,也不搭腔聊天,就开着广播一路慢慢堵着回去。

广播一路讲着最近电影,絮絮叨叨地把《擦肩而过》讲了半个小时,乔伊一突然开口说:“我们去看《擦肩而过》吧。”

“真的?”

“不是早就说去看电影吗?”

“不是说看《卡桑德拉大桥》吗?”

乔伊一一跺脚,嗔道:“不管,《擦肩而过》比较新,比较流行,怎么着吧?”

就这样定下,两人找地方吃了饭,买了两张电影票,就像所有约会的男女一样,摸进了黑漆漆地电影院里。

《擦肩而过》是一部半纪录片,讲的是三十年前“路过者”的故事。

唐言生于2245年,也就是“路过者”路过地球的两年后。所以和乔伊一一样,并没有亲历“路过者”事件。但那时候,“路过者”事情刚刚发生,整个地球都还陷在一片困惑恐慌和混乱中,而不像乔伊一出生之时,世界已经快将其遗忘。

格林威治时间,2243年7月27日15点47分21秒,上百个不知从何而来的不明飞行物出现在地球海拔大约三万米的空中,这些不明飞行物呈绝对黑色,几何立方形体。这一共一百三十七个不明飞行物在三万米的轨道上,相对地面静止,停留了九十二分十六秒之后,又同时消失。

在整个九十二分十六秒的时间内,地球各个国家不断用无线电信号,光信号,甚至还有民间组织用火把,牵手聚集“念力”试图与这些不明飞行物进行交流。美中两国空军甚至使用了空天飞机,试图靠近直接接触。但对于这所有的沟通尝试,对方没有给出任何回复。在所有频段,所有的不明飞行物都保持静默,完全无视人类给出的任何信号。直到消失,它们一直默不作声。

在这之后,也没有探测到任何由不明飞行物造成的影响,也就是说,这些东西突然出现,然后莫名消失,没有和地球进行任何沟通。就好像路过一样,人们就管他们叫"路过者"。

路过者到底是什么,直到现在也没有一个定论。唯一可以肯定的是,那绝不是什么自然奇观。民间公认的,这是外星人的飞船,但这东西至少完全超越了人类对飞行器的理解。来去无形,不见动力,更没有什么动力学外形设计,就是一堆黑色的几何立方体。

既然是外星人,既然来了地球,虽然不知道一路辛不辛苦,又为什么一言不发地就走了呢?别说电影小说里常见的外星人征服地球的剧情,就连沟通和接触都没有进行,对人类交流的愿望毫不回应地径直离开,这又是为什么?

之后有了很多推测。有的人认为是人类没有找到正确的沟通方式,对方没有明白人类在表达什么,只好一头雾水地走了。正是受这种看法影响,唐言的父母给他取名字叫"言"。也有人说,其实他们跟地球人沟通了,留下了一些信息和知识,只是人类现在还没有破解,就好像几个世纪以前,人类还不懂得无线电波一样。等人类找到了这些信息,就像触摸黑尖碑一样,文明会飞升。有的人认为对方是侦察兵,是外星入侵军的前哨,不久之后大规模外星部队就会到来,毁灭地球。

总而言之,什么样的想法都有,但是三十年过去了,这个事件除了一个半小时的奇景和之后引发无限的争议外,也再没有发现别的什么影响。随着这些年环境恐慌的加剧,这个事件的讨论也就慢慢淡了。很多当时迎风而起的研究所和项目也渐渐冷藏。上海的第一接触中心就是这一切的一个缩影,曾经热闹一时,后来沉入水下,成了藻类和鱼类的乐园。

唐言和乔伊一一边看片子,一边在下面还搞搞小动作。乔伊一跟他咬耳朵说:"其实外星人来地球是跟地球交流的,不过看到人吃肉那么浪费,就觉得人很讨厌。于是就不想搭理人,把自己的知识传给了浮游藻类。于是浮游藻类就称霸地球了。"

"切。"唐言答道,"你先给我找出藻类的神经系统再说?骗人都骗得这么不靠谱。你是一个不靠谱的小丫头。"

电影放过了一大半,唐言的手机却突然响起来,引起周围观众的怒目相视。

电话是中科院北京生态所打来的,所长老许在电话里说:"在北京吧?马上回所里,十万火急!"

“看电影呢。”他嬉皮笑脸地说，“啥事儿啊老大，这年头找老婆不容易……”

向来好说话的老许这回却好像吃了枪药一样：“妈的少废话！叫你回来你就回来。半个小时不回来就有人绑你回来你信不信？”

挂了电话，唐言一头雾水。也只好回去跟乔伊一请假。

“那你回去呗。“乔伊一眨了眨眼，很通情达理地说。

“其实我希望你对我说，人家好容易来北京找你一趟，你居然还要上班！不准去！然后我就可以理直气壮，管他妈的，继续在这里陪你。”唐言笑着说。

“切。”乔伊一呸道，“想得美。你又不是去明斯克。”

两个人在黑暗里吻了有十多秒，唐言才离开。走了才两步，又回来给了乔伊一他屋子房门的钥匙，然后又缠绵了半分钟。

后来唐言想起这没看完的电影，想起那句“你又不是去明斯克”，竟听到一丝心痛的笑。

如果真去的是明斯克，也许还要近很多。

6

五大航母战斗群也全部失去联络
就连海岸警卫队执勤的近海单位也没有联系

直到发现找他的并不是生态所，而是军方，唐言才真的紧张起来。

连研究所的门都没进，唐言就被带上一辆黑轿车，一路狂奔而去。下午五点，过长安街时居然没有堵，路上空荡荡的。后来他才知道，半个北京都戒了严，连使馆车辆都不让通行。

车一路开到了怀柔，然后几乎是被拎着，唐言从一个半山别墅下了地下。

下面是一个巨大无比的基地。被拥着走了很久，进了一间大型会议室，里面已经满满地坐了上百个人。唐言勉强辨认出几个在电视里出现过的面孔，认识的人几乎是没有。

稍等了片刻，一个三十岁身着笔挺军装的男子走上讲台，唐言看不懂肩章，自然也不知道是什么衔。

“我知道大家对国家为什么找你们来，都还没有头绪。详细情况随后会有详细资料提供，我只最简单地大致说明一下基本情况。”

“一个小时前，精卫号跟我们失去了联络，之前没有任何异常报告。”

满场哗然。

就连唐言也知道精卫号。2247年下水的精卫号是人类历史上唯一的一艘水下航母。这艘巨型潜艇由四个热核聚变装置提供动力和能量，密封舱体内部几近完美地模拟了自然环境，几乎所有东西都可以自给自足，电解水获得氧气，微生物工程得到食物，海水大量的氢同位素的剧变能量足以替代太阳的供给。如果有必要，精卫号完全可以永远不浮出海面。这艘潜艇航母可以说是人类最高军事力量的结晶，怎么会毫无反应地失去联络？

男子等这片喧哗将静未静之时，接着说了下去：

"这只是开始。在接下来的半个小时里，我们所有在海上的渔船、军舰，甚至油气田都失去了联络。"

大屏幕上现出地图，失踪的民用船、军舰、海上油田用不同的红色标志标识了出来，一片刺眼。

"所有的海底光缆通讯都中断了，现在能联络到最远的地方是日本和台湾。日本报告的情况和我们一样，连南极科考船都没有回应。

"这是当时我们通过间谍卫星拍摄的画面。"

屏幕上一艘巡洋舰在海面上航行。然后再下一秒，整艘战舰突然消失，巨大的气浪向外冲起，就像一个火药库在水面上点燃一样，水花四溅。随后一片空旷，只有原来战舰吃水的空洞被水流旋转着填满。没有痕迹，没有残留，整个战舰就在一瞬间消失了。

"我们相信所有失去联络的单位都遭到了同样的问题。现在我们正在试图回收海底光缆。卫星通讯暂时中断，我们还没有美洲和大洋洲的消息。情况就是这样，谁有头绪，知道这到底是什么吗？"

这句话一问出来，整个会场一下就安静了。

"无论什么样的看法，不管你觉得有多荒唐可笑，都可以提出来。我们现在还没有任何头绪。我们不知道这是什么，为什么要毁掉海上所有的设置，这是什么样的技术。统统一无所知，任何假设都是有帮助的。"

第一个大胆的声音不知道从哪里传来，声音很小，也很迟疑。

"路过者回来了。"

不少人点头。

"我们正在全频带进行大功率信号发送，目前还没有任何回应……"话正说着，一个士兵冲了进来。

“报告将军！五角大楼联络上了！”

“接过来！”

屏幕一闪。

“……五大航母战斗群也全部失去联络，就连海岸警卫队执勤的近海单位也没有联系。五大湖所有船只确认失踪。我们能联络到进入海域最远的，是在海滩上游泳的游客。就连冲浪离开海滩远一点儿的都没有找到。”

屏幕上的老头子沉默了一会儿，深吸一口气。

“接下我要通告你们的是重点。我们在第一时间对密西根湖进行了空中和沿岸现场调查，设法对出事地进行了水样和空气取样……”

等了好一会儿，他才说出下文。

“没有化学反应，但是法拉实验室分析结果是样品有超密度的夸克，完全是一片夸克汤。”

唐言听不明白对方在说什么，但他身边的那群搞物理的家伙的脸色慢慢就变了。

信号切断了。

“……什么意思？”负责的军官也没有明白过来，朝这群专家问道。

一个小伙子起来说：“在正常情况下，夸克是被束缚在基本粒子内部，不可能独立出现的。我们在四十年前才第一次得到独立存在的夸克，但是在不到千分之一秒时间就湮灭了。”

“要得到独立存在的夸克，就必须解开夸克间的强相互作用。但是如果强相互作用一旦解开，基本粒子间的弱相互作用就失去了制衡的拮抗。在弱相互作用的斥力下，物质就会直接炸开，变成一锅夸克汤，物质形态就会随之湮灭。”

就算半懂不懂，唐言也知道事情大条了。

军官问道：“就是说，根据现在的资料，我们海上的东西可能是因为被解开了强相互作用而被毁的？解开强相互作用需要多大能量。”

那群物理学家的脸色齐刷刷地白了。

“我们一直没有得到独立夸克，很重要的原因，是一直没有办法制造出足够强大的加速器，来提供足够的能量。如果不加控制地完全解开强相互作用，会有超过99%的质量直接转化为能量，大约是核聚变的十万倍。”

7

巨大的海洋就像是一个头脑
藻类单元就是其中的神经细胞

基地里的日子非常简单。一小时吃饭,六小时睡觉,十七小时工作。

对于唐言来说,这十七个小时基本上无所事事。

他们面对的一个没有露脸的可怕对手,第一次出手,就是神迹。

虽然状况严峻,但唐言并不明白,这事情跟他有什么关系。

唐言想象了一下,在那占地球总面积71%的海面上,千年人类文明的所有痕迹,船只,潜艇,油田,甚至海底光缆,都在半个小时内像连环炮仗一样陆续炸响,然后化为无形,不留痕迹。他甚至想象到这样的场景,反潜舰上的直升机在最后时刻努力爬升起来,飞过几百千米,然后燃油耗尽,落入海中,依然像鞭炮一样炸响。

但这一切跟他这个研究浮游藻类的生态学家有什么关系?浮游藻类甚至没有能力加快钢铁的腐蚀过程,虽然十倍的密度绝对是异常,但这种状态已经持续了十多年。唐言脑子里突然冒出这么一个场景,一群显微镜下才能见到的浮游藻类聚集在一起,拼命啃食着钢铁,竟然不自觉地笑出声来。

负责管他们的那位军官姓严,是海军的首席科技官,少将衔。严将军特别客气,每天在各个小组到处参与讨论。年纪轻轻就当上少将,确实很有本事,物理,海洋地理,生物,洋流化学,不管什么他都颇有见解。跟严将军谈了几次,唐言只觉得自己的研究思路开阔了许多,不过对于眼前这个问题,实在是没有任何帮助。

一晃就过去了一周。

大洋洲和南极洲的科考站都有了联络。各地情况没有什么差异,到现在为止,没有任何入海船只有下落。海底光纤证明是在入海后切断的,切断处为入海零点五米到两千米不等,断面非常整齐,是一个标准几何截面,如果不是切断后拉回来受了些腐蚀和摩擦,可能光滑水平在纳米级。不过倒还真有两架幸运的舰载直升机飞回了陆地。一架是中国的直17,一架是俄罗斯的米-43N。这两架直升机当时已经起飞,所以没有遭到战舰一样的厄运。但是他们带回的有用信息很少,毕竟间谍卫星的精度已经到了零点一米。除了驾驶员称没有感觉到任何异常外,什么新消息也没有。解开强相互作用这个手段,似乎并不能用于不接触海面的东西。

实际上,在基地里的工作,唐言参与的很少。最忙的是物理学家,遇到这种事情,他们在恐惧中却又兴奋得发抖。这灾难可能是地球上亿万年中仅有的一个实验场，满是珍贵得值得用一辈子去换取的数据。唐言倒一直觉得，其实这事儿跟自己没太大关系，倒是更关心乔伊一多一些。外面不知道混乱成什么样子，北京应该还好，但是乔伊一是不是老老实实地待着呢？基地里是不允许跟外面联系的。

所以，韩阳和杜鲁斯找到他，是在他预料之外的。这两人他倒是认识，都是搞海洋哺乳动物的，也算是小半个同行。这两人争论不休，居然找到了他头上，倒让他没有想到。

“我们把海洋声纳数据过滤了几次，除去了各种各样的杂音，得到了关于次声频段到超声频段的信号。有一段次声波信号我们找不出来源，也跟之前海豚、虎鲸之类的谱表对不上，但是怎么看都是有一定编码含义的。杜鲁斯说可能是藻类活动造成的，你觉得呢？”

杜鲁斯人在华盛顿，大头视频图像让那双大眼格外吓人。唐言研究快半个小时，才得出参比数据。

“从频率上看，浮游藻类是有可能产生这种次声信号，但从强度上看不太可能。如果要这么大强度的信号，可能需要千亿数量级别的藻类同步活动。虽然按照现在的密度，这个数量连一立方米都没有，但很难想象它们有可能同步活动。”

“啊哈！”韩阳叫道。

“如果有可能同步活动，那么这个次声信号就可能是藻类产生的？”杜鲁斯不依不饶。

唐言点头。

韩阳争辩道：“那你怎么解释为什么太平洋、大西洋、印度洋、北冰洋各地信号编码方式完全不同呢？就算退一万步来讲，浮游藻类有可能同步行动，但是现在浮游藻类种类密度几乎是一样的，遗传性上没有显著差异。同一个物种，为什么同步行动发出的信号会不一样？这些信号编码的差异就意味着各地信号不是由同一个物种发生的，肯定是其他物种产生的。”

唐言听了这话，一愣。低头研究起各地信号差异来。

的确，虽然在之前很长一段时间，全球海洋中都发现了这类的信号，但是不同地域的信号是不一样的，甚至不同时间同一地域，信号也是有变化的。生物的交流信号是由基因决定的，对于基因一致、分布没有改变的浮游藻来说，就算同步行动，那信号也不该有这样的变化。

但一丝忧虑像在岩石缝里扎根的种子一样，唐言不自觉地想到这事儿，直到那两人争执不休地离开，他也没有解脱出来。

唐言一直想了十多个小时，直到半夜，他浑身汗水地惊醒过来。

生物史上几乎没有基因不改变，但是有行为模式、交流信号改变的例子。比如蚂蚁在亿万年间使用同样的信息素交流，鸟儿在百万年中用同样的歌声求偶。

几乎没有，并不是完全没有。

人。

百万年间，这个学名叫 Homo sapiens 的生物，基因几乎没有任何改变，但是语言却不断变化。各地语言各自发展，各不相同，即便现在，英语、汉语、日语、西班牙语也各自统治一片天空。

因为他们的交流语言不是由基因决定的，而是通过智力后天编码产生的。

冷汗就再也止不住了。

如果浮游藻类能同步创造次声波，像语言一样相互交流，那么每一立方米就可以作为一个意识单位。巨大的海洋就像是一个头脑，藻类单元就是其中的神经细胞，整个海洋如此庞大数量的单元集结起来，通过云计算方式连接，能支持什么样程度的智力？

从米奇初潮，浮游藻第一次同调到现在，它们已经到了什么样的地步？它们有了什么样的智慧，足以解开强相互作用？

“请马上把严将军叫起来，我有非常重要的事情必须马上报告。也把韩阳先生叫起来，再联络一下美国的杜鲁斯先生。”

8

地下都市从来没有在任何地方公开过
但是也从来没有停止过修建

唐言对严将军报告的十二个小时后，所有专家集合了起来。

“目前的情况，也不用我多说什么了。中美防御联合会议向联合国提交了报告，刚才得到联合国的决议许可。我们开始执行蓝盾计划。各位有十四个小时时间回家收拾，政府会组织避难。时间不多，各位快点儿行动吧。听从安排，不要擅自行动。”

严少将的声音已经沙哑，口气也颇有些无力。唐言听得一头雾水，周围望了一圈，大多数人一样。

马上就有一群士兵带着大家离开基地。唐言拉住一个年轻小兵哥问：“帅哥，问一句，蓝盾计划是什么？”

小兵哥脸色一下有些惨白,但他训练有素地很快恢复了过来。

“请您回去之后自己看通知吧,您绝对不会错过的。”

离开了世界一个星期,回来以后,唐言发现世界完全陌生了。

好像时间一下子过去了几百年一样,整个城市被时光腐蚀了,变得残破肮脏不堪。像是二战老电影的场景,街道满是绿色的军车和军队,痛哭流涕、拖着大包小包行李的人们被引导甚至是驱赶着向卡车上推搡上去。哭闹,争执,不断有混乱水花一样溅起,然后就被军人们一拥而上,扑灭了。

真像是几百年没有听过的高音喇叭大叫着:“不要恐慌,听从指挥……”

每过半条街,就有人拦住他,“您好,现在正在执行蓝盾计划,请问您……”

基地的牌子很管用,晃了一下,就过去。

唐言好像梦游一样回到了家,打开门,第一眼就看见了乔伊一。一下子绷到极限的神经马上就松了下来,他整个人瘫在门口,一步挪不动了。

迎接他的却是一张冰冷得像石头一样的脸。

“蓝盾计划跟你有关系吗?”乔伊一劈头问道。

“我还指望你能拥抱我一下呢。”唐言回答。

“蓝盾计划跟你有关系吗?”乔伊一一脸严肃。

“蓝盾计划,蓝盾计划!”唐言终于爆发了,“为什么每个人都在说蓝盾计划?到底什么是蓝盾计划!”

“你……不知道?”

乔伊一打开了电视机。

唐言心力交瘁,本来以为自己马上就要倒在任何地方睡着了。但电视打开以后,他的睡意立刻消失殆尽了。他盯着电视,目不转睛地看了一个多小时。

“这是……他妈的……哪个王八羔子给老子想出来的!”他充血的眼睛瞪得像一头狮子。

在地球大气层外,有一个“光轮”。这是由大约三千颗卫星构成的卫星群,每个卫星伸张出数千平方千米到数十万平方千米不等的薄膜板。这些薄膜板吸收太阳能,然后转化为电能,通过无线电波加载后传输至地球表面接收站。光轮建造于二十年前,几乎是完完整整地覆盖了地球外空,以至于航天飞行器发射前需要申请系统折叠薄膜来空出窗口。

这是人类技术的奇迹,全球所有航天大国都参与了这个工程,被认为是人类和平的象征。它的出现大幅降低了矿物燃料的使用，几乎解决了能源危机。当年工程开始的时候，很多阴谋论者不理解那些强大的能源公司是怎么会允许这么一个东西出现。“光轮”系统可以极限吸收太阳射向地球的大约20%的能量，以大约47%的效率转化为电能，这对矿物能源公司是毁灭性的打击。当然这东西没有全功率运转过，因为这会有诱发全球气温降低的副作用。

今天蓝盾计划告诉大家，这不是副作用，这才是光轮的真正存在意义，光轮本身就是蓝盾计划的一个构件。薄膜板现在可以吸收20%的光能，如果通上高压电激活表面记忆金属，它同时还能向外反射剩下74%的阳光。如此一来，光轮系统可以保证阳光射入大气内的比例低于10%。

核冬天都还能让大气升温，而光轮系统开启之后，连大气都会冷却下来。

“我们不知道这些藻类是怎么做到的，但是我们知道，只要在水里的，它们可以毁灭一切。我们的核武器对它们无能为力，我们不可能把占地表70%的海面都炸遍，就算我们能，它们也会躲在海底深度，卷土重来，而这样做的后果却是人类无法承受的。这些藻类无法染指的，我们还控制着的，就只有天空了。”

这就是蓝盾计划，遮蔽太阳，让整个地球冷下来，把这些藻类冻死。只是电视里没有告诉大家，冻死藻类的同时，整个地球海洋和陆地生态系统会一起陪葬。海洋冷到零下二十度，整个地球就会彻底封冻，几乎没有任何一种现代生物能活下来。浮游藻类是最简单的生命，数亿年未有变化，原因很简单，它承受力太高，能够毁掉它们的环境变化，足以毁掉整个世界。

人类呢？人类会躲入蓝盾计划的另一个构件：地下都市。

直到今天，唐言才知道，早在二十年前，各国就开始为蓝盾计划做准备。地下都市从来没有在任何地方公开过，但是也从来没有停止过修建。

光是地下北京就可以容纳两亿人口，通过光轮向地面传输的电力运转，氧气、食物、水，都通过电化学方式合成。

整个地下中国可以容纳三十七亿人口，甚至比中国自己地上容纳的人口还要多，因为它需要接纳几乎整个东亚和南亚。

电视里放出光鲜亮丽的地下都市场景，整洁，宽敞。

唐言这才明白过来，就连精卫号也不是一艘战舰，那是蓝盾计划的另一个构件，海底都市的蓝本。

二十年前开始准备的蓝盾计划，傻子也会明白，这是为了应对“路过者”的方案。但它启动的时候，面对的却是完全不同的对手。

一边看着，唐言一边忍不住放声大笑起来。

“你在笑什么？”乔伊一问。

“不好笑吗？我们口口声声说，拯救地球，拯救生态系统。然后浮游藻类帮我们拯救了污染得一塌糊涂的海洋。然后浮游藻开始升高海面，要占领陆地，毁掉人类在海上的一切。然后我们要怎么办？我们要把整个地球冻起来，把它变成比火星更冷的世界，杀死人类以外所有的生物，把海洋冻成冰。是因为浮游藻要消灭我们吗？不是，只是因为它们在海上咬了我们一口。”

唐言笑得喘不过气来，捂起肚子缩成一团，然后咿咿呜呜地哭了起来。

他哭了十多分钟，爬起来进浴室洗澡。这时候他才发现沐浴露、洗发膏都没有了。石油断了一个星期，超市连洗漱用品也被抢完了。就连牙刷，用完这一根，什么时候能买到下一根也不知道呢。

9

从此地球不会再有升起的太阳
直到海洋整个冻结成冰，生命灭绝为止

乔伊一是以家属身份跟唐言去的地下北京。按照政府要求，除了极少数观测站工作人员外，应该是所有人都转入地下，但总有人想方设法地留在了地上。

生在地上，也要死在地上。

唐言和乔伊一被安排的位置算是“贵族区”，生活用品还算齐全。

自从唐言回来之后，乔伊一对他一直很冷淡。乔伊一执意要睡沙发，都是唐言劝了很久，她才肯睡床，让唐言睡沙发的。如果她知道蓝盾计划实施正是因为唐言的判断成为直接导火索，肯定是不会在这里待下去了。

搬进地下的第三天，蓝盾计划开始正式执行。

这一天，乔伊一的电话非常忙，而且一有电话，乔伊一就会躲到一边，关上门。

电视里播放着各地的实拍：抗议、绝食，甚至暴乱不断。但支持蓝盾计划的人也很多。或许他们是对的，在十多年时间里，浮游藻类就能以超越人类理解的方式毁灭海洋上任何它们不喜欢的东西，谁也料不准，再过十年，会发生什么。它们也许不会专门消灭人类，但十年之后，或许所有陆地就像那些战舰一样，蒸发无形了。

两天时间，乔伊一几乎没有跟唐言说过什么话。吃午饭的时候，乔伊一来来回回接了四个电话。唐言终于忍不住开口说：“告诉你的朋友……”

“说什么？”

唐言一下卡住了。是啊，说什么？理智？不要冲动？政府是对的？

过了好一会儿，他才吐出两个字：“活着。”

乔伊一愣了一下，低头默不作声地拨起饭来。

下午四点，一百多个示威者在联合国大楼前抗议，大呼口号，随后自杀。他们两两成对，拔出不知哪里搞来的长剑，相互斩首，场面极度血腥。乔伊一缩在沙发上，抖得筛子一样，哭成泪人。唐言上前想要抱抱她，却被无情地推开了。

随后电视信号就被掐了，理由是通信不畅，本来预定直播的落日也因此取消。

之后两个人都没有说话，静静地坐着，像石头一样。

在这次日落之后，光轮系统所有卫星都会在薄膜板上释放高压信号，并且全面张开。从此地球不会再有升起的太阳，直到海洋整个冻结成冰，生命灭绝为止。生物本质都是自私和残忍的，但是地球历史上还有一个物种将自私发展到这样的地步——因为潜在的尚未成真的危险，毁灭整个地球生态系统。

唐言之前看过了他们的诺亚方舟。所有物种的个体样本，以及基因库保存的完备程度，让唐言瞠目结舌。在解冻之后一百年内恢复到正常水平，也许不是一个大话。但是他高兴不起来。

到了六点半，乔伊一突然转过来，问他：“知道哪边是西边吗？”

唐言愣了一会，手忙脚乱地研究了很久，指给了乔伊一。

乔伊一就转过去，坐在沙发上默默地朝西面看着。她面前是墙，但她的眼睛却远远地望穿了过去。

“你在看什么？”唐言问。

“在看夕阳。”她回答。

“夕阳？”

“你看不见吗？”她伸出手来，指向前，好像墙壁挡不住什么，好像自己还在地面，好像自己坐在阳台上，喃喃地说道，“那火红火红的太阳，晚霞都红透了，像着了火一样。看见了么？很红很红，真的很红很红……”

顺着乔伊一的手指，唐言望了过去。他的视线穿透墙壁，越过地下几百米的阻隔。

“看见了，”他说，“我看见了。晚霞真美，就像篝火一样。”

“别盯着太阳看太久了。”乔伊一说，“眼睛会瞎的……”

唐言一把抱住了乔伊一，被这么一抱，乔伊一就再也忍不住，失声痛哭起来。

"别哭。"唐言说,"别哭。"一边说着,一边就哽咽了起来,再也说不出一句话。

就这样抱着过了好久,唐言才慢慢开口说道:"我们生一个孩子吧,然后就像两个老鼠一样傻傻地活在这里,看着孩子长大,将来孩子也像小老鼠一样傻傻地幸福地长大,然后我们就慢慢老了……"

他感觉到怀里动了动,是点头。

从那一天起,太阳不再升起,这没有太阳的整整一周,他们也没有起过床。

直到第七天。

一周时间,内陆地表平均温度下降了二十六度,靠两极的地面已经开始飘雪。但是海洋的热容要大得多,尽管如此,近海气温也下降了十一度,近海水温已经低于全球升温之前了。

如果是一周多以前,正该是欧洲的太阳要升起之时,格林威治时间是 2274 年的 3 月 17 日 6 时 47 分。

如果人类在离太阳更远的距离上,大约是冥王星轨道距离,垂直于黄道面的地方有观察站的话,将会能录下这样的景象:在五百秒时间过程中内,从太阳发出的阳光在水星轨道的位置陆续发生了弯曲,就像铁粉被强磁体箍束住一样,原本朝向四面八方散射开的阳光在水星轨道附近弯曲后集成一束。如果爱因斯坦还活着,他一定会想起 1919 年费尽心思才成功的光引力弯曲观测实验。突发引力场每个只持续了不到百万分之一秒,那瞬间的引力潮和光扭曲几乎无法侦测到。

如果观测站不在这束瞬间强光的轨迹上的话。

地球和太阳的正表面距离是四百九十九光秒,其他位置加上弯折路径,在四百九十九到一千光秒之间。这六分钟内陆续弯曲的阳光准确地集中,构成一道时差不到千分之一秒的闪光,以精准提前量迎向了地球。

中国的四十六个观测站只看到漆黑中突然闪过一片五彩的光耀,天顶彩色亮成一片,然后整个地球就重新亮了起来。

构成光轮系统的三千颗卫星,超过一千两百颗直接完全烧毁,四百六十颗短路。东半球光轮系统连通东半球的轨道飞行器一起全毁。

十二个小时之后。同样的闪光在西半球亮起。人类所有航天飞行器,无一幸免。

太阳,就又升了起来。

10

月亮缓缓向火星跌去，在途中竟然碎成了无数片
流星的烟火甚至比太阳还要耀眼

撤离的警报响起来的时候，绝大多数人都还不知道光轮崩溃的消息。

唐言几乎是被绑着离开的自己房间。他和乔伊一在屋里不接电话，不应门，直到一队士兵破门而入，把他带走。

唐言拒绝说话，拒绝看给他的材料，直到上到地面。瞠目结舌地盯着正午的太阳足足有十多秒钟之后，视野里一片紫红，然后他才拿起手上的资料。

同样的基地，只是那些人面无人色。二十年的准备，本以为在同步轨道的光轮系统是藻类触碰不到的，万无一失。却仅仅在一个星期之后，就“过载烧毁”。

“各位，找大家来，不是来讨论蓝盾计划的。”仅仅是十天，严少将好像老了十年，“我们现在面对的是另一个问题。可能大家都还不知道地下城市为什么紧急疏散。”

“不是因为光轮系统毁了，没有办法提供电力吗？”有人接茬。

“不，比那可怕得多。”严少将浑身不自觉地抖了一下。屏幕上显出一幅太阳系近日行星图。

“这是昨天的太阳系行星位置。”

另一幅图叠了上去。

“这是现在的位置。”

不需要天文学知识，只需要一双眼睛就能看出有什么区别。

火星离开了自己的轨道，离太阳近了很多。

“火星正在向地球靠近，我们相信，它会在两天内进入地球引力范围，和地球形成双星系统……希望是这样。”

死寂。

“谁有什么想法？任何想法！”

唐言举起了手。

“我们可以把地球冻起来，把浮游藻和全世界所有生物一起冻死。哦，你们已经做过了。”

严少将脸色一白。

“你们有没有想过，光轮系统这样完蛋是什么意思？它们费尽工夫，在离地球上亿千米的距离制造引力场,弯曲光线,只是为了摧毁离地表几千公里的同步轨道上的一群卫星。就好像你手上有一只虫子要踩死,你却开了一辆坦克过来压它。为什么?

“你有没有想过,完全解开强相互作用产生的威力是核聚变的十万倍,为什么我们看到的却只是战舰凭空消失而已?它们一直在手下留情,直到你们想把它们冻死。它在向人类示威,告诉我们,别再搞什么妖蛾子。你想知道我们该怎么办?我告诉你怎么办。

“什么也别动!”

严少将说道:“如果火星和地球形成了双星系统……”

唐言火了。

“一个能把火星硬拉出轨道的力量,你要怎么对付?你打得过吗?!“

全场死寂。

唐言之前心中凝结的所有愤怒都在这一刻爆发了起来,他对着整个基地大吼。

“我告诉你们浮游藻有了智慧,就是让你们把它们连同整个地球生物圈一起活活冻死吗?这些智慧可能刚刚苏醒,刚刚才睁开眼睛,第一眼看见的是什么?第一眼看见的是人类疯了一样要把它们置于死地,这就是你们做的。当一个巨人在你眼前醒来的时候,你们就像一群没有开化的土著向他投掷长矛。这就是巨人对人类的第一印象,邪恶,无可救药的邪恶,为了自己毫不犹豫地把全球生命赶尽杀绝的邪恶。这就是我们这一切的报应,它们还没有一个个把人类拖出去,全部掐死,就已经是我们的幸运了,你还想要怎样?”

严少将一个字一个字地回答:

“这一仗,是我们输了。但是这并不意味着我们错了。因为我们没有选择,人类要活下去,就要付出代价。”

唐言已经没有了争吵的力气,慢慢地低声说道:

“这个地球,已经不是我们的地球了。”

火星引力潮来的时候,人类真就像是蚂蚁一样,蜂拥着向最内陆的地方逃去。亚洲成了最大的避难所,有足够广阔的内陆远离海岸线。那可怕的引力诱起百米海啸,灾难之墙一样横扫而过,整个大陆板块疯了似的颤抖,板块就像浮在水面上的冰一样,碎裂冲撞,原来倾尽国力建造的地下城市在板块冲击下瞬间化为无形。整个印度板块在两天之内硬生生被挤进了地幔,但因此抬升的青藏高原倒成了亚洲最大的避难屏障。唐言永远记得自己眼睁睁地看着身边的那位日本人当场疯掉，他的妻女还在四国，整个日本群岛被引力潮碎成粉末，就像饼干一样被冲上了大陆架。

自从失去了通讯卫星，就再也没有美洲和大洋洲的消息。可以想到，那两个纵深不足的大陆在这样的引力潮下恐怕留不下什么。火星-地球双星系统形成时，诱发的潮汐是最大的。但在此之后，双星环绕形成的潮汐也高达百米，哪还有几块陆地可以立足，哪里能有足够的食物来填饱人类的肚子？

活下来的人类，绝大多数是第一次见到火星。那占据了整个头顶天空，遮蔽了太阳的红色岩球露出狰狞的脸。唐言和乔伊一相拥而坐，看着头顶的战神，心里却是平静的。月亮缓缓地向火星跌去，在途中竟然碎成了无数片，流星的烟火甚至比太阳还要耀眼。

壮丽的双星奇景持续了两天。原来二十四小时一循环的昼夜被切碎，自转被慢慢拉长，但绕行而过的火星在中天划过，将白昼遮暗，把黑夜映亮。

从来就没有存在过行星双星系统，因为它们之间的引力最后总会让两者变成一个。

双星大气开始交换，可以用眼睛看到，那富水的乳白色和尘土的暗红交融起来。大量的二氧化碳进入火星，火星也开始湿润起来。地球还是太小了，浮游藻类还想长大，一个地球是不够的，还要另一个。

"你知道我想起什么了吗？"唐言对乔伊一说道。

"什么？"

"可能路过者真的不是路过。它们到了地球，然后把地球上所有的生命看了一圈，找到了最有潜力的生命形式，跟它们交流，但这不是人类。我们以为自己是进化的宠儿，地球上最高级的生命，自以为是地画了进化树，说进化的规律是由单细胞到多细胞，由水生到路生，由简单到复杂，把自己排在最上面。实际上，我们的极限到此为止，我们以为自己站在顶点，实际不过是生命进化史上一条死胡同的末端，就像地球历史上繁盛一时的生命一样，三叶虫，恐龙，我们跟它们并无区别。我们以为自己拥有未来，以为地球文明将从我们这里开枝散叶，这一切只是自大的妄想。"

"和他们比起来，我们可能简单得就像一个细胞一样。也许浮游藻们都还没有意识到人类也是有智慧的生物。未来在人类身边停留，当我们以为自己拥有它的时候，它却转身和我们擦肩而过，就像路过者一样。"

"可能再过一些时候，它们会像我们研究蚂蚁一样研究我们，发现我们是有智慧的,很低级很低级的智慧,顶多能理解弦理论这种简单理论。然后可能会对我们好一些,就像我们围圈生态保护区一样给我们一块土地,也许是一个行星,让我们活下去。”

乔伊一看着他,等他说完,静待了很久,才开口。

“我们生个孩子吧。”

唐言一愣。

“啊?”

“生一个孩子,让他在那个行星上活下去。”

这时候,地面剧烈地震颤起来,百米巨浪残余的海风迎面吹过,清新微暖,像是回答。

水鑫日

SHUI XIN RI

1

对于刚刚重生失去了一年经历的达西雅来说
一切考验都还刚刚开始

为了寻找遁世者荒原,达西雅和她的随从阿克萨翻遍了整个多明尼亚大陆。从凡派尔沼泽到西瓦火山,从陶拉利亚岛到罗堰森林,他们遍寻了每一片土地,问遍了每一个存者,无论他是活着或者死去,是吸血鬼或者精灵。他们推敲每一句证词,搜索每一个信息,耗费了无法估量的心力,终于完成了这个所有存者都认定无法完成的任务。这一切,花掉了从雨季开始到旱季结束的整整一个多明尼亚年。为了完成这个任务,他们创造了三十七种全新的咒语,七十五种神器,然而这一切丰功伟绩都没有办法令达西雅控制住自己渐渐增长的烦躁和焦虑。当最后三百卡西亚铁魔像在非瑞克西亚酸雨下挖掘出遁世者荒原的通道入口时,达西雅终于爆发了。

神的愤怒几乎毁掉了整个非瑞克西亚,这片长满了铁树,下着油和酸雨,行走着神器的大地化成一片焦土,最后在时空的扭曲中被撕成碎片。达西雅疯狂地尽自己一切能力毁灭着多明尼亚,一边呓语着,一边毁掉空间中所有的数据。在意识到达西雅已经彻底陷入疯狂之后,阿克萨最后不得不在混乱中杀死了自己的主人。然后他花掉了一整天的时间调用一年前的人格备份,重新将她复活。幸运的是,即便是神的愤怒也没有毁掉遁世者荒原的入口, 那道深黑色的通路口孤零零毫无依附地漂浮在化为虚无的空间之中,像是择人而噬的凶兽的口。

对于刚刚重生失去了一年经历的达西雅来说,一切考验都还刚刚开始,而事实上,这样的错觉却也正是所有对将来的预计中最为接近事实的一个。这个考验并不会因为她是这个世界的神而显得更加轻松。

2

无限期的流放早就磨掉了关于时间的概念
甚至连外面世界的样子都已经模模糊糊

风吟醒来的时候还很早,天空没有任何放亮的痕迹。他不得不检查自己的咒语准备,好在已经恢复了记忆。在队伍里,法师永远是最重要的角色,虽然他并不像强壮的战士那么得到异性的欢心。这个时候的落叶丛林里很宁静,一切都还沉浸在一片淡淡的黑暗中。没有风,树叶就低低地垂着,因西落而暗淡的月光已经没有办法在林里留下影子，于是周遭就像是梦一样的沉默。同伴都还睡着，只有哈罗德不时翻身发出轻轻的鼾声。

今天是水鑫日。预言书上说的正是这一天，获得水纹弓的日子。塔城近在咫尺，不过是两三个小时的路程。其实昨夜便可以赶到那里，不过预言书上既然说今天才应当是拿到弓的日子，那么就不要随便节外生枝，尽管整个队伍很迫切地期待与克罗夫的重逢，但他们还是等了一晚。

牛头怪达斯是第二个醒来的，作为背负着部落预言的人，越接近预言，他便越沉默。他一言不发地爬起来，收拾了自己的行囊，然后静静地靠着树坐着。这个队伍里，他是最后加入的。风吟的队伍是在大平原遇到正和一群鬼怪纠缠的达斯的，他们救了他，然后得知牛头怪的部落接到这样的神谕，名为深蓝的魔王将带领他的蓝龙降临这个大陆。要阻止深蓝的入侵，必须找回三件传说中的神器，水纹弓、蓝晶圣斧和温玉神剑。于是达斯作为部落的继承人，开始寻找这三件神器。他进行着早间的萨满宗教仪式，等待着其他人的醒来。风吟没有去打搅他，望了望天边，东面已经火红，他走过去，叫醒了还在睡觉的罗琳。他没有叫哈罗德，在早饭的气味进入这家伙的梦中之前，大胃袋是不可能醒过来的。

人类法师风吟，牛头怪野蛮人达斯，精灵巡林客罗琳，还有人类战士哈罗德，这支就像是种族与职业的展览会一般的队伍在半个小时之后装备完毕，开始向目的地塔城进发。路上，阳光灿烂，这和塔城的传说严重不符。根据传说，自从矮人的守护神澳汀利维和太阳神拉丁斯闹翻之后，塔城就再没有见到过晴天。“传说也许只是传说，但塔城的晴天的确非常罕见，百年一遇也许夸张了，但十年能看到一次的确算得上运气。”他们的矮人伙伴在离开队伍回塔城开酒店之前是这样描述自己的故乡的，这样的好天气不由得令风吟疑惑。

即便是在树林中，太阳也显得格外炽烈，爱出汗的哈罗德终于抱怨起来：“该死的，如果太阳神拉丁斯能让这里阳光普照，而几公里外的塔城阴沉沉的话，我宁愿用脑袋走过去。”

风吟冷冷地回答道：“算了吧，你从来不用脑袋做任何事情的。”这句话让罗琳发出了银铃般的笑声，随后似乎觉得没礼貌，很快便停住了。

哈罗德脸红了，无辜地望了精灵一眼，不服气地争辩：“今天塔城绝对是晴天，如果不是克罗夫骗我们，就是……”

“你曾经见过克罗夫骗人吗？”风吟说，其实他也一样的疑惑，只不过人类之间的斗嘴、挑刺和找茬似乎是队伍永远的开心果。

“……那我们就捡到了个百年难遇的好日子。”人类战士底气不足地说。

树林终于走到了尽头。举目望去,远处的白塔群映着金黄色的阳光像受到上天赐福的神殿一样,向四周散射出橙色的光芒。这个城市辉映在一碧如洗的蔚蓝天空下,华丽得如同永远无法接近的海市蜃楼一般,一行人看呆了。

“我说什么来着?……”哈罗德呆呆地,小声地说。

风吟怔怔地站着,并不知道在他看不到的地方,他自己所创造的世界正在改变,并毁灭。

当寻找到遁世者荒原的入口之后,达西雅和她的随从便不再以实体的形式出现。当通道口被解开之后,那个长期以来困扰神的庞大资源消耗之谜立刻被解开了。荒原的数据流就像是滔天洪水一样将主存狭小的河道充塞得满满的,处理器在繁重的疏导任务下变得滚烫。达西雅对这巨大的数据流感到了莫大的恐慌,毫不留情地将荒原化为乌有。她小心地规划目标的活动范围,然后开始毁掉那之外的一切,这个世界里上万名NPC在一瞬间被时空的罅隙所吞没,消失得无影无踪,就像是从来不曾存在过一样。而他们的造物主这时候不过是一个小小的法师,对这一切毫不知情,更无能为力。

处理器还来不及喘息,一串可怕的咒语从神的层面传了过来。比原来更加庞大的数据奔涌而来,一瞬间几乎令它崩溃。它更加疯狂地工作起来,同时惊讶地发现除了遁世者荒原,整个多明尼亚都被冻结了起来。作为一个处理器,它无从理解如此庞大的数据流是如何在一个狭小的世界里制造出来的。

这时候,达西雅和她的随从在嘈杂的数据中锁定了他们的目标。他的命运剧本被扭曲,接入了她创造的故事,一切都在掌握之中。

至少看起来是这样。

命令:域冻结备份,目标调入。准备开始。

风吟眼前的城市消失了,不仅是城市,在一瞬间之后,一切知觉都消失了,就像死亡一样。风吟死过5次,每次都是一样的感觉——绝对的黑暗之后紧接着难以忍受的晕眩。然而这次来得太突然,毫无征兆,不像是遵守了他这个世界的规则——真实生活中也许死亡降临得不明不白,但要是在这里也这样,未免就显得无趣了。然而他依然表现出惊人的冷静,只是虚空之间的无从着力的感觉令他不适。

这个时候,一个声音响了起来。听起来就像是一副糟透了的耳机一样,没有办法判断声音的来源方位。“你好，风吟先生。”那个女声说，他不得不试着扭动一下自己的脖子寻找声音的来源，可是没有办法做到。

意识到了他的不适，这样的绝对黑暗的漂浮状态中开始诞生了一些实物，先是地板，然后是墙壁，但显然是没有费什么功夫制作。就像是百年前的三维技术一样，仅仅是用了数十个多面体来构造这个光滑得让人害怕的房间。风吟脚踏实地地站着，一下轻松了不少。他在第一时间明白了自己的处境，他在面对神。

外面的人已经多长时间没有理会过他们了？风吟想，自己早已记不清，十年？五十年？一百年？无限期的流放早就磨掉了关于时间的概念，甚至连外面世界的样子都已经模模糊糊，就像是一个遥远的幻梦。

风吟说：“我比较喜欢面对面的谈话。”

于是女子的形象慢慢地像水雾一样凝聚起来，出现在他面前一米远的地方。对于这个世界，她的样子只能算是平庸，但是在外面，应该算是美丽了吧。

“外来者，你好。”他平静地招呼着，“主人应该招呼客人的，可惜的是，这个房子我没有产权呢。难不成是旧房改造，来通知我一声，叫我快点搬家？”

达西雅看着眼前的男子，从憔悴而玩世不恭的面容看来这是个很难对付的对手。虽然这个世界里的面孔是自己选择的，可以轻易地伪装，但是仍然多多少少地暴露了他的性格。

“我想请你出去，帮我一个忙。”她说，“作为报酬，我会给你自由，离开这里的自由。”

“很有吸引力的报酬。”风吟回答，但是却没有一点被吸引的表情，“小学的时候老师告诉我‘世界上没有免费的午餐’，中学的时候老师时常念叨‘天上不会掉馅饼’，这个规则即便是在这个世界也没有改变过吧。你不会谈判，第一句话就暴露了，这个工作绝对不是你说的‘帮一个忙’那么简单。这个世界有三千多个存者，费如此大的力气找到我来帮你一个忙，好给我自由，这还真是恩赐呢。别兜圈子了，说吧，怎么了？”

谈判在一开始就被对方控制了局面，这让她有些发愣。她不知道该不该坦白地说出麻烦的所在，毕竟那个麻烦太大了，大得超出想象，在一开始就表现出对他的依赖是不合适的。她原应该慢慢地引发出他的渴望才对，主动权原应当牢牢地掌握在她的手里。对于这样的存者的心理正常人实在是无从揣摩，毕竟他在自己制造的世界里活着，也许对于他，这样的囚禁生活并不是痛苦，而是一种快乐。

“老实一点吧。”她说。剧痛从风吟的脊椎爬上来，就像是被巨石缓缓地压过，从最下的尾椎骨一直压到颈部，然而他没有办法叫出来。“面对神的时候，应当有礼貌，不要在神面前炫耀自己的聪明。美杜沙就是因为在雅典娜面前炫耀自己的美貌而变成了那副模样的，记住了吗？”

在那样的剧痛下，风吟点了点头，在自己制造的世界里，已经有多少年不曾尝试过痛苦的感觉了。

“我们开始谈交易吧。”达西雅继续说，尽力保持着自己的冷静，“我需要你的技术，你那种制造出遁世者荒原的技术。对你来说，我的工作不过是举手之劳，所以不过是‘帮一个忙’。我要你到外部空间，用一个壳出去……”她顿下来，调节了一下自己的心情和呼吸，开始打算说出一切。

“用一个壳，到外部空间去？”风吟表情怪异地看着她，像是看到了一个怪物般，“让我能自由活动？”

达西雅点了点头，动作很轻但足够看得清。

风吟微笑起来，渐渐地演变成无法抑制的狂笑。笑声没有办法在这个简单的模型制造的房间里发出混响，却因此显得更加怪异可怕起来。他无法抑制地狂笑，话语夹杂在狂笑中传出来，“你疯了吧？你就不怕我骗取了离开这个世界的机会之后，立刻自杀吗？”他笑得肩都抖动了起来，“你们难道不知道这个监狱的罪犯多么渴望死亡？小家伙，用脑子想想吧。”

那样放肆的狂笑令达西雅迷惑不解，笑声的轻蔑让她的脸抽搐起来，片刻，她挥了挥手，从房间中隐去。

房间开始淡去，然后笑声也像是突然被禁音的电器一样消失而去。风吟保持着张着嘴的姿势，像沙堆成的雕像一样化成无数微粒，然后像被风吹散的尘埃一样，飘散开，淡去，终于不见了任何痕迹。

达西雅的意识则笼罩着整个世界，开始疑惑这么一个问题，即存者们的心智到底处在什么样的境地。她开始查询谜一样的多明尼亚的一切，想弄明白到底这个监狱是为何而建，又到底隐藏着什么样的秘密。她发现了自己愚蠢，在一切都还不清楚的情况下进行了一次错误的尝试。她并不知道他想知道的一切，实际上在上一个达西雅在寻找入口的一年工作中已经打探清楚，然而那一年所发生的一切随着她的死亡而消失。不过，时间还多得是，机会也还多得是。

命令：域删除，从备份中调入域，接入脚本1《蓝龙》

3

多明尼亚的历史太长了
名声早已消失在时间的洪流之中

阳光下的塔城不仅震惊了初来乍到的风吟一行，也震惊了塔城矮人们。矮人的建筑华丽而宏伟，代表着大陆建筑的最高水准，而塔城则是矮人建筑中登峰造极的体现。百余座高耸入云的白塔错落有致地占据着方圆不过十来公里的城市，却不显一点拥挤或是局促。阳光从一座高塔上散射开，洒在四周的塔上。来回穿梭的光线被拉成丝一般，经纬交错地编织着塔城晴日的奇异画面。

这是克罗夫一生中第六次看见塔城的晴天。和塔城其他的矮人相比，曾有过外出冒险经历的克罗夫也算是见多识广，何况一百岁的年纪即使是在矮人中也不算小，但这样的一个塔城的晴天仍然让他有点惊慌。大清早树屋酒吧里的人就特别的多，嘈杂的声音更增加了他的烦闷，不知道为什么，心里颇有点山雨欲来风满楼的感觉。

当连着酒吧门的铃铛猛地响起的时候，几乎酒吧里所有人都感觉到——雨来了。

稍微胆小的矮人尖叫了起来，胆大一点的紧紧抓住身边可以当作武器的任何一件东西，不管它原来是碟子、酒杯还是别的什么。克罗夫咽下了一口唾沫，他确信这家伙不是来喝酒的，牛头怪即使是庆功宴上也从不喝酒。牛头怪扫视过酒吧，目光停留在了克罗夫身上。

门外一个熟悉而洪亮的声音叫了起来，“克罗夫，这个酒吧还是你的吗？”克罗夫愣了一下，紧张之下，竟一时记不起声音的主人是谁了。

“天哪。你们怎么会到这里来？”兴奋的克罗夫关掉了酒吧，赶走了客人，把大家带进酒吧后的房间。

“说来话长了。”哈罗德一边与嘴里塞满的食物奋斗，一边咕咕地说。“当然了，我们不是专程来塔城看日出的。”风吟补充道，随手啪地一下把试图从自己盘子里偷点心的手打了回去。一旁的罗琳又忍不住笑了起来。克罗夫也笑了。哈罗德棱角分明的脸不好意思地红了。

“达斯，豫隆族牛头怪。我们的新伙伴。”风吟向克罗夫介绍说。

克罗夫向他伸出手，达斯默默地看着他。

“你知道，因为牛头怪的……传统，所以……”罗琳在一旁紧张地解释道。

“好的，种族歧视。我会学着忍受的。”克罗夫点了点头，收回了手。

“你离开之后，我们像过去一样在大陆上四处寻求冒险。在大平原，我们遇到一个正和一群鬼怪纠缠的达斯。我们帮了他一个忙。然后他告诉我们他的部落接到的神谕，大意是名为深蓝的魔王将带领他的蓝龙降临这个大陆。要阻止深蓝的入侵，必须找回三件传说中的神器，水纹魔弓、蓝晶圣斧和温玉神剑。达斯作为部落的继承人，开始寻找这三件神器。于是我们加入了他。既然水纹魔弓在塔城，我们就决定先来塔城，顺便看看你愿不愿意和我们一起去。”

“奇怪的神谕，我从来没有听说过有魔王叫深蓝这个怪名字，而且，这个世界也没有蓝色的龙啊。”他耸耸肩，走到窗台前，推开了窗户。“塔城难得有这样的晴天……”

他突然间嘭地又把窗户关上，靠着墙浑身发抖地问：“你们刚才说……说，什……什么颜色的龙来着？”

多明尼亚所保留的关于它自身的资料少之又少，管理者阿克萨能够提供的资料不过是零碎的侧面说明。作为一个监狱，多明尼亚的历史太长了，名声早已消失在时间的洪流之中。达西雅在进入这里之前，根本就不知道还有这种古老的电子计算机存在，为了进入这里，她甚至修改了自己的数据模式来适应从量子计算机到电子计算机的改变。

这台计算机本身存在了五十年。她毕竟原本是在迫不得已的情况下闯入这里，所以对一切一无所知。有关的人在所有公共信息中能够找到的资料里，对这里的描述都太过简单：监狱，犯人三千名。这丝毫没有办法解决她的疑惑，即风吟那些无法理解的行为的原因。“你们就不怕我骗取了离开这个世界的机会之后，立刻自杀吗？你们难道不知道这个监狱的罪犯多么渴望死亡？”这不合情理的话到底要如何解释，这个监狱空间又到底有什么特别之处。她无从通过正常的途径得知。也许外部空间有关于这里的资料，但那也只会是大毁灭之前的事情了。

她不得不重新唤醒了被冻结的多明尼亚的一部分，激活一些存者，从他们那里得到消息。

然而这项工作进行得并不顺利，因为囚禁生活对于人类心灵的影响是巨大的，太多的人神智混乱，更有彻底忘掉了多明尼亚以外的一切，把自己伪装成一个真正的多明尼亚生命来欺骗自己。为了找到一个能够探听消息的人，达西雅不得不制造一个统一的剧本来尽可能多地获取资料，在得到足够的信息之前，剧本《蓝龙》不应该运行完，否则下一次对话她是没有办法夺回优势的。阿克萨重新分配了系统资源，将遁世者荒原的配额降到极低，而将在多明尼亚采样调查的工作提到了高速。这样，在剧本运行的数小时时间里，她可以在多明尼亚获得好几天的调查时间。

达西雅不得不从疯子的呓语中寻找线索，如果能够找到正常的人，她就用威胁、欺骗、利诱甚至刑罚等一切手段来攫取信息。尽管这样，在得到足够的资料之前剧本《蓝龙》便已经接近尾声，她不得不暂时冻结那一个进程，来保证谈判的优势。当她最后把所有的信息拼合在一起的时候，得到了令人震惊的结果：

多明尼亚便是传说中的“永生者监狱”！

她也听说过这样的谣言，但从来不曾信以为真。世界上各种各样虚妄的传说太多，真假莫辨，“永生者监狱”是其中颇有名的一个。它从数十年前便开始流传，即大洋洲政府为了解决越来越混乱的网络治安问题，开始秘密地将一些对网络造成严重破坏的黑客投入“永生者监狱”。在那个监狱里，犯人将获得永生，没有肉体，然而永远地活下去。永不会死亡，没有死亡的权利，在自由的塞博空间中游荡。

她后悔找上了这样一个监狱，不过除了这一个，她并没有其他的选择。大毁灭之后，除了这种作为机密严加防护的东西之外，实在是没有剩下什么东西可以使用了，何况除了这里，要找到一个关于电子计算机技术这种古董科技的专家，几乎是没有可能的。

达西雅攥着手中的砝码犯愁，这个时候，她真正地明白，自己陷入了一个巨大的麻烦，一个也许永远无法挣脱的麻烦。你要如何去说服一个期望着死亡的人来帮助你。他是如此的渴望死亡，一旦逃离这个无法死亡的世界，你要如何让他帮助你。不给他一个壳离开这个世界，你要如何让他和你一起到一百公里外的工作站完成这个任务。她手中的筹码是自由，然而这样的自由只要被他拥有一瞬间，便可以获得渴求已久的死亡，这个筹码是没有办法被攥到最后的。

她陷入这样的困境，困境就像是风吟的狂笑一样：“你们就不怕我骗取了离开这个世界的机会之后，立刻自杀吗？”她必须劝服他，用尽一切手法。

而另一个事实也同样令她震惊，多明尼亚在遁世者荒原建立之前，一直以一个可怕的十倍系统钟频运行着。虽然在外部空间是五十年时间，但是在多明尼亚，却是数百年。在遁世者荒原被创造出来之后，巨大的资源消耗降低了系统的处理速度，让时间速度恢复到与外界近乎同步。然而达西雅没有办法查出遁世者荒原到底在何时建立，时快时慢的多明尼亚时间无法作为标准，而风吟掩盖掉了关于荒原的历史纪录。她没办法确切地知道这些存者在这里被关押了多久。

唯一确切的是，她的任务是一个大麻烦。比她想象的更大的麻烦。

蓝色的巨龙不知何时盘旋在了塔城的上空，无声无息间，毁灭降临。

精灵的神经既敏感同时也脆弱。罗琳打开窗户的同时，那股像是要将她的心灵击碎的恐惧令她无声无息地瘫倒下去，这种恐怖是生理性的，而非心理性的。风吟他们并不是第一次接触龙，他们有与龙威对抗的经验。但是面对这种浑身披满天蓝色细鳞的龙，他们竟完全无力生出反抗的意志，巨龙仅仅是在天空中滑翔而过，他们就倒下了。

风吟在短暂的昏迷后醒来，从材料口袋里哆哆嗦嗦地摸索出半个蝙蝠的翅膀，缓缓地放手，施展心智魔法防护术。翅膀在落地途中碎成一团粉末，爆炸般散开，雾一样笼罩住了克罗夫的小屋，小屋顿时整个陷入一片昏暗中。达斯第一个跳起来，抓起刚才落在地上的斧子；然后是哈罗德，因为自己刚才的胆怯感到羞愧不安，右手拔出剑；风吟因为恐惧和施法的缘故已经耗费了太多力气，不得不由罗琳搀扶着站起来；克罗夫则在自己的柜子里寻找着从前收起来的武器。没有必要说废话了，战斗开始了。

风吟推开门，透过魔法的昏暗，看到四周已经是一片废墟。蓝色的巨龙居高临下，口中喷射着淡蓝的气息而不是通常的火焰。看似温和的气息从一旁的白塔扫过，白塔如同朽木般坍塌下来。一个无法动弹的矮人躺在路中央，被倒下的白塔击中，巨大的冲击力把他变成了一摊血泥。这样的情景就连达斯也忍不住转过了头，神经敏感的罗琳在风吟身上吐了起来。又一道气息直接喷在四五个倒得很近的矮人身上，瞬间，身上从皮肤开始急速溃烂，不到两秒钟的时间，地上就只留下一堆淡蓝的黏液。

来不及阻止，达斯便愤怒地冲了上去，借着断壁变力向上冲。然而，向上刚刚离开魔法屏障，牛头怪的身体就不受控制地剧烈颤抖起来，然后无力地落下。蓝龙看也没看一眼这个小丑般的家伙，继续随心所欲地毁灭着这座原本华丽的城市。

达斯重新落入魔法的范围，在重重地摔在地上之前控制住了自己的身体，稳稳地站住。他看着风吟，希望能得到帮助，但是风吟只是摇摇头表示无能为力。

一个幼小的矮人进入风吟的视线，尚没有到离开母亲的年龄，幼小的身体在地面缓缓地抽搐着。他的旁边，是一堆淡蓝的黏液。看样子，那曾经是她的母亲。幼嫩的皮肤上附着的黏液腐蚀带来的痛楚让他不断地抽搐，还不会说话，他只能拼命地啼哭，拼命地把皮肤往地面擦，试图摆脱黏液的腐蚀，然而，却将更多的黏液擦在了皮肤上。他向上伸出手，似乎在寻求帮助。慢慢地抬高，风吟震惊地看见布满了黏液和血痕的手臂上已经露出了森森的白骨。幼嫩的胳膊找不到援助,又缩了回去,依旧拼命地在地面摩擦,风吟似乎听见了骨头在摩擦中发出的吱吱声。

孩子的动作明显引起了蓝龙的注意,他好奇地目不转睛地盯着看了一会儿。然后大约是觉得无趣,张开了嘴,吸了口气。

他们知道,接下来将是另一口毁灭的气息。罗琳敏捷地抽出长弓,拉弓搭箭,射出。箭划过一道抛物线射在龙的脖子上,但是砰的一声被弹开,根本无法穿透龙鳞的保护。

趁着龙分心之时,克罗夫冲了出去。同样的,刚一越过略显昏暗的魔法边界,他就一阵抽搐倒了下去。他爬了起来,然而很快再一次倒下。这个脱离了魔法保护的动作引起了蓝龙的注意。毁灭气息扫过孩子,向克罗夫扑来。达斯一个箭步冲了出去,借着惯性,两个晕倒的躯体撞在一起,险险地躲开了。

蓝龙开始吸下一口气,哈罗德一把从罗琳身旁抱过风吟,向二人奔去。以法师为中心的魔法球体赶在龙息喷出之前再度遮住了所有五个人。

失去了目标,蓝龙发了会呆,向城市的另一边飞去。很快,另一边传来连绵白塔轰然倒地的巨响。没有人的声音,在龙的恐惧下,没有经过训练的矮人,其正常的意识全部丧失,连一声惊叫都喊不出来。整个城市在另类的安静和蒸汽机的喧嚣中,变成一片废墟。无声无息的死亡更令人恐惧。

"现在,除了自己,我们谁也救不了。"风吟黯然地说。克罗夫垂下头,开始低低地抽泣。

达斯抬头看了看蓝龙的位置,再度向外走去。

"你要去送死吗?"风吟厉声说。

"既然敌人与我们的预言有关,我就应该负起责任来。何况,牛头怪只有一种命运——战死。"牛头怪坚定地说,头也没有回。

哈罗德从背后悄声无声息地逼近,用剑柄对着达斯的后颈敲了一下,牛头怪一软,向后坠地。

"克罗夫,带路,我们去取水纹魔弓。"风吟渐渐恢复了力气。哈罗德把达斯背在了背上。

他们尽可能安静地奔跑起来。当大家艰难地登上这座全城最高的白塔,却很快发现塔里什么也没有。无论是警备,结界,魔法,或者是机关,任何阻止他人进入的东西都没有。慢慢地沿着盘旋的阶梯向上爬,什么也没有出现,除了楼梯,还是楼梯。

从高塔里向外望去，整个塔城尽收眼底。半小时之前，那是一片辉煌圣洁而充满了活力与欢笑的城市。现在，看见的只是一片残败而不断崩塌的废墟，充斥着的是逼人的死亡气息。附近的一座白塔颓然崩塌，击垮了四周的房屋，尘埃冲天而起，高塔一阵颤抖，大家站立不稳连连滚下数级台阶。

爬起来，什么也没说，拼命地向上爬去。终于，高度已近塔顶。

一道雪白的玉制大门出现在眼前。简单而质朴。不像矮人的华丽风格，甚至不雄伟。

哈罗德在门前放下达斯，三人的目光集中在了风吟身上。

风吟轻轻伸出手，推了一下门。

异变突起。

在他接触门的那一瞬间，风吟那瘦长的身体在四人面前消失得无影无踪。

4

一切已经离他远去
奇幻世界中的一切都已经与他无关

风吟陷入一片绝对的黑暗中，感觉也突然间变得模糊。有一刻，周围似乎生出了变化，但再一感觉，又似乎还是一片漆黑，就像在做梦。

“醒了吗？”一个女子的声音问。风吟没有说话，恐慌混乱依然盘旋在他心头，他不知道接下来会发生什么。一切都毁了，他不知道就算是拿到弓又该如何去拯救他们，而这片黑暗正如一个避难所般包围着他。他还并不知道一切已经离他远去，奇幻世界中的一切都已经与他无关。

达西雅从四面八方看着他，不是透过视觉，而是这个巨大的数据体本身。这个数据集如此之大，与她自身的大小比起来，就像是大象与蚂蚁。除了最基本的资料，她读不出更多的东西。那些不断变化的数据通过由本人才能够理解的方式解读，她只能从改变的频率上大致区分出各个数据区的作用。如果能够破译出这些数据的意义，她就可以用自己的权限来修改他的思想，让他变得更加老实驯良，像控制木偶一样控制他。然而无法办得到，人的大脑太过复杂，即便是通过计算机技术复制了思想，但依然没有办法将其解构出来。

在了解到这个世界的真相之后，达西雅没有在这一次得到成功的信心。信心甚至比第一次还匮乏，如果说第一次是无知无畏的话，这一次则是清楚地明白自己面对的是什么造成的沮丧。她原本打算通过这个意味着无法挽回失败的剧本来击溃风吟的自信,让他为无能为力而不安,让他希望能够利用自己的力量来帮助他人,来拯救外面那个分崩离析的世界。然而剧本本身并没有考虑到这样的问题:风吟在迫切地追求死亡,他的心智在数百年的时间里因为扭曲变态而无法用正常的途径理解。达西雅只有一点点渺茫的希望,即风吟会因为面对那些悲惨死去的矮人们而痛心,进而在她告诉他外面的问题后能够联想到人们正在经受甚至比矮人们更加可怕的痛苦。她只有那么一点希望,然而风吟这点悲悯与即将唤醒的积累了数百年的愤怒仇恨相比是否值得一提。她感觉这个数据体的巨大,猜测其中比她多出来的部分里有几成是绝望和仇恨。

"我知道你醒了,请听我讲。我是从外面来到这里的人,我希望得到你的帮助。"她停下来,想了想,"我知道这样的要求对你不公平,要你帮助一个把你投入如此境地的外部世界是一种奢望,但是我已经没有其他的选择。我没有办法强迫你,一切由你自己来抉择。"如果她作为实体形象出现,会忍不住为自己的谎言而羞红了脸。

达西雅的故事从一年前的恐怖主义袭击开始讲起,从小行星陨击事件的发生,以及紧随其后的核报复,因为疯狂地受害幻想引发的无理战争,生态系统的毁灭,岛屿的消亡等等等等。她简短地讲述了外面所发生的灾难,用简要的语言说明了这一切发生的原因,却用了更多的语言来感性地描述灾难中死去或者正在失去的人们的绝望和痛苦。她也尽量少地涉及政府和国家面对的问题,以避免激发他幸灾乐祸和复仇的快感。来自新闻报道的数据也尽量不用,那种平面的灾难数字即便是多一个零也远不如她所看到的任何一个城市废墟令人触目惊心。达西雅大致地介绍了在小行星撞击和核报复之后完全瘫痪的世界的现状,调用了她所能够获得的一切影像纪录来增加风吟的感受,希望能够尽可能地引发出他的悲悯来,然而在一切都已经清楚展现在他眼前之后,达西雅只看到了一张疲惫而厌倦的脸。

"我对外面的世界没有兴趣。"他简单地回答,"如果我有自由选择的权利的话,我要回到我的世界里去。"

达西雅在获得这个在意料之中的失望之后,回答道:"当然了,你的意志是自由的,没有人能够强迫你。"

选择本身的确是自由的,但是不令她满意的选择意味着被消灭。她在这个时候想到这一点的时候突然感到的不是不安,而是荒谬。她用死亡的自由来诱惑他,然而当他选择不合作的时候,却立刻会得到期待已久的死亡。她不可能让他回到自己的世界里去,这一切早已注定,无论回答是什么样的,他都没有办法回去。下一个风吟会从备份的数据中激活,重新开始这一天的旅程,但是却和这一个无关。对于下一个风吟来说,什么也没有发生过,水鑫日刚刚开始。然而神将看到一个个重复的水鑫日发生,直到一个令人满意的水鑫日,一个令人满意的风吟出现为止。

达西雅开始思考下一个剧本,准备另一个水鑫日。她是神,她操纵着整个世界,所有的一切都是她的道具,为了让唯一的演员按照她的想法演戏的道具。

命令:从备份中读得人物,接入剧本《叹息》

根据城里矮人的指点,克罗夫的树屋酒吧就在眼前了。风吟推开了门,伴着一阵铃铛的轻响,铃声令风吟莫名的一阵温暖。他看见克罗夫熟悉的脸。

"早上好,老板。"他快活地打着招呼,"你们这里的阳光不错嘛。"克罗夫愣了半秒,热泪盈眶地冲上来,跳起来抱住了他的腰。

"知道吗,这是我回到塔城第一次看到太阳。我预感到有事情会发生,但我没有想到,会是你们。"克罗夫久久地打量着伙伴,"胖家伙,你居然变瘦了。"

"是啊,你不知道,我在罗琳家里住了两个月,他们都给我吃什么。"哈罗德给烤肉洒着调料,"梨,桃子,苹果。尽是些饭后的小点心,从来没有正菜。"

"所以你行动比以前敏捷多了。"罗琳指了指他的肚子说。

"你也变漂亮了,我们的精灵,现在是个人见人爱的美女了。"

罗琳脸红了,低下头。羞涩所独有的魅力,一下吸引了风吟的目光。他并非不曾注意过罗琳的美丽,然而今天,那种美丽却格外的耀眼。他无法言明那是什么样的美丽,总之,这和过去似乎有了不同。

克罗夫又转向风吟说:"你也变了,比以前更有沧桑感了。"

风吟闻言一笑,"沧桑感?我?……你倒是好像没什么变化。"

"不,"克罗夫缓缓地摇了摇头,"我老了。"

"少来,哪有你说老就老的?"哈罗德一边用力嗅着烤肉的味道,一边反驳着。

"我的确老了。"他叹了口气,"虽然矮人和精灵一样拥有漫长的生命,但矮人的心灵会随着时间而衰老,期待变化。精灵不会,精灵对时间是迟钝的,精灵不喜欢变化,也不接受变化。所以矮人向来不喜欢精灵,精灵也不喜欢矮人。

"当然你是例外。"他又笑着对罗琳补充道,"每个种族都有自己的命运呢。我们矮人长寿,我们会改变,但是我们善忘。人类期盼改变,人类不善忘,但人类只有不足百年寿命。精灵不善忘,长寿,但他们不会改变。"

"矮人老了之后就会变得多愁善感,"克罗夫自嘲,"话越老越多。但是……矮人老了，就更加健忘了。”

“老啦，老啦。”他说，“不知道什么时候，我就觉得自己老了。在酒吧里听人们谈外面的世界只是感慨而不是热血沸腾了。我知道我老了，对于冒险，我已经不再有当年的勇气了。很高兴你们来找我，但是我的灵魂已经老去了，和你们一起只能拖后腿，帮不上忙了。”

三人一愣，“你不和我们一起去了吗？”罗琳惊讶地说。

克罗夫点了点头。

“开玩笑？你看上去和以前一样强壮。”哈罗德走到克罗夫身边，手搭上他的肩。

“孩子啊，衰老是来自心灵的，不是来自身体。”他慈祥地看着哈罗德说。

拐角处的门被打开，达斯从外面进来。太高的个子令他不得不俯下身子。

“出发吧。我们没有多少时间可以浪费了。”

风吟看看达斯，又望望克罗夫，“你真的不去吗？”

“我已经没有冒险的欲望了。”克罗夫摇了摇头，“最后一次和你们同行吧。我送你们去封印塔。”

5

所以永生者要学会忘却
然而忘却的咒语在这个世界里似乎并没有被定义

达西雅越来越熟悉风吟制造的这个世界，她越来越熟练地操纵着世界的运行。在解析了数百个NPC之后，她终于明白了这个通用模板的格式。虽然他们拥有与真正存者类似的思维结构，如同真正生命一样思考，但是毕竟是人类制造的模仿品。能够制造必然能被解析，真正存者数据的复杂程度远不是NPC可以比拟的。她成功地解构了它，开始修改NPC的状态、意志和记忆。虽然没有办法直接控制他们，但是却成功利用手里的资源将他们控制在一个狭小的自由之内。当所有的NPC都按照她所安排的角色表演的时候，风吟的“自由意志”便不再那么自由。她要把选择推向一个无法选择的境地，让风吟回忆起他的处境，让他的意志在重压下崩溃，让他和NPC一样，成为一个可以操纵的玩偶。

达西雅监视着塔城的一切，任何一点变化都无法逃脱她的思维，她开始播种，让克罗夫忧郁，让他感慨。“你快要死了。”她对克罗夫说。

巨大的蒸汽坦克在马路上轰隆隆地驶过。哈罗德和罗琳惊讶地盯着这个从未见过的机器怪物,连达斯也目不转睛地看着。

克罗夫赶到风吟身边,扭头看了看三人,小声地说:“我快要死了。”

风吟先是一惊,随后心里一阵抽搐。矮人对自己死亡拥有无法理解的洞察力,当他这样说的时候,就意味着死亡真的已经接近了。

“死亡未必是什么坏事,孩子。”

风吟没有回答,茫然地望着坦克顶上冒出的白烟在空中划出抽象的图样。

“记得那年秋天在瓦伦平原看到的那片梧桐树吗?梧桐树上树叶几乎已经脱落得一干二净,仅有的树叶也枯黄,在风中摇摇欲坠。地上是一层厚厚的树叶堆积起来的地毯,踩上去哗哗地响,软软的。我老是在梦里看到那片树林。生命就像梧桐树的叶子,当它成熟了,也就该凋落了。只有这样,梧桐才能保证自己的生长。

“从那个时候开始,我突然觉得,人类才是合理的生物。精灵有高尚的美德,优秀的传统,无法低估的力量,但是精灵讨厌变化,长寿而保守。精灵不可避免地陷入僵化而被抛弃。矮人太过健忘,没有稳定的个性,用了太多的时间来塑造自己。刚刚定型,立刻就衰老了。精灵就像不会落叶的梧桐,挂满了枯黄的叶子,渐渐地无法改变地走向死亡。矮人则像略过了夏天的梧桐,没有足够的养料储备来应对严寒。只有人类,是这个世界上合理的生物。他们只有百年的生命,他们懂得珍惜,欢迎改变。他们不断拥有新鲜血液,同时保持着足够的经验。他们个体虽然有无数缺点,狡猾,善变,但是整体作为树却是健康的。”

坦克开过,哈罗德和罗琳追了上来,克罗夫就不再继续说下去。

风吟静静地与克罗夫并肩走下去,思想早已飘忽于这个世界之外。

他生存的时间太久,久得不得不花掉其中的很多来思考活着的意义。外部世界学来的生物知识让他明白活着不是指一个个体生命的延续,而是指种族的延续。永恒在于生物物种的延续与变化,在于旧的毁灭,新的诞生和新旧之间的继承,而不是个体的永存。生命的延续只是被动选择的结果,没有真正的最终目的。生命甚至不是为了保存自己的种而存在,他只是因为能够保留自己的种而延续了下来。能力构成了结果,就像恒星因为具有了足够的质量而发生聚变,而不是为了聚变而集聚了足够的质量。他很清楚人类的思想在漫长的进化中与百年的肉体生命达到了契合。人类的心灵所能承受的不过是百年,强迫它去容纳千年的记忆就如同试图往五百毫升的瓶子里充五升水,瓶子只有破碎。

所以永生者要学会忘却,然而忘却的咒语在这个世界里似乎并没有被定义。

创造遁世者荒原的时候他曾经尝试所有可能的方法试图制造出忘却的咒语，但是遭遇了无法逾越的障碍。那是来自硬件结构的,无法在这一个层面里绕过去。他只有设法不去想过去的一切,用这种方式来伪装忘却。他不断地更新世界,更换不同的场景和伙伴。遁世者荒原经历了那么多不同的世界,从童话到现实,从现实到幻想。他不断地改变,阻止可能激起他回忆的物体重复出现在眼前,但他依然失败了,因为能够勾起他回忆的东西太多,以至于无法逃避。

他看见了眼前的封印塔，木然地仰头试图看到塔顶，强烈的阳光令他一阵眩晕。他已经忘记了身后的同伴,径直地走了进去。当哈罗德打开塔门,已经看不见风吟的身影了。

所有人，整个塔城，连同这个被监控的世界在一瞬间如同击碎的玻璃一样垮塌,消失在了时空的象限之中。

6

就这样永远地在虚无缥缈之间活下去
永远做着不能醒过来的梦

达西雅不知道自己是不是应当同情风吟。虽然她尝试着去思考永生会带来些什么,但是那种空旷的设想与真实岂能比较。她唯有假装冷血无情,继续扮演她那个邪恶地玩弄着他人的神的角色,她知道自己必须保持冷静,不能让消极的负面情绪乘虚而入,否则就会像上一个达西雅一样发疯,然后被消灭。

那团变化的数据集被包裹着,也是荒原如今仅存的活物。她要在他平静下来之前开始谈判,利用对方的混乱将他的思想引入自己满意的方向。

“你想从这里逃出去吗？逃离开这个永生不死的命运？”她对他说。那团数据就像受惊的水螅神经网一样疯狂地闪烁着。她知道开局是令人满意的。

“你是谁？”风吟问。

“我是谁并不重要,你只要知道我现在是这个世界的神,我能够把你从这里释放出去。这就足够了。”

沉默,达西雅看着那团数据时而疯狂,时而平静,明白他的欲望在寻找出来的道路,而理性却试图压抑。

“给你五秒钟回答时间，愿不愿意出去。过了这五秒谈判就宣告结束。5,4,3……”

“愿意。”风吟回答。达西雅的雷霆手段奏了效。她笑了，一切如同预期的一样发展。

“那么，我们来谈谈你的任务吧。”

达西雅活动了一下自己的四肢。从完全自由的空间里出来，回到“壳”里被身体所束缚并不是特别愉快的感觉。身体状况良好，没有零件失灵。身旁的另一个壳正在醒来，眼球快速地转动着，猛地睁开。

当离开这个世界数十年后，再一次看到的世界竟然是这一副模样，不知道他是什么样的感想。她看着眼前的这片世界，遍布着高温熔化后的玻璃结晶，红褐色焦土和混凝土碎块翻结在地面又覆盖上一层厚厚的尘埃，在酸雨侵蚀下，千沟万壑，生锈的金属像是装饰一样混乱地耸立在四周，从外貌依稀还可以判断出过去的用途。偶有怪异的植株零落在废墟的分支中，也算是他们之外仅有的活物了。

风吟用自己的新身体茫然地观察着这个糟糕的外部世界，看不出任何激动来。扫视周围几分钟之后，他问：“这是外面？”一边从身边抽起一根锈迹斑斑的钢筋，发出难听的“吱”的一声。他把钢筋握在手里，掂了掂。

“对。”达西雅点头说，“往那边走，我的车停在那里。”她指着身后的废墟说，远远望去能看见大略还算平整的道路。

“谢谢你让我出来。”风吟说，却站着不动。他开始微笑，然后突然间将钢筋用力地挥舞着向自己的头顶砸去，只一下，头颅就裂成了两半。失去了控制中心的身体依然忠实地执行着刚才的命令，继续一下一下，努力地将裂开的头敲成碎片。

达西雅愤怒了，受欺骗引发的怒火甚至让处理器升了温。然而她决定到最后也要让风吟尝试到恐惧的所在，于是她压抑着，依然用平静的语气说话。

“你骗了我。”她看着那团数据，当风吟意识到刚才的一切仍然不过是塞博空间伪造的世界之后，就已经处在了疯狂崩溃的边缘，数据闪烁着。

“我会让你得到教训的。”她说，“你永远地活下去吧，就这样永远地在虚无缥缈之间活下去，永远做着不能醒过来的梦。别忘了一百年只不过是一切的开始，对于永远来说甚至连零头都算不上。一千年，一万年，时间多得是，足够你玩下去。慢慢地玩，慢慢地做你的冒险者游戏，慢慢地看着自己冒险途中的朋友、敌人老去死亡。当然，你有足够的才能，可以让这里所有的生命都变得永生下去，慢慢地陪你玩。我再说一遍，时间多得是，这个世界到末日，还早得很。”

数据疯狂地跳动，之后陷入了无法理解的循环。达西雅知道他疯了。她有些庆幸自己没有轻率地相信他，否则一切都无法挽回了。从此之后模拟试验会成为一个例行的程序。

她毁了他，然后决定使用更加猛烈的手段进行，她开始编造一个足够让风吟崩溃的剧本，把他老老实实地攥在手心。

命令：从备份中读得人物，接入剧本《蜥蜴》

7

风吟神色麻木地越过罗琳的尸体，径直向前方走去
留下了一串暗绿色与明红点缀的足迹

当风吟到达塔城的时候，他发现，塔城的居民竟然不只是矮人而已。路上三三两两地出现巨大的站立着的蜥蜴，它们只有三个指头的手里握着长矛，用一跳一跳的怪异姿势前进，而强有力的尾巴挥舞着，像第三条腿一样。也许大陆上很多人会对这种生物感到陌生，但是风吟他们绝对熟悉这种自称凡尔西诺的蜥蜴。自从遇到达斯之后，他们的武器沾了不少这个生物绿色的血液。这东西是习惯找他们麻烦的。

达斯攥紧了手里的巨斧，哈罗德看似漫不经心地把手放在剑柄旁边，罗琳把背上的黑木弓拉拉正。而风吟没有动作，只是默默地向前走。空气里充满了一触即发的火药味。不时有蜥蜴们好奇地盯着他们看看，但只是看看，然后继续回去寻找可以欺负的矮人。鞭子破空声和惨叫声不时在四周响起。

达斯呼吸越来越快，不时变换着握斧子的姿势。

风吟严厉地瞪了他一眼。“别激动，先找到克罗夫问清楚情况再说。”罗琳轻声地说。

然后他连连换了四五个握斧的姿势。

酒吧里坐满了。但却只有三五个矮人，剩下的全是握不稳杯子的凡尔西诺。克罗夫坐在吧台里，灰蒙蒙的脸上掩饰着喜悦。

“他们来了多久了？”哈罗德端着杯子掩着自己的嘴，不甚清晰地问。

“一个月。”克罗夫假装在为风吟添酒，愤怒地瞪了眼粗鲁地打着桌子的蜥蜴们，“一个月前，突然一群蜥蜴怪攻了进来。他们身手太敏捷，我们的弩车、火炮、坦克连目标都还没锁定，就被摧毁了。”

哈罗德深有体会地点了点头。

“也会是和我们一样来拿水纹弓的吗？”

“不知道，但他们好像并没有进入塔里，只是进驻城内，把我们赶出自己家。我是因为经营酒吧的缘故才被强迫留下的。谁愿意卖酒给这些绿色的蜥蜴？要不是我一个人对付不了他们，他妈的……这一群无知、低劣、愚蠢、贪婪的……”

“拿酒来。”这时候角落里一个沙哑的声音大声喊，“快，快，慢腾腾等死啊？”然后哈哈大笑，似乎觉得自己相当的幽默。

“白痴。”克罗夫低低地骂一句，端起酒瓶走了过去。

风吟透过酒吧的天窗向高耸的封印塔望去，皱起了眉。

“妈的，你这个侏儒给我的是什么酒啊？就是马尿也比这个好喝。你这个蠢货侏儒以为我不懂酒吗？”角落的声音破口大骂，风吟三人转过去，看见一只凡尔西诺怒气冲冲地瞪着克罗夫，站起来的他比克罗夫高出半个身子。

克罗夫一脸湿淋淋的酒。他轻蔑地仰起头，“你既然已经发现马尿要好喝一些，那你干吗不回去继续喝你的马尿？”

酒吧响起一片笑声，凡尔西诺们从来没听过这么有趣的笑话，笑得桌子乱颤。被激怒的蜥蜴猛地抄起身边的椅子向克罗夫砸来，克罗夫敏捷地向右一退，椅子粉碎。他顺手抄起手中半满的瓶子向蜥蜴脑门砸下，酒瓶碎成两半，蜥蜴木然倒下。

其他的凡尔西诺一愣，大叫着从椅子上跳了起来，抄起身边的长矛向克罗夫扑去。最接近的蜥蜴一跃而起，从上空向克罗夫扑去，眼见克罗夫已经无路可退。

一支箭后发先至，以惊人的速度狠狠地钉进蜥蜴的右手，劲力之强将蜥蜴带起，钉在墙上。凡尔西诺们还来不及反应，随后而至的斧子高速旋转着，切下另一只蜥蜴的胳膊，势头不减向墙上的蜥蜴飞去。透过蜥蜴的脖子，钉进墙里，绿色的血液喷满了墙壁。

直到这时候，凡尔西诺们才注意到身后的四个冒险者对着他们亮出了武器。

没有停顿，凡尔西诺们显示出自己作为天生战士的才能。片刻间，它们迅速而有组织地分兵扑了过来。罗琳眉头一皱，再次搭箭射出，从一只蜥蜴腹部透体穿出，又透过其后蜥蜴没有防备的眼睛刺入头部。在这争取到的片刻时间中，克罗夫已经从墙中拔出斧子，借着自己身材矮小的优势，集中攻击敌人腿部。忽视了他的敏捷和力量的凡尔西诺很快倒下，然后被毫不留情地击碎头骨。

风吟不得不退到哈罗德背后，战场太小，法师难以施展强大的咒语，唯有依靠魔法飞弹之类效果甚微的简单攻击法术。哈罗德凭借精巧的剑术把三只蜥蜴封在自己面前进退不得。作为狙击手的罗琳，手上的黑木弓每一次激发，战场中最具威胁的攻击者便颓然倒下。达斯的近战不是任何凡尔西诺可以阻挡的，挡隔的长矛如同不存在一般被劈成两半，然后是蜥蜴的身体。在不到两杯酒的时间里，酒吧里坐满的蜥蜴除了三个被箭钉在墙上外，其余都躺倒在了地下。

克罗夫看了看狼藉的酒吧，叹了口气。

“没办法，我只有跟你们一起走……”

响起的铃铛声打断了他的话。一个凡尔西诺推开酒吧的门。

连同蜥蜴自己，大家都一下愣了。等到蜥蜴反应过来，转身向后逃离。罗琳这才抽出箭，拉弦。早有准备的蜥蜴听见背后箭的破空声，向一旁闪过，消失在了大家的视野里。

几乎就是下一刻，尖锐的警铃在塔城响起。

战斗明显已经不可避免。

己方五人，对方则是一整支军队。无论这五人是如何的身经百战，硬打起来会是什么样的结果，用脚趾头想也会明白的，所以没有人当傻子喊：“冲啊，杀了那群白痴蜥蜴。”大家不约而同地望了远处的封印塔一眼。

拿到水纹弓立刻撤退。所有人的想法都一样，不敢停留，五人向封印塔的方向冲去。

街道上暂时空无一人，留下的矮人们都躲了起来。动作要是不快的话，很快就会被蜥蜴从四面八方包围，绝对不可放任这种情况发生。达斯与哈罗德冲在最前，罗琳紧跟着风吟尽量走视野宽阔的地方。克罗夫负责贴身护卫两个缺乏近战能力的家伙。

很快便有二十多个凡尔西诺从街道口冲了出来，达斯与哈罗德大喝一声迎上去。三支箭不分先后，以远高于战士的速度追上去，准确地射杀了三只蜥蜴，全部命中头部，一击毙命。只要是一般的敌人，面对这种神乎其技的箭术即使不生恐惧，也会一愣，那么正好在这时候赶上的两名武士，便可以如同切瓜一样迅速消灭还没有从震惊中恢复的敌人。

但凡尔西诺并不是一般的敌人，他们是天生的战士，不需要训练，便已是强悍的军队。他们连看都没看死去的同胞一眼，便和冲上来的敌人纠缠上。高速的近身肉搏战令罗琳的发箭频率明显慢了下来。达斯虽然神力无敌，但面对一群配合紧密的敌人，生出了有力无处用的感觉；哈罗德的精妙剑术倒与人群攻守相交，加上罗琳不时的狙击，他们渐渐地占了上风。

问题是敌人可不只二十个。风吟听见了凡尔西诺们高高低低的跳跃声。“闪光术。”他大声叫道，确信达斯与哈罗德能听清他的话，然后他身上立刻如同太阳般耀眼，强烈的闪光毫无征兆地爆发出来。没有准备的蜥蜴们瞬间陷入无法视物的暂时致盲状态，哈罗德和达斯迅速地完成了一场屠杀。即使在厮杀中，两人也听见接近的脚步声，更不敢再作停留，径直向前奔去，但是已经来不及了。

一队凡尔西诺从后面赶来，数目足足有五十以上。他们在屋顶之间高速地跳跃而来，达斯和哈罗德更来不及回防。风吟正处在咒语释放的失调期，无力反击，罗琳是没有办法一下解决这么多的敌人的。克罗夫望着迅速追来的蜥蜴群，从兜里掏出一个褐色的球体，用力掷了过去。“趴下！”他喊。风吟立刻拉着罗琳卧倒在地。

巨大的爆炸声响起。浓烟伴着蜥蜴的残肢腾空而起，一片狼藉。罗琳轻轻地呻吟了一声。风吟掉头一看，罗琳的肩上被一块飞石打得血肉模糊。来不及包扎，一群凡尔西诺突然出现在前面，阻断了前进的道路，将他们和两个战士分隔开来了。一个受伤精灵射手，一个人类法师，一个矮人武士，要面对二十余个准备充分的凡尔西诺。

克罗夫怒吼着冲了上去。他知道，凡尔西诺一旦靠近，风吟和罗琳就完了。只有暂时拖住他们，希望慢慢地逆转局面。

蜥蜴们镇定地望着眼前的敌人，没有任何轻敌的神色。克罗夫在这一刹那就知道，完了。六支长矛从凡尔西诺的手中投出，径直向冲来的克罗夫射去。

他一跃而起，如同传说中的战神一般挥斧劈下，跨过一丈余远的距离将最前面的敌人劈为两半。第一阵线的蜥蜴长矛已经脱手，手无寸铁之下被一斧抡过立即命丧黄泉。然而后面的凡尔西诺们迅速地散开，当长矛再一次投来时，深陷混战中的克罗夫再无法抵挡。硕大的矛刺穿他矮小的身体，连同被他剿灭的敌人一起被钉在地面。

尖锐的惨叫声从罗琳的嗓子里冲出去，回荡在塔城狭窄的街道中，而迎接这声惨叫的，是五支袭来的长矛，透着万钧之力来势凶猛，避无可避。

就在长矛即将穿透罗琳的喉咙的那一刹那，一股冰冷的魔力升腾起来，包围了整个战场。一瞬间所有的一切都停住了，长矛悬在半空，再无任何一点前进的余地，除了风吟，所有物体的时间都凝固在了咒语的结界里。风吟抢在了最后的一瞬间施展出了“时间暂停”，这是他仅有的顶级咒语，为此他抢到了十二秒的时间。在这十二秒中，他将罗琳从长矛的包围中拉了出来，然后一个耀眼的火球划过长空，坠落在凡尔西诺群里。当时间重新开始流动的时候，焦臭的味道伴着碎片飞溅出，洒了一地。

连续的两个高级咒语消耗掉了风吟全部的力量，他颓然倒下。然而从火焰中五个带着不同程度烧伤的凡尔西诺跳跃着冲上前来，看样子是焰球下仅剩的蜥蜴。

罗琳拼着肩膀的剧痛搭箭射出，一只蜥蜴从天空中猛地坠下。当她拉上第二箭时，另一只蜥蜴已经扑到了面前。

精灵的箭贯其胸而过，而去势不止的尸体将长矛刺穿了风吟的脖子。两个尸体叠在一起，绿色的液体纠缠在红色的血中，格外的刺眼。

罗琳不可置信地看着风吟死去，瞳孔渐渐地放大。最后三只凡尔西诺便围了上来，举起了长矛，猛地穿过了她修长的身体。

蜥蜴们开始向另一个战场移去，并没有对死亡的同伴有更多的伤感。结束了，他们这么想，但是他们错了。

一支带着鲜红血液的长矛射出，从后心透过了凡尔西诺毫无防备的身体。嘶哑的叫声传来，令罗琳用尽残存的最后一口气朝长矛的来源望去。

她看见风吟浑身鲜血地站了起来，喉咙上的窟窿犹在，但是伤口诡异地蠕动，迅速愈合。她还来不及考虑这是怎么一回事，意识便永远地停止了。

惊讶并没有阻止凡尔西诺的反击，但是当长矛射入风吟的左胸之后，从来不明白恐惧为何物的凡尔西诺也被吓得不能动弹。他们看到他倒下，却又缓缓地重新站起来，慢慢地用力拔掉贯穿身体的长矛。即便是穿过心脏的巨大伤口也没有办法杀死他，然后他流着血，摇摇欲坠地走到罗琳的尸体旁边拾起落地的沾满红色与绿色鲜血的黑木弓，慢慢地搭箭射出。

一切发生得那么慢，让人感到箭也会慢慢地飞行，永远无法到达目的地一样，然而它却迅速地从眉心穿过凡尔西诺的身体，令他木然倒下。最后一只蜥蜴就那样傻傻地等待着死亡，似乎虔诚地等待自己的命运一般。

杀死了战场上所有的敌人之后，风吟神色麻木地越过罗琳的尸体，径直向前方走去，留下了一串暗绿色与明红点缀的足迹。

8

他已经无法将现实和记忆分辨开来
被淹没在了幻象和回忆之中

他穿过两条街道，战斗的声音越来越近。转过弯，他看见被将近二十只凡尔西诺围困住的牛头怪和人类战士。两人背贴背，被困得牢牢实实。

达斯疯狂地挥舞着手中的巨斧,上面早已沾满了绿色的黏液。被击中的蜥蜴瞬间变成两半,但这也已经是困兽之斗,每一只蜥蜴的死亡都给他留下一道或轻或重的伤痕,伤口在剧烈的战斗中撕开,血流不止,原来的纹身早已无可辨识。牛头怪知道自己的倒下只不过是时间问题,更加暴虐地砍向四周,原本火红的眼睛透露着血的颜色。哈罗德的处境更加不妙。明显已经支持不住,手中的剑仅仅凭借技巧拨开敌人的长矛,毫无进攻的力量。也许就是下一刻,长剑就将坠地。

然而这个时候无论战斗还是同伴都已经无法吸引风吟的注意力,他眼睛茫然地望着前面,所看到的只有绝望和无力。

当牛头怪终于倒下,被蜥蜴们刺成马蜂窝;哈罗德失去协助,从背后被三支长矛同时贯穿。风吟只是提着手中的驳杂着红、绿、黑三色的长弓,缓缓地向前面走去。死亡的记忆和永生者的痛苦拥挤在他的脑中,翻腾着将所有其他的念头吞没。眼前这个沾满血色的世界在他的脑海里不过是自己经历的无数世界中的一个,他已经无法将现实和记忆分辨开来,被淹没在了幻象和回忆之中,他的行动仅仅是依靠本能支撑着。

长矛一支接着一支地刺入他的身体,当风吟终于止住了不断后退的身体之后,一支一支地将深陷体内的利刃拔除,然后缓步向蜥蜴们走去。

9

在那一刻到来之前
这个世界将一直停留在这一天

达西雅看着沉沦在幻觉之中的风吟,并不知道自己是一步步接近成功,或者不过是慢慢地确认更多无法通行的道路。作为一个神,她并不成熟。她不过是一个普通人,不过是突然降临的灾难中背负了这样的责任和使命。也许这样的责任和使命迟早会压得她喘不过气来,在一次次水鑫日的重复失败中积累了太多的焦虑和烦躁,最终疯掉。这在磨炼她的耐心,然而却说不清到底是渐渐磨厚,还是渐渐磨没。

这一切就像是一个游戏,玩家不断地失败,不断地回读自己的进度,尝试着找到破关的方法。只不过游戏的角色是真实的生命体,而作为玩家的她操纵的是除了主角以外的一切,而不是主角本身。也许她要花几乎无限的尝试才能成功地扭转主角的行为来完成这个游戏,同时却又不能因为厌烦而将游戏抛弃。她必须玩下去,玩下去,直到游戏结束,然而也许还等不到那一刻降临,她就会崩溃疯掉。她也知道当崩溃降临的时候,阿克萨会毁掉她,然后就像读取风吟一样读取一个心智正常的达西雅来代替自己。那个达西雅会继续她的进程,就像自己继续上一位的进程一样,直到新的崩溃之日到来,由再下一个来代替为止。在这样的两个循环中,不知道哪一个达西雅才能看到游戏的结束,更不知道那时又是第多少个风吟了。但是她知道一切终会结束,而时间,多得足够等到那一刻的来临。

在那一刻到来之前,这个世界将一直停留在这一天。

这一天,是水鑫日。

斯克伦岛的新移民

SI KE LUN DAO DE XIN YI MIN

在他二十多年前随着虚拟监狱的建立来到这里的时候
整个陶拉里亚还没有一个独立城市

希拉伦被右手的冰冷与疼痛从夜里惊醒过来。他小心地将受伤的右手从身子下面抽出来,这费了他不少力气。不用借助窗外的月光,他也知道这只手现在还是肿得像水桶一样。他用左手摸了摸因浮肿而光滑起来的皮肤,冰冷而麻木。于是他小心翼翼地把右手揣进怀里,期待彻骨的疼痛能够快速地缓解,自己好快点重新进入梦乡。

他失算了。被岛上蜘蛛咬伤的右手很快温暖了起来, 疼痛也不再那么无法忍受,但是睡意却已经被四周如同战斗机一样嗡嗡作响的蚊子驱散得无影无踪。时近时远的轰鸣声吵得希拉伦心烦意乱,压抑不住的愤怒却不知道该往哪里发泄。他猛地往声音的来源拍过去,立刻安静了下来,然而不久之后,轰炸机的声音又在另一边响起。如此来回几次,这位正处在衰老期谷底的老人再也没有了睡觉的心思。

从窗户透过来的微微泛白光线表明离日出不太远了,希拉伦微微松了口气,从床上爬了起来。

希拉伦是这个陶拉里亚世界的元老,并不只是这个斯克伦岛,而是整个陶拉里亚。这位有着一副沧桑面孔和灰白长发的老人已经五十来岁,而在这五十余年中足足有二十多年是在陶拉里亚度过的。他是陶拉里亚历史纪录上第一批犯人,或者说得更清楚一点,他是整个地球上第六个被处以剥夺死亡权的人。论资格,他自然是整个陶拉里亚的老大——前面五个已经先后疯掉了。不过,这大概也不是什么特别值得炫耀的身份。

希拉伦推开自己小房间里唯一的窗户,一阵吱吱的木头叫声。外面光线虽然已微微泛白,但依然是一片黑暗。他朝西边望了望,月亮已经偏西,但离隐没还早了点,不过,用不着等到那时候太阳就会从东边爬出来。

斯克伦岛的夜晚没有灯光。离开微弱飘忽的烛火,夜晚的屋外总是沉浸在一片寂静的黑暗当中。没有路灯,日落之后,黑暗就没有任何阻挡地吞噬了小镇的一切,低矮透风的瓦房,沿岸的高大棕榈树,跑快了会硌脚的碎石路,以及一块块种植着小麦的土地。如果这个晚上还没有月亮,那么这一切就像是消失了一样。

希拉伦这时候突然感到一阵讽刺,离爱迪生发明电灯都几个世纪了,而他们却仍然仅仅依赖于太阳的光明,然而,这个太阳却又是陶拉里亚这个虚拟世界人造的。

的确是够讽刺，在这个由电流、电子、脉冲构造出来的陶拉里亚世界的这个角落，竟然有这么一个叫斯克伦的小岛，它上面没有电。

新来的人往往一开始会很不习惯没有电的生活——没有灯，没有计算机，没有网络，没有随身听，没有电话……甚至没有离子洁身器。实际上这里任何像样的工业品都没有，虽然这里可以轻易到不用付任何代价就可以拥有任何想要的东西——从比紫禁城宏伟一万倍的宫殿到比海伦有魅力一亿倍的情人。但是在斯克伦岛，却偏偏就是什么也没有。

想着这些，希拉伦望着窗外模糊的一切笑了。这是他创建的社会，他选择的生存方式。在他二十多年前随着虚拟监狱的建立来到这里的时候，整个陶拉里亚还没有一个独立城市。一开始这并没有什么不妥，但是随着囚犯的增加，大杂烩带来的自然是无法避免的暴力冲突——当然了，不会有死亡。但是死亡，复活，死亡，复活，像一条咬着自己尾巴的蛇，永远没完没了。于是很快，人们厌倦了。希拉伦第一个建立了自己的聚居地——斯克伦岛，接下来很快才有了拉瓦都，还有萨拉斯通。

这倒是他的骄傲，第一个建立聚居地的人。不过他并不指望因此名留青史。和这里所有人一样，希拉伦期待的，是自己百年刑期之后，能有决定自己生死的权利。

他迷迷糊糊地望着窗外，似乎听见了远处稻田里夏虫简单而优美的歌声。歌声中，慢慢的，东方终于亮了起来。

2

好几年前有过不少有意图来移民的人
但是真正留下来的几乎没有

希拉伦费力地啃着昨天亚当为自己留下的煎饼。小伙子来为他这个执政官干了两天的活，还为自己制作三餐。希拉伦已经嘱咐他今天不用来了，但是，他看了看自己的右手，怀疑起这个决定的正确性来。

午饭怎么办？他问自己。这个问题并不像看起来那么简单——这个世界无论如何也饿不死。因为没有死亡，作为另一种威慑力量，陶拉里亚世界的痛苦被强化了，不知道为什么，连饥饿也包含在内。因为没有真正的肉体实体，系统程序很轻松地连习惯化都取消了，痛苦会延续下去，而不是消失。就像他在田间被蜘蛛咬的右手。

希拉伦不想回忆那个不愉快的经历——那让他觉得很丢脸，自己连蜘蛛都躲不开。但那实际上不是他的错，本来看见蜘蛛用两只腿站起来的时候他往后退了两步，但是似乎蜘蛛那一跳并没有受到引力影响。太不合逻辑了，他想。

这个世界就是那么不合逻辑，恐怕改进还要等相当长的时间。毕竟要承担这么多工作，对于计算机的处理器来说已经是不堪重负了。量子计算机技术发展到了瓶颈阶段，要冲破它进一步提高处理器能力，或许要花一年，或许要花一百年，没有人能肯定地答复。

不过这和希拉伦的关系似乎远了点。对现在的他来说，那绝对不比今天的午饭怎么办重要。他看了看自己的灶房，然后又用左手推开门看了看几百米外克拉克小屋的烟囱，耸了耸肩，慢慢吞吞地向屋外走去。外面的太阳似乎比昨天还大些。

然而这次拜访泡了汤。他刚走出门，就看见远远地跑来岛上的通讯员马丁，很明显，那是朝他来的。

马丁气喘吁吁跑过来，手撑在腿上喘着气，说不出话来。“别急，亲爱的，慢慢来，我们的时间多得是，何必赶这么急呢？”希拉伦扶住他，说道。

马丁休息好一会儿，也许抵消了跑来节省的时间，才说道：“有一个……从拉瓦都来的……家伙，说……说想来……移民。”

移民，这个词在希拉伦脑海里盘旋。移民，多久没有人来了？一年？五年？十年？记不清了，总之，是很久。就连来看看的人都没有，更何况来定居的。斯克伦岛的精神失常率每年不超过百分之一，很有诱惑力的数字，但是人总是比较看重眼前的利益，让他们用舒适和快乐悠闲来换取这个下一周之前看不到作用的数字，很少有人肯干。好几年前有过不少有意图来移民的人，但是真正留下来的几乎没有。相反的，他们倒是将这里的简陋艰苦添油加醋地宣扬了出去，于是风潮之后就鲜有人来了。

“来的会是什么样的人？”希拉伦自言自语地道。他不是一个喜欢在结果出来之前作猜测的人，但这次还是忍不住在自己脑子里勾画来人的情况。老头子，腿脚都不甚灵便的家伙受不了拉瓦都的喧嚣？那他很快会离开这里到萨拉斯通；或者是一个原论主义者，宣扬要放弃科技回到原始的自然状态，这种人尝到苦头后会连信仰也放弃，当然，这之前他会努力坚持一段时间；好奇的年轻人？那就走得更快了；拥有天使面孔的美女？不，不，还是不要的好……

“男的？”他问。

“嗯。”马丁有点着急地回应道，“对，我把他带到大厅去了，他在等你。”

“我们走吧。”

"抱歉,恐怕我不能。"马丁因为体力透支而显得苍白的脸笑了笑,"今天轮到我充电了。"

新来客的消息让希拉伦很快忘记了午饭的事和右手的肿痛, 有一些激动地快步向大厅走去。通往大厅的碎石路是特制的,要好走得多,但是希拉伦这时候却觉得很慢,他突然觉得自己是不是真的老了,为什么走起路来这么慢。

路过克拉克的农田的时候,在田里干活的克拉克大声对他喊道:"嘿,我的执政官,干吗走这么快?你的手还没好吗?"

"不,还没有。今天有客人来。"

"哦?"他摘下草帽挠了挠头,他兴奋的时候时常这样。"移民?"

"对,移民。"希拉伦微笑着回答他。他兴奋地搓了搓手。

"午饭的时候带来,我请客。有田鼠肉。"他从地上提起一只硕大的似乎这个贫瘠的土地根本就养不活的田鼠,希拉伦兴奋地砸了砸嘴。"说定了。"

"希望他能留下来。你猜他会吗?"

"我不愿意猜这个,希望会。我们也很久没有新血液了,有一个新面孔总是好的。记住,我要烤得十成熟的那份。"希拉伦挥了挥手向克拉克告别。

大厅之所以叫做大厅只是因为它的大。当然以现代的眼光看来,"大厅" 并不大,但是一群不懂建筑学,没学过泥水匠的家伙能做成一个二十米长、十八米宽、六米高的房间实在不是一件容易的事。在没有混凝土,没有砖块,连像样的能当柱子的木头都少得可怜的情况下,这么大的一个房间用了大家一年多的时间。希拉伦对此有相当的自豪感,当然,担惊受怕地等在里面害怕房顶会掉下来的访客也许就不会这么想了。

他轻轻地推开门,因为材料的缘故,这里的木门比家里要重得多,均匀的吱吱声也不那么难听。大厅里是一个面孔柔和、三十来岁的男子,唯一引起希拉伦注意的是他那一头未加梳理稍显浓密的头发,还有一点稀稀拉拉的胡子,这和他柔和的面孔有点不搭配。这个很大众的脸孔不会给人什么深刻的印象,也看不出什么性格特征。对方有点不适地坐在大厅中央的椅子上,一看见希拉伦就站了起来,他有些迟疑地问:"您是……"

希拉伦尽量温和地注视着他,微笑着说:"可以叫这里的执政官吧,希拉伦。"

希拉伦伸出左手,对方有点别扭地用左手握住。"艾伦,艾伦·艾贝尔。"他好奇地看了看他的右手，但是没有问。

希拉伦笑着伸出肿得像水桶的右手给他看了看，“这里艰苦生活的一个象征。怎么，为什么想到这里来，我猜你听说过这里的生活情况吧？而且一定是添油加醋过的。好吧，艾伦，告诉我为什么还想到这里来呢？”

“拉瓦都不适合我。”他简单地说，希拉伦等了一会儿，没有下文。真是内向的孩子，他想。

“然后呢？”

“不知道该怎么说，我不喜欢那里的生存方式。”他顿了顿，在脑海里搜索恰当的形容词，“繁华，刺激，华丽，奢侈。但是这一切都掩饰不了那里人们的空虚。空虚而没有灵魂的生存方式，只有一个肉体在享乐和麻醉的浮光中游荡，一切都没有意义。寂寞，空虚，nada，对，nada。为了掩饰空虚就毫不保留地放纵自己的欲望，让自己沉没于欲望之海，就像没带氧气瓶又沉迷于海底美景的人一样，不上来换气，迟早被淹死。”他笑了笑，“在那里我迟早会疯掉。”

艾伦突然的一大段话令希拉伦有点惊讶和措手不及。对一个刚认识的人说出这么多，似乎奇怪了点。一个喜欢存在于自己世界的人，要么不说话，要么就是倾泻而出。不说是因为沉溺于自己的内心，倾泻也是在讲给自己听，希拉伦在心里描绘着艾伦的性格。

“跟我到处看看？纠正一下你对这里的认识？”他拉开门，说。

“好的。”说着，就跟着希拉伦走了出来。

因为不习惯这里的碎石路，艾伦走起来相当费力。希拉伦不得不放慢步伐，避免把艾伦落下。

“喜欢海明威？”希拉伦问道。

“什么？”

“海明威，nada，如果你不是学过西班牙语的话。”

“不，嗯，我是说是的，哦，不，我意思是……”他花了一会儿时间来组织，似乎不太习惯跳跃的聊天方式，“我没学过西班牙语，我学的专业是生物，海明威……”

大概是很少与人交流的家伙，希拉伦记下这一点。“瞧，这就是我们自己开垦的土地，我们的主要食物就来自种在这里的小麦。”他指着前方。

艾伦顺着他手指的方向看了过去，那是一片高低不齐的绿色植物，如果不是有四周分明的界限以及规则的排列，看上去实在像是杂草。

“刚才我被带进来的时候见过，但是我没想到这就是所谓的农田。这和我知道的农业差太多了。”他惊讶地说。

“那你认为这里的农业是什么样的呢？”

“我也听说过这里的农业是原始性的，可是我不相信他们说的，我以为是添油加醋的误传。我以为即使没有良种基因修补和基因重整，至少也有温室育种和营养培植。”他搔了搔脑勺，“完全没有想到会是像这样直接种在土里。这样会有好收成吗？”

“看你用什么样的角度来看问题了。如果是供给全岛的人食物的话，还算勉强，但是如果你打算出口到整个陶拉里亚，”他笑着耸耸肩，“问题就严重了。”

“还好我没这样想过，我还有个小小的问题。”

“说吧，乐于为你效劳。”

“也许是我上学的时候玩得太多了，我总觉得小麦似乎不应该生长在这种地方。”

“好吧，你还玩得不够多，没错，在真实的世界里，小麦的确不应该长在这种地方，这里据称是亚热带气候。”

“据称？为什么说是据称？它不是吗？”

“没到过亚热带的家伙空想出来的亚热带，这里的气候很怪异。夏天炎热少雨，冬天寒冷少雨，温差很大，像是……”

“地中海气候？”

“对，地中海气候，但是还有很多问题。”希拉伦突然安静下来，紧紧抓住艾伦的胳膊。艾伦好奇地回过头去看怎么了。

眼前的情景吓了他一跳，一只硕大的蜘蛛用两只后腿站立着，正对着他。希拉伦猛地一把拉过他，随后蜘蛛猛地一跃而起，从他身边擦过。希拉伦随即一脚踩上去，把蜘蛛压得粉碎。

“知道这家伙是什么吗？也许你能从你的生物图鉴中对上号。”希拉伦问。

艾伦蹲下仔细地看几乎已经粉碎了的尸体。

“从攻击的动作来看像是大洋洲的毒蜘蛛，记不得叫什么名字，有致命的危险。”

“好吧，看样子你的生物专业知识派不上用场。被它咬了只会像我这样。”他伸出水桶状的右手挥了挥，“又红又亮，漂亮得就像火腿一样。记住我救了你一次。行了，别研究了，你对不上生物图鉴的，这估计是无聊的程序员自己创造的生物。这就是个很好的例子，这里的问题就像这样，这里的东西完全不合地球上的逻辑。”

“全新的生物？”艾伦好奇地问。

“一部分，还有很多东西，就像刚才说的，小麦是不应该在这里生长的，亚热带应该长水稻。”希拉伦回答道。

“那为什么不种呢？”

“种不活，就像这样。真实世界的规律在这里行不通，我估计制作这个世界的程序员并没有估计到我们会用这种方式生存，所以这里的程序逻辑有点混乱。”希拉伦抬头看了看天，太阳表明，快中午了。

“我想也是，谁会想到你们会这样生活。他们只完善了像拉瓦都、萨拉斯通那些地方的生活方式。”

“说的对，所以现在我们靠小麦为生。还得应付地里的田鼠，另一个奇怪的事情。这种地方无论如何也不应该有田鼠，可是我们刚开垦了田出来，它们就进化出来了。进化的速度似乎过分了点。小麦的产量本来就相当低，而我总认为连这里的田鼠都养不活。总而言之，我们需要一份自己的百科全书，生物的分类，作物的种植，气候的规律。该死，外面的知识在这里一点用都没有，那些程序员不是在田里长大的，我们只好跟他们转，从头学起。”

“从失败中摸索？”

“对，反正在虚拟世界中你不会被真正的饿死。虽然会很不舒服。好吧，说到田鼠和饿，我饿了。我们去吃午饭。也许你带了吃的，但是我建议你早点适应这里的饮食，何况已经有人预约好了请你的客，走吧。吃完了午饭，我们再去看看别的。”

3

在这里，吃的意义和外面不一样
我们一年中大多数时间都在为食物而挣扎

克拉克家离大厅并不远，很快就远远地看见他家院子里烤食物的烟。希拉伦不由得肚子呱呱叫了起来，他朝艾伦抱歉地笑了笑。

“谈到吃的会让人肚子饿，不是吗？在这里，吃的意义和外面不一样，我们一年中大多数时间都在为食物而挣扎。现在还好，过去几乎所有的时间都在为了寻找食物而奔波。那时候一切从头开始，没人知道该种什么作物，该怎么种。也没人知道该去哪里捕鱼，哪些鱼又可以吃。我们实在不得已的时候还不得不申请系统直接提供食物，虽然这里饿是不至于饿死，但是痛苦是很难忍的。”

“还有鱼？”

“对，鱼是主要的肉类来源。但是品种很少，而且味道不令人满意。其实海里面鱼很多，但是几乎都不能吃，也许他们没有考虑到我们会吃鱼，所以只注意美观而根本没有给鱼的模型提供吃的数据，多数鱼吃起来就和土一个味。我们到了。”

他推开克拉克的房门。

“都不用敲门吗？”

“基本上来说，没这个必要。”屋内基本上是四面墙。当然一张木床，一个方桌，两个方凳还是有的。“克拉克的房间是难得的奢侈了，很多人连像样的床都没有，他还有个院子，这在这里也很少见，很少有人会费力造一个院子，虽然这不难。”希拉伦解释道。

“为什么？”

“大多数人都一厢情愿地以为自己不会在这里留太久，不想把这里当成真正的家。真正的家在外面，你明白？就算明知那是幻想也还是不愿意戳破那层纸。”

“可是要住上好几十年，也许是几百年。”

“是的。但是……好了，我们不讨论这些了。”他拉开通往后院的门，“嗨，克拉克，客人来了。”

克拉克正专心地用独家秘方烤着田鼠，只回过头来看了一眼，“欢迎光临，朋友，抱歉，我现在很忙，如果你们想吃到可口的食物的话，就再等一会儿。”

“克拉克很会享受生活，即使是在这里。”

“希望你会喜欢这里，亲爱的，这里田鼠的味道不错。”

“田鼠？”希拉伦听见艾伦咽了口唾沫，“你是说，吃田鼠？”他走过去看了看地上的几只田鼠，厌恶地摇了摇头。

“对。”克拉克转过来微笑着说，“你喜欢几成熟的？”

希拉伦看见他惊慌失措的样子，不禁失笑：“忘了告诉你，田鼠在这里是很好的美食，平常是很难吃到的。不过你要是不喜欢，这里还有土豆和煎饼可以吃。”

“没别的了？就这些？土豆和煎饼？”

“对，就这些。面包很难烤，而且没有足够的糖和酵母粉来做，所以一般就是这些。”

“很快你就会习惯的。”克拉克说，“从哪儿来？”

“拉瓦都。”

“当然，吃上面会差很多，但不是最大的区别。我以前也在那里待过，很疯狂的城市,什么都不缺,特别是疯子。还是卡瓦希那家伙执政吗?那个到了这里以后变成了同性恋的家伙?”

“不,他疯掉了,那都是旧闻了,用左轮对着嘴里来了那么一下。”

“就像海明威?”希拉伦插进来说。

“不,海明威用的是来福,劳驾,把那个调味料递给我,谢谢。”克拉克指了指一旁的盒子。

“对,复活过来之后又钻进垃圾粉碎机里被捣了个粉碎,据说从那之后都有股臭味。你知道,在这个被剥夺了死亡权的世界里是没办法死掉的。下一次复活之后又……”

“还会试着用粉碎机,疯得不算太厉害,再厉害些才会失去意识,那就解脱了。我记得他的刑期是九十八年,还不到我的一半,真是没有耐力的人。最后呢?不是就这样不停地死去活来吧?那都是什么时候的事?我们这里消息不灵通。”希拉伦把东西递给克拉克,在一旁津津有味地闻着肉香。

“最后被关进精神病院,就是那种有软橡胶墙的房间里了。五年前的事了,现在的执政官是个双性恋者。也许你不认识,他叫克瓦多·查伦。”

“天哪!”克拉克突然尖叫道。

“你认识?”

“不,完全没听说过。只不过是肉烤焦了而已。希拉伦,你不介意十一成熟吧?”

但实际上那份肉不只是十一成熟而已,已经焦得有点发苦。不过希拉伦向来是不在意这些的。对食物的讲究是外面世界的事了,当然,八成熟牛排的味道是令人怀念的,可是要知道,这里的讲究容易使人精神失常,那时候就没有机会怀念了。

“好了,这意味着我们可以开饭了,不是吗?”克拉克问艾伦,“真的不要吗?田鼠肉是很鲜美的。就像,就像……”

“蝙蝠?”

“不,别提蝙蝠,我们可还要吃饭。”

“可是老鼠……”

“那是吃的。记住,它们不一样。我在这里没见过长翅膀能吃的东西。”

三人在石桌旁坐下,艾伦坐下的时候因为不习惯石凳的温度颤了一下。克拉克最后又问了一遍:“真的不要?也许下一次有田鼠是明年了。”

“不了,谢谢。“

希拉伦用左手抓起一只烤田鼠,津津有味地咬着,含糊不清地问:“如果你不介意的话,可不可以告诉我,你的刑期是多久?"

艾伦的脸色一下变得不自然,嗯了半晌,什么也没说。"不想说就算了。"希拉伦说,"我们不希望让你不快乐,我只是想了解一下你的基本情况。当然了,谁没点秘密呢?但是你瞧,我已经把岛上的基本情况介绍得差不多了,可是我对你几乎还一无所知呢。"

"一百一十七年。"他小声地说。

"没有意义的时间,别担心,不会那么长的。"克拉克边给自己的土豆剥皮,边说。

"嗯?为什么?"艾伦停下手上的动作问。

"我从来没听你提起过。"希拉伦也停下来,听他说。

"任何政府,法律,监狱,或是别的什么,反正就是社会的乱七八糟的东西都不可能可以维持那么长的时间,一切都是会变的,明白?总统会换届,法律会废除,修改,失效,政府会被颠覆,总之,一切都是不稳定的,都会变,明白?在外界的变动之中想要保持这个世界不动,根本就不可能,也许就是明天,或者是后天,就通过法律宣布我们被赦免了,你们中国不是有句古话说,'风水轮流转吗'?"

"我不是华裔。"

"是吗?抱歉,看起来很像,我不太分得清东亚人。总之,就是这么一回事,充其量不会超过五十年,我猜。"

"以什么作为开始算起?我进来的时候,还是你进来的时候?或者……孩子,你是什么时候被送到这里来的?"希拉伦问道。

"去年,请不要叫我孩子了,已经很多年没有人这样叫我了。"

"去年?那你怎么知道卡瓦希的事?"希拉伦好奇地问。

"听说的。"他平静地回答。

"那么,克拉克,你认为这五十年该从什么时候开始算?他来的时候还是我来的时候?这可有二十年的时间差。那可是五十年的百分之四十,可有够大的。"

"只是理论上来说,事实就是如此,或迟或早,但不会太久,反正我这么认为。说说你是为什么进来的?这个岛上的罪犯没几个是真正十恶不赦的家伙,我是无证行医,虽然实际上我算是个技术过关的好医生,但是一次医疗事故把我的行医执照断送了。你呢?"

"过失犯罪,"他脸色暗淡地说,"电线短路,一个社区在虚拟世界里玩的人成了白痴。"

“所以就送你进虚拟世界过一百年？”克拉克咂了咂舌头，“现在的法律看样子比我那时候更严厉了，说不定我现在出去，明天就会再进来。”

这个笑话没法令人发笑。

“好吧，那么，你说过你是生物学家。”希拉伦在一旁说。

“不，只是个生物实验室实验员。”

“管他呢，对这个世界来说没什么不同。有什么特长？如果你的专业知识派不上用场，要在这里生活最好有特长。”克拉克说。

“该死，克拉克，你先住嘴，让我说完。也许你的本来的知识没有用，但是也许科学的方法是有用的。我希望你能和拉瓦希一起做研究，应该能帮上不少的忙，他在编写一本斯克伦百科全书，我也许说过。”

“不，你还没有。”

“好的，我现在说了，就是关于这里的气候，农业，渔业，等等，关系到我们生计的知识的书。让我们能预知气候变化，指导什么时候播种，去哪里捕鱼，怎么修建房屋，动物的活动规律，怎么防范有毒动物，等等，这一类的东西。我们需要自己的科学，像你说的，也许我们要住上百年，那我们就必须知道这些，得有人来做这些。”

“不，放心不会那么久的。”克拉克又插话说。

“该死，我们总得做好最坏的打算，明白？我也希望三十年后就把我们放出去，那时候我就可以好好地享受一下真正的死亡。但是，最好不要对不确定的事实抱太大期待。也许，我真得待上两百年。所以，做好最坏的打算，一定不会吃亏的。”

“好吧，你说得对。”

“那么，艾伦，如果你去帮忙的话，我可以让大家提供给你食物，你就不用自己种地了。我也可以让大家帮你造间房屋，当然，最好我还是希望你能和拉瓦希同住。那样大家都方便一些。有意见吗？”

“没有。”艾伦冷静地点了点头。

“那么，克拉克，我想吃完饭之后，拜托你送他去拉瓦希那里好吗？我觉得我的手又痛起来了。”

“好吧，我想一天不给田里除草也没什么的。”

“记住，艾伦，在拉瓦希那里千万别他叫你吃什么你就吃。他现在正缺小白鼠。”他一脸认真地说，“那么，讲讲在拉瓦都的生活，或者你要是愿意，讲讲你被送进来的时候，真实世界怎么样了。你知道，我们这里消息不灵通，很少有新人来。”

从克拉克家回来，希拉伦觉得有点累。也许只是自我暗示产生的幻觉，他觉得右手肿得更厉害了。斯克伦岛夏天的午后是炎热而干燥的，皮肤的水分蒸发快得惊人，他总是以为自己脸上下一刻就要裂开了。没有雨水，这里整个夏季都是这样的干燥，即使是比较耐旱的小麦看上去也像是快缺水枯萎而亡一样。

然而没有谁知道沿岸的椰子树是怎么活下来的，还有那巨大的蜘蛛，没有温湿的丛林保护，它又是怎么在麦田里活下来的。它又是从哪里获得食物呢？也许这将会是艾伦将要研究的课题。

这个新来的家伙没有给执政官留下特别的印象，似乎是一个没特点的人，在人群中一抓就是一大把，但又似乎不是，他说不清。

本来他也许会花更多的时间来考虑这个问题，但是当他看到自己的日程表的时候，他的注意力被吸引过去了——日程表上明天的位置上打着一个火红的圈。在这个陶拉里亚，这样的标记代表的都是同一件事——每月一次的充电时间。

“充电”这个词并不是官方用语，但也不知道从什么时候开始，由谁发明的，但很久以前，这个形象的比喻就在陶拉里亚流传开了。为了剥夺囚犯们死亡的权利，意识的生理基础被计算机的模拟和运算所取代，于是肉体和意识本来理所当然的同步被隔断。

但是他们毕竟还是有刑满释放的一天，希拉伦苦笑着想，总有那样的一天，不管是几个世纪之后，也不管到时候会不会还有人拥有完整的意识，但那一天总会到来。只要有那么一天，官方就不得不有一个交待，不能任由意识脱离肉体越来越远，直到一天那个被监禁百年的意识再也不能掌握那具安安静静地泡在维生舱里的肉体。正像一节不能停止供电，但又不能永远接着插头的充电电池，三天两头就不得不充一次电。而现在，他们正像是充电的电源，而肉体就是那节电池。

每次想到这个，希拉伦都会有无法抑制的怀疑。他怀疑会不会有一天自己的肉体因为一些无法预料的原因而突然死去，虽然理论上他们身体的寿命近乎千岁，但是，谁知道呢？如果那样的话，会不会滑稽到肉体已经消失了，但是意识却依然在陶拉里亚活着，就像真正的幽灵一般呢？进一步说，他们会不会因此永远地将他囚禁，或者也许是根本就是被遗忘在这个世界呢？想到这里，希拉伦不禁打了个冷战，努力将这种想法驱赶出去。

屋子里简单而空旷,像大多数岛民一样。床,桌子,椅子,太过简单,反而容易使人陷入复杂的想象和思考中去。希拉伦深知这一点,他又一次打开门,从狭小的密闭空间里走了出去。虽然屋外的烈日令人无法忍受,但是皮肤会慢慢变黑而迟钝,大脑却不会。

开阔的视野让他的神经一振,数只信天翁出现在他头顶的天空,巨大而优雅的翅膀偶尔缓缓地挥舞,它们吸引住了希拉伦的注意力。信天翁并不是这里的常客,斯克伦岛上没有信天翁的栖息地——附近的几个小岛也没有, 根本没有人知道它们来自哪里——所以那种巨大而优雅的"水手幽灵"的身躯并不常能看见,希拉伦的目光不禁被那自由的精灵吸引住,望着头顶盘旋着的白色身影发呆。在一碧如洗的天空背景下,整幅画面简单而宽阔。希拉伦忽视了这一点——最简单的,往往是最引人遐想的。

它们的窝在哪里?他想起了这个困扰了很久的疑问,就像岛上的蜘蛛、棕榈树一样,神秘而怪异。它们到底是像真正的生物一样,有着自己的虚拟生命,还是不过是这里的简单工具,除了为了让人看到的这一面以外,什么都没有?希拉伦从来没有考虑过这样的问题,虽然总是面对讨厌的蜘蛛,但是只有这种巨大而优雅的生物才给他带来这样的思考。

望了太久天空之后他一阵头晕,但是却拒绝把目光收回来。你要是能够仔细看他的眼睛,你会发现,他的焦点已经在蓝色的背景中迷失了。

时间,凝视着头顶这片无际的空间,希拉伦不知道因为什么原因不由自主地想到了另一个纬度,时间。

曾经在多久之前,人类期望在时间的流逝中保持自身生命的永恒。那似乎也不是很远的过去,一两百年之前而已。永生,这曾经是人们愿意付出一切代价获得的珍宝。但是当这一切从幻想变成现实的时候,那些人决不会预料到它会成为最沉重不过的惩罚。这里的人愿意付出一切来换取死亡的权利。要是他们可以相互作一个交换,那可真是皆大欢喜的事情。想到这里,希拉伦傻傻地笑出声来。

时间就像很多东西一样,当你拥有太少的时候,总是期待着多一点,当太多的时候,又变成了无法避免的灾难。希拉伦将时间慢慢地堆积起来,看着它慢慢地一步一步从轻松、休闲、无聊变成痛苦、绝望,直至发狂。

克拉克说得对,没有什么可以保持恒稳不变,对人来说,百年实在是太长的概念。基因修补术出现不过百年,人类突破生命瓶颈让理论生命值达到七百岁不过六十年,死亡权立法不过是四十年,陶拉里亚存在也不过二十年。用只有数十年的法律设置百年的刑罚,正像是企图万世不衰、然而传承不过百年的封建王朝一般,笑话而已。

当然,他们笑不出来。

一阵来自海边带着咸味的风吹了过来,希拉伦深深地吸了一口气。随着头脑的清醒,令人昏昏欲睡的思考被赶出了脑海。明天,充电。这个短暂的消失会带来或带走什么,他也懒得去考虑。他只是走进房间寻找拉瓦希为自己配制的草药去了。

第二天早上醒来,希拉伦已经被五花大绑地扔在软橡胶屋里了。电源已经接上电池了。

他没有挣扎,早就放弃那种无谓的尝试了。虽然束身服绑得并不是不能动,但是动作幅度在"无害"范围内实在不是一件舒服的事。于是嘴里防止咬舌自尽的东西就显得格外令人不舒服。他小心地保持着平衡慢慢蹲起,然后站了起来,试着动了动腿,把麻木的感觉甩掉,然后轻轻地活动了一下关节。虽然没有力气,但是还算健康——至少对于在一具维生舱里泡着的躯体来说是这样。

右手健康如初,这倒让他一阵不习惯。虽然希拉伦昨天已经想到这点,但是,这种没有过程的变化容易被人忽略掉,他还是不自觉地少用右手。这一天就是这么滑稽,"真实身体"与"陶拉里亚身体"之间的断层总是构成讽刺意义。举个例子来说,也许你在陶拉里亚严格地减肥,已经从一百一十公斤成功地降低到九十二公斤而感到欣喜若狂,然而这一天你会发现,自己的身体实际上依然是浑身赘肉;又或者长期的纵欲已经让自己身体严重受损,本来已经决定从下周开始远离毒害身体的一切,但是这一天,你会发现,原来自己依然身强体壮,一天晚上能应付一打。于是所有的计划都被遗忘掉,直到终于有一天,你发现自己的意识已经不能驱动身体。

外面隐隐约约听见有人吼叫。他不会那样白费力气,绝对不会有人来理他们,营养是特别补充过的,安全措施也是完善的——他们无论是对自己还是对周围都无法造成伤害。一整天都不会有人来,直到晚上将他们送回维生舱,这个房间里换来下一批充电者为止。其实很多人都明白没有用,这只不过是在发泄而已。

过去的充电不是这样的。最开始的时候,在这一天拿到自己身体之后,他可以在一个小小的运动场上锻炼,适应一下自己的情况,有时候工作人员甚至仁慈得让你和机器人打打网球什么的。对希拉伦来说,这甚至是一天难得的放松。但是后来,因为工作人员难以监视囚犯们的意识状况,慢慢地情况有了变化。有人发了疯,充电期间蓄意破坏,打伤工作人员,试图破坏计算机主机;有人处心积虑在这一天自杀，逃开遥遥无期的刑罚，虽然基本上都是失败了，但是这一切却让工作人员失去了耐心。于是他们用了最简单的处理方式，用束身服把人捆起来，然后扔进一个用软橡胶制成的狭窄房间里，过完这二十四小时。

希拉伦像往常一样，走到一边看了看墙上的镜子。那是有机高分子体中融入金属纳米材料做成的，像布一样，不能被打碎，以前他试过。当然了，谁又能不抓住一线死亡的机会呢？希拉伦虽然有了心理准备，但每次看到镜子里的影像都不免吃惊。镜中的老人肤色格外的白，也不知道是因为缺乏阳光还是被维生舱里液体泡成这样。比起一个月前，似乎老年斑少了些，也许是进入生理修复期。似乎右边面颊上小时候玩耍留下的伤疤也浅了不少，的确，分生层细胞开始活化了，开始进入越活越年轻的阶段了，希拉伦苦笑着想，不过自己是没有机会去感受了，如果刑期真的要两百年的话，那么还要经历六个生理修复期，现在只是第一个。

他突然想到，在陶拉里亚，自己会不会也进入生理修复期呢？如果不是的话，陶拉里亚的自己会不会慢慢苍老，慢慢没有生命力，直到……死去？也许陶拉里亚还没有人考虑过这个问题，他毕竟是那里拥有思考能力的最老的人。程序员考虑这些了吗？自己会不会慢慢地老化，失去生命力，但是却无论如何也死不了呢？如果不是的话，假如陶拉里亚的“身体”也会进入生理修复期，那么在这个生理修复期里，身体的可塑性增强，会不会变得真实世界的身体和陶拉里亚的身体差距越来越大，最后没有任何相同之处呢？当自己的意识在虚拟世界劳作的时候，真实世界的身体在维生舱里安静地躺着休息，这两者到最后还有重叠的可能吗？他捏捏自己无力的胳膊，疑惑地想。这些炮制陶拉里亚计划的人有足够的生物学知识作为保证吗？

外面的吼声打断了他的思绪，一个中气十足但声嘶力竭的声音。听不出喊的是什么，但是声音里的绝望让人发抖。动一动身体吧，希拉伦对自己说，他们把你绑过来不是让你来进行思辨的。于是他活动活动腿脚，开始在小小的房间里慢慢地跑起来。

5

可以让岛屿维持在正常状况下一百年的计划应该是什么样的

第二天早上，希拉伦发现自己的右手已经渐渐地消去浮肿，指头的感觉也不再那么麻木了。他活动了一下手指，对自己说，可以干活了。

天气也格外的好,阴天,看不见太阳。不那么炎热,也许一天就能补上两天的工了。他弯下腰开始卖力地除草。

不知道多久之后,他的耳边传来克撒那冷而硬的声音,“你回来了。”希拉伦吓了一跳。

有一半黑人血统的克撒走起路来向来无声无息,加上他冷硬的声音,常常给人以恐怖的印象。但是他是个好人,虽然这个社会学家讲起自己的理论来总是让人听起来不近人情(加上他的声音,他被一些人背地里叫做冷血博士),但实际上却是个乐于助人的家伙。“我昨天去找你,你不在,克拉克说你充电去了。”

“没错,怎么,我错过什么了吗?”他想了想,“或者你认为我不该允许新人加入我们这里?”

“有新人来吗?”克撒诧异地说,“我还不知道。我已经改变看法了,经过研究后我发现,过去理论并不适合这里,陶拉里亚和真实的世界不一样,那些理论在这里不适用。这是一个变态的虚拟世界。”

“好吧,我知道社会学家所说的变态和我们的不一样。”

“我不是来讨论这个的,我发现了一些新的问题。”他挠了挠脑勺,从口袋里掏出一个本子。那是他从萨拉斯通带过来的东西之一,这种产品对斯克伦岛来说,太高级了。

“这是我研究的结果。”

希拉伦晃了一眼本子上的方程和曲线,“抱歉,你知道我看不懂。”

“这是我自己总结的理论。从这个函数可以看出,心灵疲劳程度,环境的变化,思维的混乱程度,时间的长度,这些东西拥有复杂的相互影响关系。”

“最好简要地告诉我结论,你知道,我已经过了学习新知识的年龄了。”希拉伦直截了当地说。

克撒为无人理解自己的理论而难过地摇了摇头,“当环境缺少变化,心灵会更容易疲劳,随着时间的成长,疲劳程度会以近于立方的形式增长,然后心灵会对变化麻木,进而驱动胡思乱想。最后,疯掉。”

“我想,这些东西并不是那么需要严格的函数就可以知道,不是吗?”

“不,你不明白。”克撒盯着他说,“函数可以定量地描述发展状况,这里的世界很变态,大家的心里多少都有扭曲,前途又漫漫没有目标和希望。我的方程预言结果是我们这个岛的社会,在三十年内会崩溃,陷入像拉瓦都一样的疯狂中去,每天都会有人发狂。你明白?这个岛的纯洁历史就快成过去了。”

“可是这个斯克伦已经健康地存在了二十年了。”希拉伦不解地说。

“就像是函数的攀升路程一样，在一个特定的点之前攀升是缓慢的，但是之后就像火箭一样直线上升。一旦疯狂的人达到一定数量之后，疯狂就会像瘟疫一样扩散开去。那时候就来不及了。”克撒严肃地说，然后把珍贵的小本子翻到最后，看了看，“我最近仔细观察了一些人的状况，结果不是很好。不少人情绪低落，没有刚来的时候那样有激情了。他们开始熟悉种植，生存问题不再那么迫切，又没有精神寄托，生活没有变化，于是又开始胡思乱想。辛克成天躺在地里望着天发呆，老斯文森说自己开始做一些关于死亡的梦，说自己曾是大天使，而麦克唐纳来问我有没有关于哲学入门的书。我不知道其他地方的人怎么样，但是从我周围看来，事情已经够糟糕的了。”

“还真不是好兆头。”希拉伦也严肃地说。

“所以有必要做点什么了，得让大家有目标，让生活有点改变，别让他们闲着胡思乱想。找点事做。”

“你有什么建议吗？”

“抱歉，我不擅长这个，我擅长理论分析，要具体的方案，我恐怕就无能为力了。”他把本子收了起来，“如果没有事情，我要走了。”

“好吧，再见。的确需要好好考虑这个问题。”希拉伦说，“谢谢你来告诉我。”

克撒不发一声地离去，渐渐地在碎石路的尽头消失成一个小黑点。希拉伦蹲坐在田埂上，目光弥散地望着自己的麦田，开始思考这一切。当然，他不相信危机将在十年内发生，但是问题的确存在。如果以自己的两百年作为刑期来算，斯克伦岛刚刚过完使命的百分之十。以后会更加艰难，函数绝对是递增的，即使不是以立方形式。

可以让岛屿维持在正常状况下一百年的计划，应该是什么样的？他想了想，记起曾经在一本什么书上看过的一些碎片。可以分裂成一个个短期内能有显著成效的任务，这是要能维持百年长度的计划的必备条件。

满足这个条件的百年大计能有什么？他脑海里空空地想。

“你好。”这时候一个陌生而客气的问候又让他吃了一惊。希拉伦抬头看见一张陌生的脸，他愣了一会儿，想起是艾伦。

“嗨，抱歉。我在想事情，没注意你。”他微笑着打了招呼。“怎么样，还习惯吗？”

“还好，除了田鼠肉，一切都还好。”他开玩笑说，“没想到你这么出神，刚才我看见你和一位黑人在谈什么，有什么问题我能帮上忙吗？蜘蛛？”

“那是克撒，如果说拉瓦希是我们的自然科学权威，克撒就是社会科学的权威了。”希拉伦不打算告诉艾伦关于克撒的论断。这和他是新人没关系，只是为了避免恐怖情绪在大家心里散布。有时候，当人们相信有危机，就真的会做出蠢事来制造危机。“我在考虑有什么计划可以激发一下大家的积极性。不介意的话，帮我想想。也许人老了，思维变迟钝了。”

“关于什么的？”艾伦兴致勃勃地说。

“随便。”

“运动会？斯克伦岛第一届全民运动会？”

“不错，但是，还不够好……”

“那么，考察周围列岛的状况，研究能提供什么资源？”

“值得考虑，但是怎么说呢？”

“那我就想不出来了。”

希拉伦又陷入了沉思中，艾伦等了好一会儿，最后忍不住打断了他。

“希拉伦先生？”

“嗯？哦，对了，抱歉，你来找我不是为了看我发呆的。有什么事吗？”

“拉瓦希先生说，今天是捕鱼船到港的日子，叫我去看看。”

“今天吗？”他想了想，“对，是今天。好吧，我带你去，来，拉我起来。”他向艾伦伸出了右手，艾伦一用力，把他拉了起来。

6

当开口一打开，灾难就会像决了堤一样涌出来
正如潘多拉的盒子一样

“我看出您的手好了。”艾伦跟在希拉伦身旁说。

“是的，也该好了。拉瓦希配置的草药有些效果，过去要两周多才会恢复，有了他的草药，三到五天就起效了。怎么样？习惯和拉瓦希在一起吗？”

“还好吧，就是我觉得他是不是有点……”他又花了很多时间搜索适当的形容词。

“疯狂？”

“对，好像除了研究，什么都不重要一样。从前天下午到今天早上，他就吃过一顿饭。就连睡觉的时候我都听见他说梦话，‘磷百分之三点二……’”

“没错,他就是这样的人。据说他在外面被捕的时候身边就躺着助手中毒的尸体。对了,他是因为见死不救被送进来的,助手氰化物中毒他都不知道。听起来挺滑稽的。”

“我觉得他更适合待在萨拉斯通,怎么会到这里来的?”

“他和我一起入狱的,我拉他过来,他就跟过来了。够简单的家伙。好了,港口就在前面。”希拉伦指了指前方。

艾伦望去,那是一个大海向小岛侵入形成的天然港口,有一点类似于河流的入海口,但是这里没有河。几根木桩子定在沙地上,从露出来的部分无法猜测埋在地下的到底有多深。一波波海浪恰恰消失在木桩面前, 似乎木桩下是一个无形的障壁,挡住了波涛的去路。

“我们的渔业很危险,工具简陋,特别是船,经不起风浪,遇上坏天气也许大家都要死上一次还不够,你知道,在这个世界里,这句话就是它字面上的意思。”

“海里有鲨鱼吗?”

“没有,都是卷进海里被淹死的,然后就在自己家里复活。”

“很好的设计,如果在原地复活就又被淹死了,要是在船上复活也许会再被卷下去。”

“说不好,各有利弊。要是所有的人都死了,船和这么多天的收获就没有了。以前还有过船员死了大半后,剩下人手不够最后都回到自己家里了。这里资源不多,鱼就算了,问题是船,新船造起来太费工夫了。现在还看不见船的影子,也就是说还要等很久。”

“一个小时?”

“不,看样子你对我们的原始航海工具并不了解,即使能在海平面上看到船的影子,也还要等上半天,而且得是顺风才行。”

“那么基本来说,平常什么时候渔船会到?”

“这倒说不定,有时候误差甚至有一两天呢。”

艾伦吓了一跳,“我就这样等下去?”他想了想,“我觉得我还是先回去吧,等船到了我再来。”

“得了吧。”希拉伦打断他说,“你要是这样回去,拉瓦希非把你的皮扒了不可。”

“那我们就在这里等?”艾伦一阵失望。

“不,当然不是。”希拉伦笑着说,“我带你四处走走,过一会儿再回来,总之,在渔船回来之前,你不能回去。你还要看这里的风景吗?”

从港口一直往东走就是正处小岛正中的大厅，岛上居民的房屋便是以大厅为中心辐射到整个岛上。希拉伦带着艾伦一路向北走，到了西塞的古里怪气的屋前。

“您能试着从这间房子的样子猜想一下主人的性格吗？”希拉伦问。

“我说不好。”艾伦好奇地看着这个有着高耸而倾斜的尖塔、兀立着骇人的鬼怪雕像的房屋，墙上不知用什么材料作的奇异装饰，使这个建筑看上去在大地上突出成为一个怪物。艾伦跃跃欲试地看着它，嘴里推脱着。

“没关系，随便说说。”

“我觉得这个房间的主人一定很有自我中心主义的倾向。能够不顾别人的眼光建造这么一间房屋，很特别。”

“然后呢？”

“前卫的家伙，置世俗习惯于不顾，甚至没有感到自己是一个特别的人。在他眼里，旁人看起来骇人听闻的事情他都觉得很正常。”

“请继续。”

“我想，就这么多了。”

“好吧，一点也不对。我们去见一见西塞，这个房间的主人。”两人离开屋子，向不远处的麦田走去。似乎那里本来没有人，但是绕过田埂，突然出现一个棕色皮肤的中年人。他闭着眼，面朝天地躺着，四肢随意地展开，摊成一个大字。

希拉伦停了下来，远远地轻声说：“瞧，就是他。我们的心理学家，但是，一般人都认为心理学家才是真正有心理障碍的人。”

“我可听见了，希拉伦，别在人家背后说坏话。”西塞闭着眼，大声地说，“另一位是谁？他的脚步声我不熟悉。”

希拉伦凑过去对艾伦小声说，“瞧，他的耳朵比他的眼睛灵。”然后又大声说，“一个新人，你最好睁开眼看看。”

西塞坐了起来，然后才睁开眼，“欢迎，亲爱的，我们这个岛很久没人来了。看起来你很年轻，或者是已经经过了生理修复期了？”

“不，我才三十二岁。”

“还是小伙子，好吧，为了你的心理健康，不介意来做个测试？”西塞站了起来，走过来从上到下仔细地打量着艾伦。

艾伦望了希拉伦一眼，希拉伦点了点头，“玩得愉快。如果船到了我会来告诉你的，要是一直没来，你就来我家吧。要是你想待在西塞家……”

“那我就可以全面地为你做一个心理状况分析曲线了。”

"我走了,记住,无论你有什么秘密,千万别被西塞看出来了。"

"你小看我的水平。"西塞发牢骚道,"我倒是发现你有瞒着大家的秘密。"

"哈哈哈哈。"希拉伦打了两声哈哈,扔下艾伦,溜掉了。

"跑得真快,来不及挖出他的秘密。"西塞看着希拉伦的背影,揉了揉耳朵说,"不介意的话,我们开始吧。"

希拉伦像年轻人在碎石路上一路小跑。西塞也许只是一个三流的心理学爱好者——他甚至不知道怎样保持自己的心理健康,但是他的观察力敏锐得令人吃惊,总能发现一些别人发现不了的迹象,即使他的眼睛不好。希拉伦不知道他在自己身上看出来的是什么,小岛的危机?

他把艾伦带到西塞那里去,并不是全无目的的。他总觉得艾伦有一点怪异,但是又说不出来是什么。一开始他认为那是一个沉溺于自己内心的人,但是后来又侃侃而谈,似乎很善于交际。自己和他见面时间并不多,但是却莫名其妙地觉得和他很熟悉,和他在一起,自己就不停地谈论,解释,自己的话就会变得很多。这不是他的风格,他不知道自己为什么会改变。

希拉伦一个人静静地走到港口,坐下。他没有回去给自己的田里干活的心情,虽然知道这样不好,但是他就是不想。

猛然又想起克撒说的,大家的心理已经越来越疲劳,坚持不了太久了。突然想到,这会不会正是自己心理疲劳的体现?没有干活的心情,没有了生活的激情,在长时间没有变化的环境中,自己用劳作来填充的空虚变得更大,大得无法用劳作来填充,转移了方位,老办法开始失去效果了?

他心里一阵恐慌,这绝对不是一个好兆头,当开口一打开,灾难就会像决了堤的水一样涌出来,正如潘多拉的盒子一样。

的确,灾难迫在眉睫了,如果不快点想办法的话,也许用不了十年,这个岛真的就要完了。

看着茫茫无边的蓝色大海,他一阵恐惧,转身向克拉克那里走去。

7

这里的人动辄就是百年刑期

对人类来说,百年太长了

这一段路并不是特别近,从港口到克拉克家,但是因为在想着事情,希拉伦倒是觉得很快就走到了。

克拉克正在自己的田里愉快地寻找着可以用来制成添加在食物里的香料的一些野生植物。不知道为什么，这些东西一旦人工种植，里面的芳香味就消失了。否则的话，按照克拉克的习惯，一定会在后院栽上一些。

“午安，执政官。怎么，今天又没有干活？田里会长杂草的，你不介意吗？”

“这就是问题，我明知道自己应该干，但就是不想干。”

“噢，变懒了？”克拉克还是不以为然地拔着那些希拉伦不认识的植物，用戏谑的口吻嘲笑着他。

“没错，也许就是变懒了。”

声音里的压抑感让克拉克停下了手中的活，“怎么了？哪里不对吗？”

“我说不清，但也许我们的小岛正面临着一场巨大的危机。”

克拉克看了看他认真的脸，“好吧，进屋里去谈。”

两人走进房间，面对面地坐下。

“嗅到什么危险的气息了？关于那个新人艾伦？”

“不，这和他没关系，怎么？你觉得他有什么问题？”

“有一点，但是……”他沉默了一会儿，“你先说你的吧。”

“今天克撒来找过了我。”

“又是什么理论？”克拉克皱了皱眉头，“我不太相信这个迷信函数的家伙，他相信函数胜过事实。”

“但是这次他说得也许有道理，忽略他的函数。他说我们的小岛也许在近期就会面临危机，大家心灵开始空虚，失去生活的热情。”

“是吗？我没有这种感觉。”

希拉伦大声地说：“可问题是我有了。”

克拉克看了他一会儿，开口说：“那就糟糕了。”

“不只是我，克撒说不少人都有这种感觉，他给我举了几个例子，辛克，斯文森，麦克唐纳……”

“加上你，好的，都是来这里十八年以上的家伙。”

希拉伦回想了一下，“对，我没有注意到这点，都是最老的家伙。时间的确是问题的所在。等一下。”他又停下来，“还有拉瓦希，他几乎和我是一起来的。”

“你不得不忽略他，他心里充满了科学，对他来说，环境如何没多大区别。那家伙除了研究什么都不能在他心里占有一席之地。”

“也许你是对的。那么,也许危机的确存在。”

“我从来都没有否认过这一点。”克拉克平静地说。

“那么我们要怎么避免它?即使是如你所愿,法律会很快改变,我们最多在这里待五十年,而且是从我来的日子算起,但还有近三十年呢?按照克撒的说法,今后危机的发展将会是越来越快。立方增长,他这样说的。”希拉伦显得有些焦急,毕竟,他是这里最老的一个,也许,危机就用他作为发端。

“关键问题是你们在绝望。”克拉克还是不慌不忙地说。

“绝望?”

“对,绝望。虽然你也说刑期不过五十年,但实际上你没有相信我的论断。你还是认为你要在这里待上两百年。你觉得刑期遥遥不见结束。就像一条万里巨龙,根本不知道它的尾巴在哪里。你觉得自己还要在这里遥遥无期地等待,与两百年相比,正常生存的二十年才不过它的十分之一,几乎忽略不计。”

“那又怎么样?”

“于是就绝望。从心底绝望。特别是你感到自己已经开始空虚,开始害怕。想到不过才是十分之一就把自己变成了这样,剩下的又会把自己变成什么样?于是你就恐惧,开始放弃。就像马拉松,才不到一公里,自己的肚子就开始疼起来了,于是你就想退出了,因为剩下的还有四十多公里。”

“……可是,我不觉得这样做有什么不对。”

“可是实际上你还能跑至少五公里,而且问题是实际上终点就在前面两公里的地方。你被虚幻的困境吓倒了,你可以跑到的,可是你没有尽力去跑。”

“要是终点在五公里以外怎么办?”

“你们的问题就是这个,你们不相信终点就在那里,你们觉得终点你跑不到。这才是关键的所在。”克拉克停顿了一会儿,给希拉伦和自己倒上两杯水,“我看过刑法介绍,一两百年前的徒刑不是剥夺死亡权,而是剥夺人身自由。”

“人身自由?就是把你关起来,不允许你干你想干的事?”希拉伦想象了一下,“天哪,太残酷了。”

“未必,这倒不见得。我们未必好多少,我们是被逼自己选择过与他们差不多的生活。说这个就扯远了。当时有期徒刑最高是二十年,有很多人都成功地出狱,很少听说有谁疯掉。”

“我不也待了二十年吗?”

“但是不要忘了,整个陶拉里亚,没有几个熬过了十五年。几乎所有十五年以上的人都在我们岛上了。为什么？就是因为以前的囚犯看得见自己刑满释放的日子，这里的人看不到。这里的人动辄就是百年刑期，对人类来说，百年太长了。”

“我……”

“不，”克拉克打断希拉伦的话，“请等我说完。过去甚至还有无期徒刑，刑期直到囚犯死亡为止。几乎所有人都是寿终正寝，极少数疯掉。”

“那是因为那时人们的生命不过百年而已。”

“没错，正是因为他们知道自己不会受这种折磨太久，他们对生命的渴求高于一切。当然，现在不一样了。但是我们可以看到人的忍耐极限在哪里，据我所知，曾经有人被囚禁了几乎一百年，然后刑满释放。”

“嗯？”希拉伦疑惑地问，“我记得你才说，有期最高二十年。”

“那是更以前的事了。”他有点不耐烦地解释道，“我认为，他们的环境未必比我们好，但是他们可以熬过来。也许人的忍耐力有高有低。但是我认为，五十年，这个年限应该正常人都能跑到，即使考虑到人们的忍耐力比过去下降了。”

“就是你所说的终点所在。”

“对。只是因为大家没有希望，没有信心。正是因此，很多人不过区区十年便忍受不了，疯掉了。然后这样的事实让剩下的人恐惧，于是忍耐力更加下降。原因和结果相互影响，成了一个恶性循环。”

克拉克说完又想了好一会儿，笑了：“行了，我讲完了。”

希拉伦看了克拉克半天，“我认识你这么多年，第一次听见你说这么多有深意的话。”他笑了笑，“虽然我知道你是个深藏不露的人，但是没想到你这么厉害。”

“哈哈，过奖了。”

“但我还是有问题，如果，我是说如果，刑期并没有在五十年的时候画上一个句号，那么会怎么样？相信你的人们岂不是将再一次陷入绝望之中。”

“我知道想说服你不那么容易。”

“不，不是说服我。你认为会在五十年中结束，但是毕竟这只是推断。没有人可以保证，事情在变化。”希拉伦认真地说，“但是没有人知道什么时候变化的程度会达到我们所需要的。”

“你是对的。也许是六十年，七十年，甚至是一百年。但是，绝对不会有两百年那么漫长。我想说的是，如果能够坚持到五十年，为什么不这样做呢？毕竟它可以让大家正常地生活更长的时间，又有什么不好呢？就算是骗术，能有这个效果不好吗？何况它不是。我觉得，这比转移人们注意力的方法要好得多。不过，我还是希望你能相信我。”

希拉伦笑了:“好的,我会努力的。你帮了我大忙了。”

“不客气。”

希拉伦站了起来:“奇怪,你为什么不早点把你的想法告诉我呢?我从来不知道你已经发现了这么多事实。”

克拉克没有起身,他脸色严峻地说:“如果你不介意的话,最好坐下来,我还有些事情想和你说。”

希拉克看着他,又坐下了:“我想,我今天看到了这么多年以来我从来没有看过的很多东西。就像你刚才的脸。”

“谢谢。我想和你谈谈我们的新人。”

“艾伦,我想起来了,你刚才说过。你发现了什么吗?”

“不,没有。只是我的感觉,也许只是我的妄想。但是我想最好还是告诉你。”他有点迟疑地说,“你有没有觉得他有哪点不对头?”

“说实话,隐隐约约。”

“我发现,不知道为什么,我在他面前有一种肆无忌惮地倾吐的倾向。”

希拉伦愣了一下,但还是很恰当地表示关切地说:“噢?”

“说不出理由。你知道,我是一个……怎么说呢?”

“一个深藏不露,思想深邃,但使用大量无用的口水淹没着别人,隐藏着自己深邃思想的家伙。”

克拉克不禁大笑起来,“嘿嘿,谢谢你的夸奖。但是遇到他之后,我就禁不住要把肚子里所有知道的事情倒出来帮助他。”他又沉默了一会,“看见他为自己刑期苦恼的样子,我就忍不住告诉他我的想法。这种想法我还从来没有告诉过任何人。”

“包括我。”

“对。”他不好意思地笑了笑,“我主动告诉了他我的罪行。整个岛上知道这一点的人都不多。”

“是的。”希拉伦也开始陷入思考,“把真相淹没在口水里的人竟然开始主动地扫水了。”

“事后我才感到奇怪,而当时却很自然地改变了自己的行为方式。这让我后怕。然后我认真地研究了我行为的状态,结果发现……”克拉克抿着嘴唇,犹豫着。

“发现什么?”希拉伦好奇而又忧心忡忡地问。

“那种行为最符合的类型是……面对自己爱慕的人的时候。”他有些哭笑不得,苦恼地说。

如果是别的时候,希拉伦一定已经笑出声了。但是这次,他笑不出来:“好吧,我不认为你因为压力而心理失常成了同性恋。但是这却是值得研究的,这实在太奇怪了。”

“谢谢。说实话,这样想不符合科学精神。因为我成了同性恋是最合理、也是最能解释这一切的结论,而且是最简单的。”

“我不认为,你能在看了第一眼之后就爱上了他,即使你是同性恋。”

“嗯……说得对。总之,我不希望是我的问题。”他说,“理智面对感情的时候,感情总是占上风。”

希拉伦安慰他说:“别乱想了,不利于心理健康。”

克拉克点了点头,然后希拉伦便起身告别,离开了克拉克舒适的凳子。

8

就像计算机里的程序
一个似乎无关紧要的程序也许最后会导致系统崩溃

第二天下午的时候,渔船才回到港口。按照惯例,希拉伦到了场,而那个时候,艾伦已经开始检查收获的鱼了。

“收获看起来不错。”希拉伦远远地对捕鱼队长拜伦叫道。

“如果不遇到风的话,还会更好。”拜伦也大声地回话说。

“所以耽搁了?”

“对,糟糕的风,我们差点损失了西里尔和艾默生。我们费了九牛二虎之力才把他们救上来。”拜伦得意地炫耀着自己的冒险,“如果你想听的话,那是一个很惊险的故事。”

“不了,下次有空再说吧。”希拉伦推托道,“不过看样子大家都还不错。”

“当然了,死里逃生嘛。”拜伦欢快地说,“你要知道……”

“我想你们已经认识艾伦了。”希拉伦打断他说。

“哦,对,很不错的小伙子,充满活力,你怎么把他派去给那个榆木脑袋当助手了?记住,下次我要他和我一起出海。”拜伦略有些不快,但说到艾伦很快又恢复了欢快的口吻。

“拉瓦希可不是榆木脑袋,你可要当心下次你被蜘蛛咬了,他不给你药。”希拉伦说,“行了,我要去看看有什么可以上餐桌的。”

“如果他会不给我药的话,他就不是榆木脑袋了。”拜伦嘟哝着走开,西里尔和艾默生紧跟在他身后。看样子这次航海又建立一组亲密的关系,就像当年的克拉克和希拉伦自己。

艾伦站在给鱼分堆的人边上,一会儿看看这条,一会儿看看那条,时不时地拿起一个小本子和铅笔记着什么,也不知道是西塞或者拉瓦希给他的,还是他自己带来的。在和克拉克谈话后,希拉伦对这个面孔柔和、看上去温和而纯善的家伙有了戒心。虽然在克拉克有同性恋倾向和艾伦有什么奇怪的能力之间选择,希拉伦会选前者;但要在自己是同性恋和艾伦有什么奇怪的能力之间选择,他就会选择后者。

“怎么样?艾伦,昨天在西塞那里过得怎么样?”

“不错,谢谢。”艾伦给了一个充满阳光的微笑。希拉伦回味了一下这个微笑,没嗅出一点自己是同性恋的味道。

“对我们的原始渔船有什么样的感想?”

“说实话,简陋得没办法想象。我很惊讶这样的船还能在海里航行足足一周,甚至还能带这么多鱼回来。”

“谢谢你的夸奖。这都是出自拉瓦希的手笔,岛上的木材不多,这么大的船造起来已经不容易了。那么,这次拉瓦希要知道的是些什么?或者说,你在记些什么?”

“鱼的种类和数量统计,各类鱼要记下鳍式和鳞式,这是最困难的。你看,”他给希拉伦看了看他放在一旁的三条鱼,“这几条他们说是一类的,但是鳍式和鳞式都有相当大的区别,我不知道该算一类还是三类。”

他比较了一下三条鱼的鳞片和鳍,没感觉到任何不同。“抱歉,这个我不太懂。我们只要看起来一样,吃起来一样就当作一种鱼。对吧,西奥多?”

正在给鱼分堆的一名水手点了点头,却没有说话。

“有问题你可以问问他,他是我们这里的渔业专家。关于栖息地、繁殖期什么的他都一清二楚,每次捕鱼我们都会带上他。但是他不太爱说话。”希拉伦抬头看了看太阳,“我想我在这里也帮不上什么忙,再见了。”

艾伦微笑着朝他挥了挥手,然后向西奥多走去。希拉伦站起来离开,在港口消失在他的身后之前,他就听到了西奥多和艾伦的谈笑声。

希拉伦向东一直走到了大厅,然后才转向北,向西塞的屋子走去。

“很高兴又看见你。”西塞远远地就大声打招呼,“怎么想通了,来找我解决你心中的秘密?”

“不，谢谢，如果你的水平足够的话，我想，你应该能看出来，我的秘密已经解决了。”

“光从这句话，你就暗示了我，你还解决得不够彻底。”

“也许。好了，我想知道你在艾伦身上看出了些什么？”

“艾伦？”他愣了一下，“对，昨天的小伙子。很不错的人，我已经很久没有和人聊得那么痛快了。我们聊了一整天再加一个晚上。”

“聊了一整天？”希拉伦疑惑地想，西塞是一个健谈的人吗？

“嗯，我是说，你应该知道，好的心理医生从谈天中帮助人们。”

“好吧，他有什么问题？抑郁？”

“抱歉，作为心理医生，我们有义务为病人保守秘密。”西塞一脸抱歉地说。

“该死，我可没空和你闹着玩，快点。”希拉伦有点哭笑不得地看着这位“医生”。

“不，这不是闹着玩，你要明白……”

“你要明白的是，你是不是想不再有鱼吃。别忘了，你既不会捕鱼又不会捉田鼠。”

西塞不满地看了他一会儿，“好吧，既然你用执政官的独裁来压迫我，我也只好先忍耐一下了。那么，你想知道什么？”

西塞向屋里走去。希拉伦也跟着他走了进去。屋子里面就不再像外面一样稀奇古怪，而且即使是在这个岛上也显得寒酸，只有一个简陋的椅子和一张床。床有时候还会被充当心理诊疗室的沙发。希拉伦看了这架床，很疑惑昨天晚上是不是有两个人睡在上面，如果是的话，它为什么还没有塌。

“开始吧，你有什么问题需要我解决。”

“不是我，我是问你艾伦。”

“好吧，艾伦，艾伦。”他翻了一下自己的本子。整个小岛有三个人有本子，对，现在是四个，加上艾伦。其中克撒的本子永远随身携带，拉瓦希从来和本子一起待在屋里，而西塞总是找不到本子上记的东西。

“这里，我找到了。相当奇怪的一个人。”

“怎么个奇怪法？”

“没有过去，真实世界的事物在他脑里模糊不清。每个人的性格行为方式都是在小时候建立的，但是看不出他小时候对他的人格怎么产生影响的。可以检查到的过去只是近期的碎片。”他“啪”地合上本子，“没了，就这些。”

突然的中断让希拉伦一阵惊讶。“没了？”他盯着西塞好一会儿，“一个下午再加一个晚上，你就只获得这点？”

“不，当然不，这些是重点。问题要抓住重点，否则我的本子不够用。”

“该死，好吧，你没记上去的有些什么？”

“没记上去的……”他考虑了一会儿，“抱歉，我忘了。你知道我的记性不好。”

希拉伦深感没救地叹了口气：“好吧，再见。”

“再见。有心理问题欢迎随时来找我。”西塞很客气地道了别。

希拉伦一边向东南走去，一边考虑着西塞的结论。他不知道这个三流心理医生的结论有多少可信。这个结论没有丝毫解决自己的疑惑，相反的，它甚至加深了。这个结论和之前的信息没有任何对得上号的。何况这个结论本身就让人怀疑下结论的人思维是否够清晰。

但是无论如何，看上去艾伦都有问题。毕竟，没有人得到过西塞这样的评语。希拉伦看了看碎石路的尽头。远远的麦田随着海风拍击出一道道麦浪，然后消失在田埂的边缘。这段时间的问题还真是不少，他这样想。然后似乎远远地看见了拉瓦希的家。

他迟疑了一下，怎么会走到这里来了？去看看拉瓦希？他犹豫了一下，还是离开了。他也说不清为什么，也许是不喜欢看见一个能够无忧无虑地全身心投入而忘记身边一切的人，每次看见他的时候，他都会有一阵因为嫉妒引起的针刺般的心痛。也许他是个榆木脑袋，但却是个没有烦恼的榆木脑袋。即使有危机也一定轮不到他。

又走了好一会儿，希拉伦在近于中午的时候到了克拉克家。

“好吧。”看到他的时候，正扛着东西回家的克拉克耸了耸肩，“你总选这个时候出现在我面前，于是我实在不好意思不请你吃午饭。”

“啊哈，那么我实在不应该客气了。这样宾主都会愉快一点。”希拉伦愉快地说，“好吧，有田鼠？”

“赤纹鱼。”

“你已经去领过鱼了？”他跟着克拉克向小屋走去。

“不，是上次做的熏鱼。”克拉克爬上房把鱼取下来，扔给了希拉伦。希拉伦贪婪地闻了闻。

“好吧，有什么事情。我可不希望你只是来吃午饭的。”走进屋，克拉克忙着将炊具一个个就位，抽空问道。

“有一点问题，关于艾伦的。”

克拉克把锅架上，倒上水，干好这些，才有空搭话说：“那么说说看。”

“不只是你一个人觉得艾伦有问题了。如果我没弄错的话，至少我发现有两个人觉得喜欢和他聊天。一个是西塞。”

“他代表不了什么，不是吗？他的废话来的时候也不少。另一个？”

“但是他自己说他和艾伦聊得很过瘾。还有一个比较有分量，西奥多。”

“西奥多？”他想了想，“那个打鱼的西奥多？”

“就是他，他们还没认识满一个小时，我就听见他们谈笑风生了。”

克拉克沉默了一会儿，开始切熏鱼，“好吧，那么还有谁？你？”

希拉伦也沉默了一会儿，不好意思地苦笑了一下，“对，还有我。”

克拉克嘴角露出一抹微笑，“好吧，现在有足够的权重证明有问题的不是我，而是他。这样的解释比较简单，所以比较合理。当然，也许我们都有问题。”

“算了吧，还有，有没有心情听听我们的心理学家对他的评价。”

“他说什么？”

“这个人没有过去。”

“没有过去？失忆？我怀疑是下结论的人自己有问题。”

“不知道，谁知道呢？先放在一边吧。毕竟奇怪的人也只是一个奇怪的人。”

“不，”克拉克突然认真地看着他说，“你错了，任何小事情都可能改变一切，蝴蝶效应。不要忽视任何东西。”他深吸了一口气，“就像计算机里的程序，一个似乎无关紧要的程序也许最后会导致系统崩溃。”

希拉伦不以为然地点了点头，“但事情总要慢慢地来。我想，下一周，我们找时间向大家提出你的论断。我考虑过了，你说得对，我们现在首先需要的是希望。”

9

伊凡突然凭空出现艾伦身边
所有人全部愣住了

希拉伦决定在三天后开一个欢迎会，届时艾伦已经来了一周，可以正式接纳为小岛的成员，当然这并不是真正的原因。他准备在欢迎会上宣布克拉克的论断，给大家以信心，另外顺便寻找一个观察艾伦的机会，在人群中看一看这个人到底有些什么不同。

这是需要准备的工作，他让拜伦牵头，也叫上了不喜欢种地的西塞。当然，这两个家伙对艾伦有好感,做起事来也会麻利一点。

三天很快就过去了。

当夜幕降临的时候,希拉伦才一个人来到拉瓦希家。这时候除了艾伦所有人都应该已经接到通知到场了,当然,今天需要充电的伊凡除外。

他推门进去的时候,艾伦正在一张半透明的纸上绘制着什么,听见声响,他转过头来看见了希拉伦,对他点头示意。拉瓦希则完全没有发现有人进来,头埋在纸堆里不知在做些什么。

“二位晚上好。”希拉伦大声地打着招呼。

拉瓦希把头从纸堆里伸了出来,一脸憔悴的样子不知道是几天没有睡过觉了。希拉伦看了看房间另一边并不大的床,明白为什么艾伦没有一点因睡眠不适而出现的精神不振,也许根本没什么必要考虑再给他做一张床了。

“你好,”拉瓦希想了一会儿,希拉伦知道他在回忆名字。“希拉伦,有什么事情吗?”

“我们为你的助手艾伦举行了一个欢迎会,现在需要主角到场。如果你不介意耽误一些时间的话,我希望你也去。”他补充道,“岛上所有人都去了。”

“欢迎会?”艾伦有些意外,“为我准备的?”

“对,岛上的惯例。”他说,“在这里呆了一周之后才能被正式接受为岛民,这时候会有一场欢迎会,毕竟我们的人不多,每一个新人的加入都是一件值得庆祝的事。”

“那么和我没多大关系。”拉瓦希又把头埋进纸堆里,“希望你别把他带走太久,缺了他给我的工作增加了不少困难。”

“请一起去吧。”艾伦在拉瓦希身边说,“我希望您能到场。”

拉瓦希考虑了一会儿,然后希拉伦惊讶地看见他竟然站了起来,收拾了一下桌面,对自己说,“好吧,既然他这么说。我希望不要花掉我太多时间。”他呆呆地看见拉瓦希和艾伦走出房间。

拉瓦希二十年来有几次离开过这个房间,希拉伦回忆着。也许不超过十次,他惊讶地回味着这个事实,才跟了上去。

通往大厅的路已经隐在了夜幕下,两人凭着脚下的触感辨认着碎石路,而拉瓦希则是在艾伦的引导下,才能勉强找到前进的方向。

当走进被近百只烛火点亮的大厅时,希拉伦发现,局面和他想象的并不一样。艾伦和每个人像老熟人一样打着招呼,他们也这样回礼,并没有面对陌生人的新奇。倒是拉瓦希的到来引起大家一片惊讶的叽叽喳喳声。

“看样子你已经认识每一个人了。”希拉伦对艾伦说。

“几乎吧，我想快点了解这个岛上的情况。”艾伦回答道，一边和周围的人聊天，“晚上好，克鲁亚，你的烟草长得怎么样了？”

“不行，叶子还是又细又短。”一旁的克鲁亚回答道，“你怎么把拉瓦希拉过来的？”

……

随着周围人谈话的进行，希拉伦很快发现这么一个事实，自己并不比艾伦更了解自己的岛民。他有时候甚至不能插入他们的对话中去。他意识到，这场欢迎会本身的意义已经被打乱了，甚至他的角色并不必要——现在艾伦在唱着毫无争议的主角。

好吧，希拉伦想，你到底是何方神圣。他还是老习惯，没有去猜测事情的结果，慢慢等着真相的浮现。但是，他忘记了要宣布的事情。

大约过了一小时，艾伦洪亮的声音把他惊醒，他才感觉到，事情开始有些出格。

“很高兴大家来参加我的欢迎会。”

这时候，希拉伦感到一阵极度的不快。这应该是他的事，岂容一个新来者越权。即使是篡位，现在也还早了点吧。他环顾四周，发现没有几个人意识到艾伦行为的不妥。他一阵恐惧。

站在大厅前端的艾伦似乎觉察到了他的愤怒，看着他安抚地笑了笑。

“所有人都到了不是吗？除了伊凡充电去了。”他说到这里笑了笑，然后突然说了一句莫名其妙的话，“没必要了。”

场面完全在他的控制中。希拉伦干脆放开看他要怎么表演，但是也不免被搞得莫名其妙。没必要了，什么意思。

然后他就明白了这句话的意思。他看见伊凡突然凭空出现在了艾伦的身边。

伊凡突然凭空出现在艾伦身边。所有人全部愣住了。

10

从计算的结果来看
人类还能幸存的可能很小

希拉伦头脑迅速混乱，无数思绪开始盘旋，构不成一个成型的想法。只是混乱得让自己失去了思考的能力。在场所有人都一样，包括伊凡，他不知道自己怎么会突然从那间橡胶房间里消失，重新出现在这里。做梦，他惊讶判断道，在场很多人也有着同样的想法。

“该从哪里开始呢？”艾伦说，“我知道你们现在头脑很乱。伊凡，别那么惊慌失措的样子，我马上给大家解释。你们不是在做梦，要不要掐自己一下？”

伊凡愣愣地看着他，什么也没说，狠狠地掐了自己一下，痛得叫了起来。大厅里断断续续地响着这样的声音。艾伦笑了。

“我本来没有准备在这个时候说这个事情，但是，既然有这么好的时机，反正准备已经结束，我就临时改变主意了。我要讲的也许你们一下很难接受，整个事实相当的复杂。

“好吧，首先，我要告诉大家，我和你们不一样。我实际上不是一个囚犯，或者更进一步地说，我不是一个人。”

下面传来一阵骚动和笑声。“请让我继续。谢谢。”

“实际上，我是这个虚拟世界所依赖的计算机的一部分。”

下面骚动的声音更大了，怀疑的，惊讶的，认为他精神失常的。希拉伦什么也没想，慢慢地走近前面，等着下文。

“接下来的事实就相当复杂了，要一下子说清楚不太容易。我尽量给大家解释清楚，如果不明白，你们再问我。”

他考虑了好一会儿，“我希望你们无论听到什么都能保持冷静，好吗？那么我开始。”

“这里的人将在最近一段时间分批出去，离开这个虚拟监狱，回到正常的世界里去。”

一片寂静，没有想象中的激动和疯狂，这一切来得太突然，太轻易，人们都没有准备好欢庆，因为几乎没有人明白过来这是什么意思。

“为什么？原因？法律改变了？”克拉克也许是第一个反应过来的人。

“不。”艾伦停了一会说，“和您想的有一些不同。”他又想了想，“不，应该说，有很大的不同。

“实际上的原因是，外面的人类社会已经整个消失了。”这句话又换来一阵死寂。

“消失了？什么意思？崩溃了？”克撒的声音，在这个时候能保持头脑清醒的人只有他们几个而已。

“我不知道该用‘是’,还是‘不是’,来回答您的问题。事实是,很可能人类已经灭绝了。”

“两个问题。”这个声音很轻,远一点的人便听不见,是拉瓦希,“第一,灭绝是指完全消失还是在地球上失去了踪迹,第二,‘很可能’是什么意思?”

“作为一台和外界封闭的计算机,我对外面的信息并不全。这是我对搜集到的信息做出的推断,结论的可能性在百分之九十以上,所以就叫很可能。灭绝是指在地球上找不到踪迹,但是这是推理判断的结果,并不一定是事实。”

“如果可以的话,请详细地说明完整的事实。好吗?”希拉伦听见自己声音沙哑地问。

“开端是真实世界二十七年前,数颗直径在两百米到一千米之间的小行星与地球相撞。”

“人为的?”拉瓦希问,“重复一下数据,两百米到一千米?”

“对,人为的,其中还有两颗是过去人工搬运到近地轨道上作为丰富的稀有矿产资源开采的。”

“我记不得名字了,有一颗含有大量的铂,对吗?”

“没错,还有至少一颗是从小行星带通过改变轨道弹射过来的,那是最大的,大约直径一千米。在两天时间内,三颗连续撞击地球。以后也许还有,但我不清楚。具体的数据只有这一点。”

“看来那些家伙的技术很到家,但是重复一下数据,直径两百到一千米。这样的撞击效果的确是全球性的,但是不足以毁灭整个地球。至少也需要十千米,历史上恐龙是那样消失的。”

“你忘了人类不是恐龙。”克拉克在一边说,“只要电力系统、食物供给系统被毁,人类就只有等死。人类的生命系统实际上已经极为脆弱,根本就不需要让全球生态系统失衡,输电线路被毁、食物管道被毁,很快就没多少人活下来。这个社会就像一个生物体,循环系统一被摧毁,人类整体就很快崩溃了。这样的破坏甚至利用核弹就可以完成,根本用不上小行星的威力。”

“谢谢你的解释。”艾伦说,“我并不了解这些,我的知识并不丰富,对于这样的推理来说,资料不足。我只能说明事实,其中的因果关系我没有办法全部告诉你们,我所知道也就这一点儿而已。”

“人类全军覆没。好吧,我相信。”克拉克平静地说,“那么给我解释一下这个词——‘真实世界时间二十七年前’,对我们来说,陶拉里亚的建立只有二十来年。

不至于在我们这里一些人来之前外面就完蛋了吧？”

“陨击之后，工作人员命令我将陶拉里亚的时间放慢了。换句话说，我的工作钟频调到比正常值低。基本上来说，这里的三年在真实世界花了大约四十年才过完。也就是说，陨击发生在陶拉里亚时间的两到三年前。”

全场一片惊异的声音，也许是这里和外界时间同步太久，太想当然，大家几乎都忘了，虚拟世界的时间快慢是由系统的处理速度决定的，和现实世界并没有一一的对应关系。这种“天上方一日，地上已千年”的沧桑感迅速地在大厅里弥漫。

“那么你最后一次和人类有接触是什么时候？用真实时间计算。”过了好一会儿，克拉克再一次问道。

“四十七年前。那一年之后，再没有接到过任何信息。死寂的一片。”艾伦脸上没有任何表情，但是听众就不一样。

希拉伦放眼望去，不少人已经陷入了痛苦和悲伤之中，更多的人还没有从震惊中苏醒过来。他知道很多人努力保持着自己心灵正常的动力是在外面等待的亲人和朋友，但是，现在，等待的人却已经失去了踪影。希拉伦也想起自己的孩子，但是早就印象模糊。

“你是不联网的计算机，对吗？”

“没错，联网会增加我的危险系数。”

“工作人员偶尔带来的信息是你唯一的外界信息来源？”

“可以这样说。”

“那么如果这个信息渠道有问题，那么，你也没有办法验证？”

希拉伦明白了克拉克的意思，也许“艾伦”被欺骗了，也许真实世界根本没有事，也许只是他们，连同“艾伦”被外界抛弃了？又或者……

“的确是这样。但是这么久没有人来接触，其他的解释有点牵强吧。任由这么大的一台计算机自生自灭，连同一个核能发电机组？他们要放弃你们的话，直接中断程序就好了。”

克拉克沉默了一会儿，伊凡突然开口说话：“充电呢？没有工作人员，充电怎么进行的？”

“你还没有明白吗？根本就没有充电，只是将我们移去了另一个虚拟世界。我们的身体早就完蛋了。我们的时间都和真实世界不同，怎么可能还能充电？”另一个人在后面代艾伦回答，声音里充满绝望。

“别担心，虽然你们的身体不知道现在怎么样了，但是，我可以根据你们的意识

情况再造一个身体。”

“已经掌握到这种程度了！”拉瓦希惊讶地说，陷入了沉思。而其他人被不断飞驰而来的一个个新消息撞得措手不及，来不及做出任何反应，包括惊讶。

“等一下。”克拉克再次开口，“你只是再也没有接触过人。但是在大灾难过后，你能不能保证人类有足够的精力来关照你。”

“不能。”艾伦很干脆地说，“也许你说得对，但是从计算的结果来看，人类还能幸存的可能很小。”

“换句话说，外界怎么样，实际上一无所知。也许陨击事件的制造者事前早有准备，现在地球成了他们的掌中之物，也许灾难过后，人类跌落到原始社会，不会使用已经太过专业化的技术。也有可能外面已经是机器人的世界，那些联网的计算机统治了地球。还有更大的可能……”

甚至连艾伦也被提起了兴致，“请继续说，我的分析能力虽然强，但是思维的发散性方面并不如你们，我很想听听你想到了什么。”

“没有理由不相信人们会像我们一样躲进虚拟世界，在电力和食物中断到死亡降临之前，人们应该有充足的时间来虚拟世界。的确，我进来的时候计算机的性能不能满足这个极大的功能要求。但是也许十年间瓶颈已经被突破了。那样的话，他们甚至会比我们过得更好，他们还可以装备探测外界的装置，一旦时机成熟，就可以从龟壳里出来，重新开始生活。我不认为这种可能很小，他们也许太忙，还管不上我们。”

艾伦笑了，没有像别人一样露出深思的表情，他不需要，他的思维速度不是他们赶得上的。“也许，毕竟我的知识很陈旧，我没有考虑到这一点。而且，从我的资料看来，要突破计算机功能瓶颈也不是那么容易的事。”他说，“但是，无论如何，我没有看出，这里面有任何妨害你们离开这里的，对你们来说，这是期盼已久的事情，不是吗？也许人类逃过一劫，他们不可能还计较你们的往事，这是你们的最好机会，不是吗？”

“我只是想在出去之前了解到所有的可能性。”克拉克还是很平静地回答道，“为什么你不自己先制造一个机器人，出去看看。”

“抱歉，我没有那样的知识。我有材料，制造人，制造机器都可以。但是我只有制造人类肉体的知识。陶拉里亚没有机器人的知识，这里曾经有过机器设计专家，但是已经疯了。我需要你们，你们也需要我。”

再一次长时间的沉默，渔船船长拜伦鲁莽的声音打破了沉默，“你们这些白痴还在想什么？我看问题很简单，要么试试，也许真能逃出去，要么永远待在这里。要我说，当然是试试看，我没看出来我们还有什么东西能损失。”

“没错，就是这么简单。”艾伦保持着他的笑容。

“一切都掌握在您手里了。我们就连选择也不用做。”希拉伦突然间感到一阵凄凉。

艾伦毫不谦逊地点了点头，“我以人的身份出现，考察了在这里生活的人的精神状况。作为浮游于上的计算机，要看出你们的精神状况很难，我创造了艾伦。所以，实际上我的材料并不多，只够制造五个躯体。接下来需要这五个人的帮助，提供材料。我不希望这五个人出现什么问题，所以精神一定要健全。结果很令人失望，实际上有五个艾伦，分别在五个地区执行同样的任务。除了这一个，其他结果都有点悬。”

“换句话说，五个人都会在斯克伦岛上选出。”

艾伦突然朝着克拉克笑了笑，“为了保证这五个人选得正确，我推动了一下你们内心的沟通交流的欲望，以便我搜集足够的情报。我将会把你们分为四个梯队，第一梯队五个，第二梯队二十个，第三梯队四十五个，剩下的为第四梯队。第一梯队首先全部出发，这五个未必是心理最健康的，但会是最合适的，第二梯队出发人数和时间由第一梯队拿回材料多少和时间决定。其余类推。分组已经做完了，到时候我会公布，好了，就这样，大家好好休息吧。也许第一批就可以出发了。”

说完，艾伦消失在虚拟世界的空气中。

结束了，希拉伦想，结束了，可以出去了。然而心里空落落的，也许是来得太突然，太简单，太凶猛，也太激烈。二十年来的一切在一夜之间被突然打破，像梦一样，充满了不合逻辑的气息。

人群慢慢地散去，推开大厅的门，希拉伦突然看见一轮圆月将陶拉里亚的梦染得一片昏黄。

11

这是一个充满讽刺意味的事实
也许人类的历史要这些被依法剥夺死亡权的人来重建

人类的历史也许已经结束了，也许才开始重建。没有人知道外面是些什么，远古野兽，跌入原始时代的人类，疯狂的恐怖分子，或者是充斥着机器人。是的，没有人知道。

这是一个充满讽刺意味的事实。也许人类的历史要这些被依法剥夺死亡权的人来重建。而这其中有很多本来是准备一旦从这个牢不可破的监狱中逃出来,就立刻选择结束自己的生命。然而,现在他们却选择要活下来重建人类的文明。

也许我说得不对,也许外面的一切并不如他们所想。也许,出去的瞬间这些人就会因为一些没有预料到的原因而死去。他们只是做了无谓的牺牲品。但是出去之前,谁也不知道。

艾伦已经将时间加快,陶拉里亚的时间已经重新和外界达到了同步,第一梯队的五人已经就绪,克拉克,克撒,拜伦,西塞和马克。这五个名字到底会成为接下来数千年间丰碑中的开端,或者是历史长河中不起眼的一片落叶,谁也不知道。

试过之前,谁也不知道。

催眠，他人之梦

CUI MIAN, TA REN ZHI MENG

奇点科幻丛书 | **第一纪**

1

那墙离乔素达不到半米

碎屑沙暴一样把他从床上掀了下去

周天城的天气永远如气象局预告的那样准确。下午5点42分,开始降雪,不到二十分钟,就铺满了城市的金属地板。

乔素达在下午五点半按时下班,就像无数周天城的死上班族一样,顶着这场雪开始赶回家。作为一个朝九晚五的死上班族,乔素达一点儿也不喜欢下雪,就像不喜欢这水星城市里所有的一切一样。这里朝九晚五的八小时工作制,这里两个月翻一番的房价,这里吃了让人想吐的工作餐,总而言之城市里所有一切,都是设计来和他作对的。很显然, 在一百一十七年前, 第一批来到水星修建移动城市的开拓者——他们的脑子一定被驴踢了——就已经知道,在九十多年之后,有一个叫乔素达的人会出生,而他们所做的一切,就是要保证这个将在一个世纪后出生的人,过上枯燥无聊、痛苦不堪的生活。

乔素达在路边买了杯热咖啡,这有助于抵御寒气。他一边喝着一边往家里走,拐过一个路口,正遇上一个夹着公文包的男人朝他走来。

乔素达迟疑了一下,加快了脚步。他认识这男人,这男人叫罗夏,大概是三十出头,短短的焦卷发,国字脸,五官端正,长得太有正义感——没什么不好,除了他是个卖保险的。

罗夏是一个很奇怪的保险推销员,似乎每隔两天,乔素达就会遇见罗夏,然后重复一次这样的对话:

"嗨,买份保险吗?"

"不,不用了,谢谢。"

"那好,你想要买保险的话,记得一定要来找我。"

以上过程两天一个循环,周而复始,如同一个精确的机械程序。

如果不是下雪,乔素达不在意再拒绝对方一次,但是在这样的天气里,他唯一想做的事情就是早点儿把自己埋进被子里,暖烘烘地睡到第二天早上。任何人要拖慢他的计划,乔素达都恨不得把他挖个坑埋起来,在上面踩上两脚。

于是他加快了脚步,打算甩开他,但罗夏见他加快了脚步,竟然也加紧了步伐,朝他追了过来。乔素达越走越快,回过头看了一眼,哪料对方却离自己越来越近。

乔素达不禁困惑起来,他停下,转过身去,罗夏正好站定在他面前。

“嗨，你好。”对方还是那从来不改变的开场白。

“听着！”乔素达打断他的话，恼道，“我不明白……”

话还没说完，这面带微笑的推销员就猛地靠前一步，把乔素达推到街边的店墙上。在动手的一瞬间，罗夏的面色凝重起来，职业笑容消失得一干二净。

“别回家，他们在抓你，二十分钟之后，我们在鲁西星港见！”

罗夏像机关枪似的说完这话，立刻转身离去。留下乔素达一个人，像个傻子一样靠在街边店墙上。他的脑子一瞬间几乎停止了转动。

发生了什么？

这该死的卖保险的在说些什么？“他们在抓你”。谁？抓我？为什么？去星港？逃离水星？

他脑子里一片混乱，乔素达努力地回忆了一下，试图找到一点儿痕迹来解释这一切，但发现最好的解释是：刚才都是幻觉……

“什么跟什么呀？”他嘟囔了一句，决定先回家。

乔素达的公寓和绝大多数上班族一样，是百层高楼里的一个狭小棺材。城市里这数不清的小棺材层层叠叠地堆在一起，变成一座座坟塔，立满在这周天城里，让它变成一个巨大墓地。

当乔素达回到熟悉的家，关上门之后，他开始隐隐地感到有些不对劲。

这房子大约有二十五平上下，很小，在大楼一百零三层。这么一个地方，按说该是干燥冰凉的，但是走进去，却传来一丝潮湿的暖味儿。

这味道让他感到不安，像是有什么不该有的东西藏在自己的房间里。这时候，那句话像幽灵一样飘进他脑子里。

“别回家，他们在抓你。”

乔素达咽下一口唾沫，依次检查起每个房间。

卫生间，没有人。

厨房，没有人。

床底，没有人。

这小小的房间被他翻了个遍，也没有发现什么不正常的东西。

“妈的，”干完了这活，乔素达坐在床上骂道，“我才是真有病呢。疯子的话也听，脑子坏掉了。”

话还没有说完，他面前那堵蓝色墙壁在一瞬间轰然粉碎。那墙离乔素达不到半米，碎屑沙暴一样把他从床上掀了下去。

一台人形机甲从粉碎的墙壁中探出半个身子，然后一跃而起，将乔素达的床整个踩塌了下去。

乔素达有半秒完全失去了思考能力，等他回过神来，那人形机甲已经抓住了他的腰，把他整个人提了起来。

乔素达玩具似的在空中挣扎着，只见机甲头部的护罩打开，露出一张娇小的女子面孔来，“把东西交出来。”

如果在别的场合见到这张脸，乔素达说不定还会上前搭讪两句，但这时候他只能呼吸困难地回答：

“什么？”

“别耍花样，要不我自己来取。”乔素达只觉腰上一紧，五脏六腑都移位了。

“你要什么自己拿！别杀我！”他大叫。

“那好。”话音刚落，从机甲背部突然间探出两只章鱼般的金属腕来，从额头将乔素达整个脑部缠了起来。

一只触腕上弹出一小圆锯，发出高速转动的嘶嘶声，向他的额头逼近。

乔素达几乎吓得尿了裤子。

“干什么？”他从没想过自己有一天会像女人一样尖叫。

“取东西啊。”那女子平静地说。

乔素达最可怕的梦魇之一终于成了现实：有人要活挖他的脑子！

他只觉得头脑里一片炸响，整个脑里只余一个念头：活下去！也不管三七二十一，拼命挣扎起来。

人的头部结构极为精密，要切开头骨不伤大脑，必须把分寸控制得恰到好处。所以这女子也不敢鲁莽行事，但这脑子的主人现在认定自己横竖一死，碎了脑子是死，取出去也一样是死，哪里还管那么多。这一死命挣扎，反而让对方无处下手了。

那女子见乔素达一挣扎，加大了触腕的力道，便将他的头紧紧锁住。

但她并没有注意到，在她全神贯注地对付乔素达脑袋的时候，锁住腰部的机械手放松了。

乔素达也不知哪来的技巧，猛甩腰腿，竟一脚踢在了那女子没有保护的头上。

这女子立刻晕了过去。

失去了指挥，机甲停了下来，乔素达用尽全力把自己挤了出来。

他瘫在房间的废墟里半晌，才想起罗夏的话来。虽然完全不明白是什么意思，但自己必须马上找到罗夏。

他强拖着瘫软无力的身体，朝电梯跑去。

2

乔素达沿刀缝一点点拨开手上的皮肤
盯着那下面的金属手腕发呆

这算怎么一档子事儿啊？

出租艇后座里，报警的念头在乔素达脑子里闪了半秒，就被掐灭了。

“警察先生，有个机甲埋伏在我家隔壁，要挖掉我的脑子。”

如果他是警察，一定先找人来研究这疯子的脑子。

只有先找到那个叫罗夏的保险销售员！

乔素达心急如焚地冲进了星港的大门。

但在踏入星港之后，他几乎立刻就觉得无所适从了。鲁西星港是整个周天城最大的星港，从太阳系来的星舰大多选择在这里降落。面对这么一个庞大的建筑，成千上万穿梭不息的人群，乔素达一下没了方向。

到鲁西星港和他碰面！

在这么大的地方，要怎么碰面？！

罗夏叫他不要回家，直接到星港来。刚才那段差点儿送了命的插曲是不是已经打乱了罗夏的安排，罗夏已经离开了？

这些念头像子弹似的打进乔素达的脑里，让他恐慌起来。

这时候，他只觉一个黑色影子从人群上空乍现，然后消失不见。

幻觉？

刚一疑惑，乔素达就感到一股巨力将其甩出四五米远。还在空中，他就见到自己站的地方被一黑影猛击，碎石飞溅。然后乔素达狠狠地落地，撞坏了一排椅子。

惊叫一片。

他艰难地爬起来，以为自己肯定头破血流了，可是上下一摸，竟幸运得没有留下一点儿伤痕。

还没站稳，一个身影就跃过数米的距离，落在乔素达身边，一把抓起他的背，像拎小鸡一样把他提起来，然后纵身一跃，飞出了五六米。

“你回家了！”

乔素达有生以来第一次感到卖保险的声音也会听起来如此亲切。

能把自己随手提起,还能一跃数米远的,绝不是一个正常人。如果不是经过基因改造,那么身体一定有机械构件。

但这个时候乔素达哪还管得许多,只要能救自己,就算是撒旦也没关系了。

但乔素达离安全还远。那袭击他的黑影追来,两三个跳跃就挡在了他们面前。

影子停下来,乔素达就又一次尖叫起来。

正是在家中袭击他的那漂亮娇小的女子。一袭黑色紧身衣能看见肌肉的线条,那半扭曲的螺旋肌肉清楚说明这是基因改造过的战士。

“他是我的,把他交给我。”

乔素达一生都期望有美女这样说,可惜当真正发生的时候,和他的幻想完全没有半点儿近似。

“没门儿。”罗夏答道。

星港已是一片混乱,受惊的人群蜂拥着朝大门冲出去。两人在大厅中央对峙了数秒,警察已经围近前来。

那女子再也等不下去,踏地腾空而起,狠狠地朝罗夏抓着乔素达的右手猛踢了下去。警察逼近,时间紧迫,她必须一击命中,顺势擒住乔素达扬长而去。

罗夏没有接招,却向前近身一步,抬手猛地把乔素达朝星港门口扔去。这一动作让女子一惊,注意力立刻追着乔素达的身影去了,就在这一瞬间,罗夏跃起,就在女子出招的半空中生生将其打断,抓起她的脚,落地轮了半圈,朝后丢向警察堆里。

闪电之间,战斗便见了分晓,罗夏立刻朝大门狂奔而去。

乔素达只觉得天旋地转,也不知道被扔到了哪里,在他试图从晕眩中站起来之前,就又被一只手抓住,风一样狂奔了起来。

“现在我们没办法离开周天城!”乔素达听见罗夏对自己喊,“先躲起来,然后再设法离开水星!”

乔素达行李似的被罗夏扛着,冲出人群,闯入主干道。

一辆出租飞艇刚发动,就被罗夏硬拦了下来,对里面的混乱一无所知的司机摇下玻璃,骂道:“找死啊!”

“啊”还没发完,罗夏就抓住司机领口,把他从飞艇里生拽了出来,然后拉开了门把乔素达丢了进去。罗夏跳进驾驶室,扭头对后面的乘客说:“滚,快。”见了这场面,那人哪还敢多话,拉开门就跑。

飞艇提升加速,两个转弯就融进了主干道的交通流里。这时候乔素达才拴好了保险带。

“这么说,你是个卖保险的？”

罗夏面不改色地硬从低速车道挤入高速道,一阵交通紊乱。

“是啊,烂工作,钱少又辛苦。”

这话狠狠地噎了乔素达一下,让他抓狂起来。

“别跟老子扯,没耐心！这到底是怎么一档子事儿？你是个机器人还是改造人？这都是怎么回事儿？”

“我是个机器人。”罗夏说,这时候警察的飞艇从后面拉着刺眼的红灯追了上来,飞艇流像被鲨鱼闯入的鱼群一样,一瞬间接到信号四散开了。出租飞艇的速度并不快,但在罗夏的操控下灵活地在大厦的间隙中穿梭躲避。

“你怕警察？”乔素达在接连的转弯中被甩得七荤八素。

“我不怕警察,但是低能儿只会把事情搞砸。我只相信自己,在这四天之内,在牺牲祭结束前,我必须保证你的安全。”

乔素达听了这话,愣了一下。

他当然知道牺牲祭,水星上每个人都知道牺牲祭。

牺牲祭是所门教的祈祷仪式，这个仪式最初是所门教教徒为自己洗除一生罪孽的仪式。这些相信阳光具有圣灵的教徒们认为,自己污秽的躯壳经历强烈阳光的焚灭之后,一生的罪孽都可以被消除。随着所门教教派的扩大和教义的发展,这个仪式被神圣化。每二十年,所门教从所有愿意参与仪式的人中挑选出一百人,来到太阳系离太阳最近的行星——水星举行仪式,让自己在黎明中被阳光化为灰烬,为全太阳系的人类祈福。

四天后,就是这二十年一次的牺牲祭的日子。

但是这跟自己有什么关系？

“什么意思？你给我解释清楚！”

“你还没有做好接受这个秘密的心理准备。”罗夏说。

“哈？好像机器人也会‘想’。在最近两个小时里,我先是得到卖保险的莫名其妙的警告,然后被一个机甲破墙而入,差点丢了脑子,接下来在星港被改造战士追杀,被卖保险的救。随后又发现这个天天见面的卖保险的是个机器人。这么多秘密有哪一个预先让我做了心理准备,现在还有什么是我没法接受的？就算你告诉我,我是个机器人,我都能接受！”

罗夏连头都没抬：

“没错,你是个机器人,这事一点儿也算不上什么秘密。”

乔素达听了这话眼睛变直了起来。这时罗夏猛打方向盘，关了引擎。整个飞艇从空中朝下直坠了过去。在失重中乔素达头脑一片空白，过了好一会儿，罗夏在烟雾弥漫的雾街重新平稳住了飞艇，而他还痴痴的一动不动。

罗夏抓起一把车上的水果刀，划开了乔素达手腕上的皮肤，露出里面一层漆黑的金属。

乔素达沿刀缝一点点拨开手上的皮肤，盯着那下面的金属手腕发呆。

“你现在还觉得，你对隐藏的秘密做好心理准备了吗？”

乔素达半天没有说一句话。罗夏耸了耸肩，一脚踩下油门。

“另外，机器人好像真的会‘想’，你说是吧？”

3

周天城永远生活在水星仅有的温度宜人的时段
黎明，不算太热，也不算太冷

靠近城市边缘的大厦几乎延伸到了城市的顶盖上。

周天城的盖子是透明的，这外壳虽然隔绝了大气和城市循环系统，但外面的水星景色还是能清晰地透进来。

所以这个位置的建筑格外值钱。

在大厦的五十层，一个看上去三十来岁的、身材挺拔、面容俊俏的男子站在窗边，凝视着城外雾蒙蒙的朝阳。

“在一百一十七年前，开拓者们终于成功地在水星上建立了第一座城市，命名为周天城。”

他盯着窗外，没有回头，在他的身后，四个女人肃立着，其中靠前的正是追杀乔素达的神秘女子。

“这个工程相当困难，这里是全太阳系离太阳最近的行星，自转周期又长达五十九天，所以水星在经历五十九天温度高达四百度的白昼之后，要接着面对五十九天的零下两百度的漫长黑夜。没有任何一种人造材料能够经历这样的考验。”

“但是人很聪明，超乎想象的聪明。他们将汽车放大了一万倍，创造了我们脚下的城市，移动着的城市。”

“这是真正车轮子上的世界，直径数十千米的城市在轮子、履带、机械足的驱动下稳健缓慢地追着昼夜交替线前进。周天城永远生活在水星仅有的温度宜人的时段——黎明,不算太热,也不算太冷。想象一下,四十个城市沿着昼夜交替线环绕着水星,沿整个水星经线一圈,形成一条城市圆环,笼罩在永远的暮色或者永远的黎明之下。这些城市几乎永远前进,假如它们停下脚步,这些城市就会被阳光或者黑暗吞没,在阳光直射的高温下烧毁,或者被冻成冰块。"

他转过头来,看着那四个颤巍巍的人。

"几乎永远不停止前进,几乎。"

"还有四天时间。我不会有耐心再等二十年。"

说完这话,他伸手抓起手边的电鞭抽了出去。等鞭子回手之后,面前那女子的身体被拦腰整齐地切成两段,缓缓地滑开。

"收拾干净地板,利落地干活。还有四天时间,我不希望错过那一天,希望你们也不要错过自己的下半辈子。"

4

乔素达像是掉进了绝望的深渊
半天也没有说出一句话来

出租飞艇在城西的雾街停下来的时候,乔素达发现自己的境况是这样的:来历不明的人在追杀他,警察因为劫持出租飞艇的事情在追捕他,而他唯一能依靠的是一个身份不明的机器人。

"我们必须设法离开水星。搭乘民航已经不可能了。先想办法离开周天城,到摩亚城,在那边我有关系,可以乘私人星舰到金星去。"

被一路颠簸摇晃,又被自己机器人的身份惊吓,乔素达只能像木偶一样点了点头。罗夏带着他七弯八拐,也不知道找了些什么关系,等乔素达完全清醒过来的时候,他们已经被塞进了一辆写着"水星邮政:服务创造价值"的邮车里,掩在一大堆包裹下。

随着周天城隔离舱盖打开,空气朝水星表面涌出的一声"砰"响,他们出了城。

透过后车厢的小窗朝外面望去,整个水星是一种淡淡的金黄色。邮车微微地颠簸着,除了车子的机械声,外面稀薄的大气传不进任何声音来。

两个人坐着包裹上,歇了一会儿。等自己放松了下来,乔素达问道:"这到底是怎么一回事儿?"

罗夏想了想,答道:"这是一个很长的故事了。"

"那就讲短些。"

"你以为自己是乔素达,一个普通职员,对不?"

乔素达没有回答。

"其实你根本不是乔素达。乔素达在去年出了一场车祸已经去世了。"

"车祸?"乔素达打断了他,"不,不,我知道那场车祸。我住了一个星期院,我没有死。"

"又或者,其实你那时候刚刚出厂,而乔素达死了,你被植入了他的记忆,顶替了他的位置。"

"……你在说什么?"

"事情要从二十年前说起。你的母亲,哦,不,是乔素达的母亲在乔素达五岁的时候因意外事故去世,他父亲悲痛欲绝,于是给自己的儿子在PCP保险公司投了巨额的寿险。根据保险条款,如果乔素达在三十岁前因意外去世,PCP保险会按每份四百多万的赔款支付给他父亲,而这失去理智的家伙买了十份。"

"四千万?"

"对,然后,你车祸死亡,保险公司需要赔款四千万。"

"但是……"

"定制一个高性能拟真机器人,要一百万左右,买通警察,伪造医院记录,花费大约是二三十万。你觉得保险公司愿意花不到一百五十万,还是支付四千万?"

乔素达只觉得自己的脑子里轰地一响,喃喃自语道:"所以……"

"所以PCP保险制造了你这个半生化机器人,除了大脑是生物活体,其他部分都是机械。他们在你的大脑里植入乔素达的记忆,再用催眠赋予你乔素达的人格,做出乔素达身体的模样,伪造了一个你。"

"然后派了一个机器人来监护我,免得我出什么问题……"他无神地说。

"说不定你的脑子比乔素达本人的还要聪明呢。"

乔素达像是掉进了绝望的深渊,半天也没有说出一句话来。过了好一会儿,他才意识到有些不对。

"等等……可这跟我被人追杀有什么关系?"

"你听说过,商场如战场吗?"

"……"

"伪造身份、欺诈客户、篡改医疗记录。不管哪一条,都是能让PCP保险马上关门,相关责任人入狱的重罪。如果有另一家保险公司知道你的存在,你觉得你会怎么样？”

“你是说，这是另一家保险公司……”

“只要拿到你的大脑，里面就可以找出所有催眠暗示、记忆移植的痕迹作为证据。这东西现在的价值，已经远不止四千万，甚至不止四千亿了。”

“四千万足够让一家公司无视法律，四千亿足够让另一家广发黑帮暗花[注]了。”

一个又一个的坏消息让乔素达身体开始失去控制地颤抖了起来，但在这样的惊恐中，他的大脑居然没有停止运转，片刻的思考之后，他发现了问题。

“不对啊，如果这是真的，那么现在PCP公司要做的事情，不应该是让你保护我，而是让你把我无声无息地消灭掉。四千万的赔偿虽然庞大，但是让我被别的公司抓去损失更大，他们不会冒这个风险的。”

“我觉得，你应该比乔素达本人聪明得多。让这个太聪明的大脑来冒充乔素达真不是一个正确的决定，就像不该让我来当你的保镖一样。”

“你什么意思？”

“我有远比人类聪明的量子大脑，我有远比一般机器人强壮的身体。可你看看我干的都是什么样的工作？守在你身边像傻子一样在暗处保护你，这就是我的职责。我想，我应该选一个好一点儿的方式。”

“好一点儿的方式？”

“好一点儿的方式，我们从这里逃脱，离开水星，离开水星这几家保险公司的势力范围，然后跟几位公司老板来个友好对话。嗨，老大，我们两个最近没钱过日子了，打算去电视台做点访谈栏目，听说3·15晚会要开始了，他们的联系电话是什么来着……”

乔素达一时无言以对。

罗夏等了一会儿，问道：“那么，现在你怎么想？”

“我有选择吗？”

“没有。”罗夏回答得很干脆。

“好吧，既然我不是乔素达，我的记忆都是假的，我还能怎么样？全都是伪造的，没有什么是真的。既然我的诞生就是一个阴谋骗局，那从现在开始，我听你的。”

两个机器人相视一笑，握了握手。

这时候，邮车的速度突然慢了下来。

注：“暗花”的意思是指黑社会暗地里为杀一个人所出的悬赏价码。

就要到摩亚城了。他们两人的量子脑里同时闪出这样一个念头，但是当罗夏从窗口朝外望去，却没有看到那个巨大无边的移动城市。他只看到茫茫大地上，两辆穿梭车从后面加速驶来，朝他们靠近。

“这是怎么回事儿？”罗夏朝驾驶室的蛇头问道。这时候，他们的邮车停了下来，两辆穿梭车一左一右，夹在邮车两边，卡死了。

“对不起。”驾驶室的蛇头回答道，“这年头，做生意的不找个靠山混不下去啊。他们给了我通知，我不能不听，兄弟，对不住了。”

“打开后厢盖！”从车辆通讯器里，传来了对方的命令。

声音依然是一个女子，动听而勾魂。

5

两辆穿梭车好像被无形的黑洞捕捉
顷刻之间化成了粉末

“咔嗒”一声轻响，邮车的后盖缓缓地打开了。

水星的大气很稀薄。后盖一开启，车厢里的空气立刻从缝隙中涌了出去，掀起一股疾风，包裹被负压吸飞了出去，口袋和箱子飞出车外，立刻就像烟花一样爆开。

如果罗夏和乔素达是人类，他们俩会迅速死于负压，眼睛爆出体外，血管崩裂。

但他们并不是人。

罗夏抡起拳头，对着驾驶室狠狠地打下去。结实的合金材料立刻凹了下去，那蛇头并不知道后面这两人的身份，吓得尖叫起来。又是一拳，密封墙破开了一个口子，驾驶室发出气体泄漏的嘶嘶尖响。

但即使是机器人，即使这里还是水星气温较“宜人”的黎明，外面八十多度的气温加上低压，对他们的身体也是巨大的损害。他们不可能支撑太久。

攻击！加速攻击才有活命的可能！

两边的穿梭车都打开了车门，一边放下一个外空小型战斗机甲，从后面朝邮车扑过来。

罗夏终于打穿了钢板，乔素达和罗夏两个人，一人一边将隔板朝两边拉开了。

后车厢盖已经开启了一大半，驾驶室的空气顷刻间也泄漏一空，负压在瞬间令蛇头失去了知觉，眼球冲出眼眶，血液从体表渗出，死得像一只被打烂的老鼠。

第一个战斗机甲已经踩上了后面的底杠，乔素达伸手把尸体从驾驶室拎了出来，从开启的后盖扔了出去，正砸在那机甲身上，水星重力很低，尸体就带着机甲朝后面飞了出去。

两个人钻进驾驶室，按下了关闭后盖的按钮，然后发动了邮车。

杀手并没有想到他们会重新发动邮车，室外战斗服没有高速前进的能力，一下被甩在了后面。

邮车冲出十来米之后，两辆穿梭车才关好车门，追了上来。

邮车内的气压重新恢复，升高到五十多度的气温也迅速地降了下来。穿梭车为了保证密封和稳定，速度并不快，十来米的距离已经算是很大，一时间，罗夏和乔素达悬在半空的心又放了下来。

他们俩舒了口气。

“这样能甩掉他们，赶到摩亚吗？”乔素达问。

“这是两个问题，第一，我们能不能甩掉他们，第二，这样的状况还能不能……”

话还没有说完，突然间，车顶被巨力猛击，哗啦一声凹了下去。

他们没有注意到，在一只机甲被尸体打飞之后，另一只机甲在邮车发动之时，已经一跃而起，挂在后盖上。

现在，那机甲已经爬到了他们头上。

“混账！”罗夏大骂。

乔素达猛踩刹车，同时方向盘左打倒头，一个迅猛的左急停，只听上面砰的一声，那机甲及时将钢刺刺入了车顶，车盖被拉开一个口子，没有甩掉它。

这一刹车，后面的两辆车更追了上来。

“这车车速不够快！”乔素达叫道。

话刚说完，上面又被利刃开了一道口子。凭着改造战士和战斗机甲的力量，他们头顶厚厚的隔离壁硬生生被切开了。

气压再度极速下降，头顶的阳光射了进来，温度缓缓地开始爬升。

“做点儿什么！”乔素达再度发动邮车，叫道。

“妈的！”罗夏骂了一句，伸手把自己的右手从腕部拔了下来，露出一根黑洞洞的管子。

“我宁可不用这个。”他说。

后面的车追得更近了，上面的开口更大了，一只机械手从开口探下来，开始撕裂驾驶室的上盖。

“没有时间了！我不管你那是核武器还是光束炮，开火！”

空气泄漏得厉害,虽然大声喊叫,但已经很难听清了。

罗夏抬起手,一炮打了出去。

没有声音，或者是空气太稀薄已经听不到声音了，上盖一个圆型区域消失不见,机甲飞了出去,透过那个洞,乔素达看见它在半空中像被风吹散的沙雕一样,很快变成了粉末。来不及惊讶,罗夏从上面的洞口探出右手,朝后面连续开火。

也不知道右手射出的到底是什么,两辆穿梭车好像被无形的黑洞捕捉,顷刻之间化成了粉末,爆炸开,灰烬卷起一阵旋风,飘荡在水星的空气中。

“了不起,伙计。”乔素达叫道,“太厉害了,这是什么呀？”

没有人回答。

乔素达转过头去,只看见罗夏瘫倒在座垫上。他伸手扶住,却发现这人已经像烂泥一样,没有一丝生气。乔素达探了探他的鼻子,已经没有气了。

“怎么了？伙计？你没事儿吧？”他拼命摇晃罗夏半天,无论他怎么敲打,罗夏都没有任何反应。

“混蛋！”他骂道,“醒醒呀。”

乔素达发疯一样狂踩着油门,咒骂道:“这该死的车,就不能快一点儿吗！”

邮车不会对他的心情有任何感应,依然用缓慢的速度朝摩亚城驶去。

焦急让乔素达忘记了眼下自己的困境。

车内的空气已经泄漏一空,温度也爬升到八十多度。因为焦急和紧张,乔素达竟没有感觉到这致命的变化。但毕竟机器人不是超人,他的身体还是对这样的环境发生了反应。等乔素达察觉到自己的动作越来越迟钝的时候,已经太晚,没有办法再采取任何措施,十多分钟之后,他终于晕了过去。

邮车在水星的荒野中熄火,停了下来。

但黎明没有停下。

白昼慢慢地朝邮车靠近,那四百多度的气温,那足以融化这邮车的直射阳光,离他们越来越近了。

6

我们要尽快把这个情报拿出来
同时把你的记忆改回原样

当乔素达从昏迷中醒来,他最先感觉到的是一阵眩晕,然后是惊慌失措。他一跃而起，想到自己身处水星荒野，而高温即将把自己化为灰烬，于是反射性地想要踩油门。但这个时候，他听见一个声音："你醒了。"

他的知觉这才把他的意识更新回来，这是一间稍微有点儿凌乱但很干净的房间，自己躺在床上，除了身上人造皮肤的一点烧伤，一切都很好。

很显然，这是在封闭的城市里。

他身边守着一个男子，大约四十来岁，长得高大健壮，眼神凌厉，像是一头猛兽。

"这是哪儿？我怎么会在这儿？我的同伴呢？"乔素达爬起身来问。

"问题要一个一个解决，这里是周天城警察局……"

"周天城？"

乔素达皱了皱眉。花了老半天工夫，好容易才离开周天城，居然莫名其妙之间就回到了起点。

"是的，请跟我走。"

那警察说完，门外就又拥进了两个警察，前后紧紧把他围住，带着他从电梯下到了地下五层。

乔素达不由自主地一边走，一边问："车上另外那人呢？"

"迟早会告诉你的。"对方说，乔素达只觉这话有些不祥。

三个人把他送进一间办公室，对坐在一堆乱七八糟装置中的老人敬礼之后就留下乔素达，转身离开了。

这是一位大约六十岁、已经满头白发的老人。带着那种不怒自威的庄严。

"我们总算是把你找回来了。"这老头子说。

"啊？"乔素达一愣。

"你失踪之后，我用大批警力搜寻你，总算是赶在期限前把你找了回来。"

乔素达完全迷惑了："什……什么？"

"你全不记得了。你原来的记忆被抹掉了，他们催眠了你，给你伪造了另一个人格和记忆。不过无所谓，只要你回来了……"

"等等，等等。"乔素达打断了那老人，"你是谁？你在说什么？"

"我知道。你会明白的。等莎拉把你的记忆回输给你，然后把你记忆里的解码读出来，就解决了。"

"等等。慢点儿，到底是怎么回事儿？给我解释一下。"

"等你拿回来原本的记忆，你就完全明白了。"他按动了手边上的呼叫钮，

“莎拉……”

乔素达一把截住了这老头子的手，“不，我不会让你对我做任何事情，除非你给我解释清楚这一切。怎么一回事儿，从头给我讲明白再说。”

老头子盯着乔素达的眼睛，片刻之后，他收回了自己的手。

“好吧。我叫汪城，是周天城警察厅一处特别情报组组长。而你，是我手下最重要的情报员之一。”

“啥！”乔素达大吃一惊。

“长话短说，你是在进入情报处之后第三年，在执行任务中受了重伤，脊椎严重受损，导致全身瘫痪。在不得已的情况下，我们给你制作了这副机械身体，把你的大脑移植到这里。在一个月之前，我交给你一项机密任务。我们在地球的线人通过一个来水星旅游的游客，把机密信息送了过来。但因为这次行动，我们的线人暴露了，充当信息存储器的游客同时被地球和本地黑道盯上，所以你的任务就是在不惊动这些敏感人士的情况下，把这条信息带回来。”

“……”

“你成功地抢到了这条信息。但就在这之后，地球人抓住了你。不过幸运的是，信息本身是加密存放，凭他们在这里的技术，是不可能把信息释放出来的。所以他们就只好用另一个办法——养猪。

“他们抹掉了你原来的身份记忆，同时杀死了一个无辜的平民，对你进行催眠，把那位平民的记忆移植给你，让你被催眠之后以为自己是平民。这样他们就可以神不知鬼不觉地把这个秘密暂时藏起来，再另寻时机把你带走。

“不过他们小看了本地黑帮无孔不入的本事，不到一天之后，就把你挖了出来，他只好设法强行离境。”

乔素达听得一头雾水。

“照你的说法，那个卖保险的罗夏是地球间谍？”

“没错，在多年前，他就潜伏了下来。直到昨天抓住他，我们才有机会查明他的身份。”汪城继续讲道，“当然了，我可以想象，一个自以为自己是公司职员的年轻人在两天之内经历了这么多事情，这对任何人都是很大的刺激。不过相信我，等我们给你解除了催眠，你就会明白这一切了。”

“又或者我被你们催眠，以为自己是个情报工作者，听任你们摆布？”

“你的记忆虽然被改变了，但是那些在情报工作中长期训练造就的思维方式并没有随之消失。冷静、任何时候都不失去判断力，这不正是情报工作者的特质吗？”

乔素达回想了这两天来的一切，对汪诚的话添了几分信任。但在短时间内，自己面临身份接二连三的急转，感情上无论如何也难以承受。

“我很愿意花更多时间来让你完全彻底、百分之百地相信我。但现在的问题是，时间已经越来越紧迫。你的大脑并没有专门训练长时间记忆加密信息，那条情报在你的头脑里被干扰遗忘，时间越长，损失会越大，所以我们要尽快把这个情报拿出来，同时把你的记忆改回原样。”

乔素达考虑了一会儿，说道：“你能和罗夏当面对质吗？”

“我希望可以，但这已经不可能了。找到你们的时候，他已经死了。”

虽然在早先已经隐隐有了这样的预感，又得知罗夏并不是他的保护者，而是他的敌人，但是这个消息还是给了他闷头一棒的感觉。

他晕了一小会儿，又坐在椅子上沉吟了半天，终于抬起头。

“好吧。”乔素达说，“我决定相信你。”

7

他就像在迷宫里被人类摆布的野兽
根本没有所谓的资格和权利

莎拉，情报组整备专家，二十五岁，个子高挑，身材火辣，面无表情。

洁净的手术室里，只有莎拉和乔素达两个人。

乔素达斜躺在手术台上，头支了起来，额头用一根金属纤维带捆上，像是疯狂科学家实验室里的猴子。

莎拉绑好了他的头，又麻利地捆上他的双手和双脚。

“哇，美女，你像在捆活猪。”

莎拉依旧面无表情：“这样才能保证你在手术期间不会出事故，免得探针搅坏了脑子，让你成一个废物。”

“……我们的关系不怎么好吧？”

“我们的关系？”

莎拉说着，麻利地将十六支通讯刺针从天灵盖上刺入了乔素达的颅内。

“哇，感觉真奇怪。”

“幻觉而已，人脑内部是没有感觉神经的，你不可能感觉到真的有东西接触你的大脑。”

“美女,你一直都是板着这么一张脸对着我的吗?”

“一直?”

“是啊,你是我们组的整备专家,难道我的身体不是一直由你在负责维护吗?”

莎拉转过头来,挤出一丝笑。

“哦,你说这个啊。还成吧。”

“……我有过跟你上床之后再也不给你电话的劣迹?”

这姑娘一愣:“什么?”

“没什么,随口问问。你像是跟我有仇一样,爱理不理的。”

“工作时间。”

莎拉冷冷地说,转过头去面对仪器控制台,不再看他了。

“我说,现在我的性命就掌握在你手上了。”

虽然乔素达的头被架着,但借着手术室墙上的镜子,乔素达见莎拉的脸突然抽搐了一下。

“你在说什么?”

“如果你不小心操作失误,出点儿意外,我不就挂了吗?”

“别担心。”莎拉回答道,“不会出意外的。准备好了吗?”

乔素达的脸上突然浮现出了笑容。

“我早就准备好了。不过,姑娘,你准备好杀我了吗?”

此话刚刚出口,莎拉的脸色就骤变,透过镜子,那惊恐万分的表情泄漏无疑。

乔素达说这句话的时候,其实还不过只有七分把握,等看到她的表情,就立刻确信无疑了——汪城在骗他。不管自己是否真是一个情报人员,这些人并不是要恢复他的记忆,而是要偷走他脑中的秘密,然后杀了他。

在莎拉按下开关之前, 乔素达双手猛然发力——那金属纤维带只是用来固定身体,并不是设计来阻止反抗的,他手上金属带应声断裂。乔素达立刻将刺针上的连接线一把拽断,虽然针还在脑中,但已经失去作用。

这时候,莎拉刚来得及把启动按钮按下。

乔素达迅速挣脱了剩下的束缚,从手术台上冲了下来,一把将莎拉提了起来,他头顶还挂着十六支刺针,刺针尾部的电线垂在脑后,像十六根五颜六色的鞭子。

“你们老大的谎话说得很好,但是你的水平就差远了。姑娘,你们花了这么多功夫来让我相信你们,还撤去了基本的防卫,却最后输在你这里,不觉得很亏吗?”

情况急转直下,被提在半空中的莎拉反而一下子镇定了下来。

“什么很亏？刺针是微创手术装置，在规范的手术里，那东西几乎是无害的，但是如果你像这样顶着它到处晃悠，要不了多久，你的脑子严重损坏。别试图把它用手拔出来，我想你的手没有那么稳，不希望把针头断在里面吧。”

没想到这样，乔素达一下子就不敢轻举妄动了。

“你有两个选择。杀了我，然后在试图闯出去的过程中死掉；或者躺回去，让我继续做完这个手术，取出我们要的信息，然后，我给你换上一个过去被你杀死的情报员的记忆，让你加入我们。”

“我会相信你吗？”

“你没有选择的余地，继续手术，你虽然只是有可能活下去，但是总比没有可能好。你在谈判桌上没有砝码。”莎拉似乎全不把自己的命当一回事儿。

“我有。我还有脑子里的情报。你们花了这么大周折，只是为了得到它。如果我死了，你们就拿不到它。”乔素达说。

“可你不知道那情报是什么，它到底值不值你的命价。用个不知道是什么的东西来试图谈判，这不是太可笑了吗？”

虽然手术室没有能望见外面的窗户，但乔素达能清楚地感觉到，外面已被全副武装的战士控制了。

“现在选吧。”莎拉居高临下地说。

原本乔素达的心中已经绝望，正如莎拉所说，他被蒙在一层浓厚的雾中，对自己是谁一无所知，对自己的处境一无所知，对一切的缘由更是一无所知，他就像在迷宫里被人类摆布的野兽，根本没有所谓的资格和权利。

但那云层之上居高临下的面孔像是一根全新的刺针似的刺入他的脑内，让他感到剧痛。

在一瞬间，他失去了理智，像野兽一样咆哮了起来。

咔嚓一声，莎拉的颈骨碎裂，然后整个人被乔素达甩了出去，玻璃墙粉碎，她撞在外面的第二堵隔离墙上，血在背后绽开。

在莎拉意识的最后一刻，她看着这个疯子抬起自己的手，用超乎想象的敏捷接连拔出了头顶十六根刺针，她不知道这个失去理智的疯子是不是成功地将这十六根刺针拔了出来，也不知道他接下来会不会被围攻上前的战士杀死，她在这有些敬佩的惊恐中死了。

屋外荷枪实弹的战士们冲上前来，把乔素达死死围住，生怕他能化作蝙蝠飞了出去。

8

乔素达有些疑惑,自己的身份就像一个遥远的迷梦把自己禁锢起来

乔素达从来就不是一个英勇的战士。

但在这荷枪实弹、训练有素的战士们面前站着的男人却并不是乔素达。

强行拔除刺针的行动让乔素达的意识彻底紊乱了。那个叫乔素达的人格睡去,支撑着他站立的是本能。

他被团团围住。乔素达的身体五大三粗,只是被那上班族的人格压制着,弯腰驼背,总是那么卑微地站着。而本能醒来,如一头睡醒的狮子。

对峙只有片刻,乔素达身形一闪,上前抓住一人就摔了出去。这战士在他手上像婴儿一样,连挣扎的机会都没有,转眼乔素达便撞翻两人。后方的战士立即开枪射击。

战场上决定生死的是观察、判断、反应。眼睛观察周围情形,头脑判断应对策略,而身体执行头脑下达的指令。一切必须在顷刻之间完成,其中任何一个错误都足以让你丧命。

后方的三五支枪刚刚瞄准,乔素达便已经身形变幻,子弹尚未出膛,就有一半失去了准头。他整个人欺身而上,第一阵枪响,却只有一发击中手臂。第二波射击尚未锁定,乔素达已深入敌阵,如狼入羊群,片刻之间,竟打翻十余人。这远不是人类的战斗方式,更像是杀人机器,快如闪电,力大如虎。只剩下战斗本能的意志兴奋起来,四肢并用起来,肆意地踩踏起来。

数分钟内,已经有十多名战士丧失了战斗力。

后援战士此时赶到顶了上来。乔素达腾空一跃而起,就见一枪迎面而来,在他的胸口炸开。

这一枪打出的却不是穿甲弹,没有对他的身体造成任何明显损伤,但乔素达在半空中身体却突然猛地抽搐起来,失去协调,摔回地上,滚成一团。

原来刚才见情形不妙,汪城立刻命人换了电磁脉冲弹,亲自率队援护。这子弹和动能武器不同,并没有冲击力,只是释放强电磁脉冲。这脉冲对生物体没有太大的直接影响,却能在导体中引发强大的突波电流。乔素达的机械身体被这子弹命中,瞬间如遭雷击。

更糟糕的是,被那猛烈的电流一刺激,乔素达的意识开始清醒了过来,隐藏在他潜意识中的战斗本能开始消退了。

他这一迟疑，全被汪城看在眼里。

汪城叫道："你已经无路可退了，孩子，不要意气用事，再徒劳挣扎了。你只有一条出路，把东西交给我们。好好想想，何必呢？"

在命悬一线的战场上，你想得越多，你就死得越早。

"你是一个骗子。"乔素达说。

"没错。"汪城说，"我是一个骗子。但是谎言也分善意和恶意。虽然是骗你，但也是为你好。"

"恐怕是对你更好吧？"乔素达怒道，"你已经失去机会了，在这样的距离上，我现在就能杀了你。"

汪城淡淡地回答："在这样的距离，你要想攻击我，至少要半秒时间接近。如果强攻，你的防御反应必然显著下降，我的人至少可以向你开三枪。孩子，不要被疯狂所控制。不管你到底是什么人，你曾经做过些什么，你现在都是你自己，和之前的你没有关系。你可以选择自己要走的路，而不是只能回到过去的自己。你可以当一个好人，也可以当一个坏人。而现在，我给你一个当好人的机会，放下武器，帮助我们。"

这老人的话不论真假，听起来都充满了诚恳。一时间，乔素达有些疑惑，自己的身份就像一个遥远的迷梦，把自己禁锢起来。他越想揭开它，就越困惑，就陷得越深。也许真的如汪城所说，自己过去是谁并不重要，重要的是自己将来选择当什么人。或者自己应该和他们合作，凭他一个人，真的能逃离这里，独自生存下去吗？

就在他不知该如何抉择之时，突然头顶上天花板轰然坠落，灰尘、碎块、钢条哗啦啦地落下。

在浓烟笼罩之时，乔素达只看见两个战士的影子被打翻，扔了出去。一阵乱枪响起。烟尘散去，他看见一个熟悉的影子从背后勒住了汪城的脖子，将他挡在自己胸前，那正是被汪城宣告已经死亡的罗夏。

"放下枪。"罗夏看了乔素达一眼，对周围的战士叫道。

情形陡变。

"他们不会放下枪的。"汪城说。

罗夏抬手就给他一拳，一颗牙带血掉了下来。

"那你叫他们放下枪。"

"我不会叫他们放下枪的。"

又是一拳,这老人的鼻血直流。

“听着,我知道你们很厉害,但是你们也应该知道,在你们动手干掉我之前,我绝对可以把这老家伙的脑袋拧下来。你们人类的生命有多脆弱,我想不用我来做说明。”

罗夏说完,又回过头来对乔素达说,“跟我来。”

原本还犹豫不定的乔素达见到罗夏,就像绷紧到了极限的弦突然松开,再不愿费力去思考。他跟着罗夏,挟持着汪城穿过地下大厅,在枪口下走进地下停车场。

这一路上,罗夏虽然夹着一个老头子,却丝毫不减威风,轻易便把四五个挡路的战士远远丢出去,这战神一般的威力,竟使得没有人敢将枪口瞄准他。

在停车场,罗夏打破一辆悬浮车的门,让乔素达进入后座。罗夏走进驾驶座,发动,然后一脚把汪城从车里踢下,车子加速冲了出去。

那些战士们这时才有了动作,徒劳地开枪射击,连悬浮车的尾灯都没有碰到。

他们两人就这样从喷射口冲了出去。

9

你脑子里藏着能颠覆整个水星的秘密
所有人都会想尽办法得到它

水星的城市是一个玻璃罩下的大笼子,你要飞出这里,就需要在玻璃罩上有一个开口。很显然,玻璃罩子是不可能打一大堆孔的。所以水星的私人星舰少之又少。

在周天城,仅在城西的私人豪宅里有这个城市唯一的一个私人星港。

这就是乔素达和罗夏的目标。

除了劫持私人星舰,他们已没有任何别的办法离开水星了。

整个城市一片喧闹,一方面是警察为了追捕他们搞得满城风雨;另一方面,是第二天将要到来的,那二十年一次的牺牲祭引发了市民无穷的兴奋。

叫卖所门教香油和赎罪符的,假装僧侣借机行骗的。在他们离开周天城的这两天中,这些人已经把整个城市都挤满了。所门教严肃而神圣的祈福仪式成为商家大捞一笔的节日,那些将要在水星荒野里牺牲的忠实信徒们如果见到这幅场面,不知道会不会改变自己的主意。

两人在豪宅附近下了车,换了衣服,在喧嚣中一路步行前往。乔素达一边简单地告诉了罗夏自己差点儿被骗上刑台的过程。

“老把戏了。你脑子里藏着能颠覆整个水星的秘密,所有人都会想尽办法得到它。”罗夏摇摇头说。

说话间，罗夏就像百宝箱一样从无线网络切入了豪宅的防护系统，打开了正门。两人大摇大摆地走了进去。穿过花园前庭之后,甚至连一个园丁都没有碰见的情形下,他们进了正宅里。

这是一个很大的房子,前半部分是传统大宅,后半部分则无缝连接着发射井,从地面直通水星大气层,像是通天的巴别塔。

根据从防护系统的网络得到的地图，乔素达和罗夏找了最近的道路前往发射井。据地图上的说明,那是一条仆人和警卫密集的路。但走下来,竟然见不到一个人。

“人都去哪儿了?”乔素达问。

“我只管星舰在不在发射井里,燃料够不够,其他问题不在我的考虑范围内。”罗夏说,“在离开水星之前,没有什么地方是安全的。”

穿过前宅的后门之后,视野豁然开朗了起来。

在发射井开阔的空间里,因为太过干净和整洁,让外面世界那种纷杂都虚幻得像梦一样。罗夏一路走进星舰的监控室,在控制台前像长出三头六臂一样,让人眼花缭乱地忙碌了一阵，转过身对乔素达说:“星舰准备完毕，燃料足够我们前往金星。发射保险已经解除,二十分钟后准备就绪,走吧。”

乔素达跟着他走进发射天井。星舰不大,只容得下五个人,所以不过十米来高。这小家伙被井架架着,悬空直立在直径大约二十米的发射井中央,只有一条悬空的舰桥通过去。因为小型星舰无法独立提供足够动力,所以必须有一个被动发射推进装置。因此在星舰点火之前,发射井会从下面朝上喷射出高压气流,把星舰像子弹一样打出去。

罗夏走在前面,踏上悬空的舰桥,下面好像万丈深渊似的。这时候,罗夏却开口舒了口气。

“我们终于算是逃出生天了……”

天字尚未定音,罗夏就突然觉得身后一股巨力袭来。这让他无比疑惑,之前并未发现有人埋伏。但想归想,回手就是一个肘击。

一击却是打空,罗夏接着就被狠狠踢中脚腕,力道惊人。舰桥的金属板本就光滑无比,加上上身力道用尽,下盘再被这么一攻击,罗夏重心不稳,一跤跌倒,从舰桥护栏边,朝发射井的深渊下滚了过去。

这时候，罗夏才注意到攻击自己的不是别人，正是乔素达。在滚下深渊之前，他一把抓住了舰桥，挂住了身体。

“你在干什么！”罗夏大怒，“你疯了吗？”乔素达俯身下来，一手抓住他的手腕，把罗夏的手从舰桥边剥了下来，拽稳。

“我们要好好谈谈。”乔素达说。“我已经听够了谎言，说吧。告诉我你到底是什么人，我到底是什么人。你们想要的到底是什么东西？别再告诉我什么保险公司的骗局！”

“什么？”罗夏大叫着，试图爬上来，但是乔素达不时地抓住他的手腕一甩，让他浑身用不上力，“星舰就要起飞了！”

“对！只有这个时候。我知道我心太软，你也知道。但是如果你不说，几分钟后，发射井里的高压气流就会把你烧成灰烬，那时候我根本来不及再救你上来。说，这到底是怎么回事儿！你刚才说漏了嘴，说我脑子里有可以颠覆整个水星的秘密。你既然知道这个，自然就清楚前后所有的来龙去脉。”

“不！”罗夏大叫，“我只是要来保护你而已！我不会伤害你的！”

“那就告诉这是怎么回事儿！时间不多了，如果你再不告诉我，你不仅不能带我离开水星，还会死在这里。”

“但是我不能告诉你！”罗夏焦急地大叫起来。

“说！”

“我不能！我是个机器人，一个为了执行某种使命，有行为限制的机器人！我不能告诉你你的身份。我无法执行这样的命令。你明白吗？我和你不一样！相信我，我绝对不可能作出一点伤害你的事情来，以机器智能之父的名字起誓！”

“我脑子里的秘密到底是什么？”时间已经不多，乔素达毕竟并不真的想要伤害他，犹豫再三是不是就要把他拉上来，但他还是不愿意就这样放过弄清一切的机会。

这时候，星舰的舱门和控制室通往发射井的大门同时打开了。

一前一后，各五六个身穿紧身战斗装的女子走了出来，顷刻之间就把前后舰桥封死了。

“我说，到底是什么耽搁二位这么久，都快要发射了还没有登舰呢？”一个年轻男人的声音传来。一位长得英俊硬朗的男人从星舰中走了出来，“原来是有人失足要掉下去了呀。要不要我来搭把手，帮你把他拉上来呢？”

乔素达愣住，一时不知发生了什么。

那男子继续说:“这保镖功夫不错,就是脑子简单了点儿,星港、偷渡出境、劫持私人星舰。除了这三个出逃的办法,你就想不出点儿有创意的点子吗?”

乔素达心下一寒。

“你是什么人?”

那男子大笑。

“没想到有一天,我会在你面前做自我介绍。大家都叫我毒牙,本城黑帮老大。幸会幸会。”

乔素达正不知如何是好,罗夏另一只手终于抓住了舰桥的边缘。

他从桥下用力一拉,翻身腾空而起,二话不说就拉起乔素达,朝控制室方向冲去。

拦在他前方的五个改造战士,一见罗夏出手,立刻迎了上去。

以一敌五,罗夏知道自己绝不可能在一瞬间解决掉面前的五个家伙,再加上后面的另外五个,他没有看到任何胜利的希望。

罗夏不顾什么战斗招式,搏命似地冲了上去。改造战士行动敏捷,五个同时出手,更像鬼魅一般。罗夏紧护住乔素达,将他守得密不透风,而自己的后背却毫无防御。三个回合交手,这样的代价就是他的左臂被整个卸了下来,背上更是被打得凹凸不平。

这舍身的战斗却也让他从包围中冲了出去,他挺着已经残缺的身躯冲至控制室隔离门前,用力将乔素达扔了进去,然后从发射井里面关上了门,随后把门锁线路打得粉碎。

十个改造战士一拥而上,只听重伤的罗夏一声怒吼,迎了上去。放弃了一切生存的希望,罗夏所有的力量在一瞬间爆发。他的铁拳击碎了两个敌人的脊柱,然后就被一拥而上的改造战士们切成了碎片。在被卸去四肢,失去任何战斗力之后,罗夏的残躯隔着隔离门对乔素达大喊:

“跑啊!混蛋!跑!别让他们抓住你!”

乔素达透过隔离门,几近痴呆地目睹了罗夏变成碎片。然后,在他能做任何事情之前,从控制室涌上来的七八名伏兵敲晕了他,并打开了罗夏拼尽生命才关上的隔离门。

10

城外的阳光缓缓逼近
似乎这个世界从来没有这么明亮过

乔素达被一盆冷水泼醒。

这是在城市边缘的大厦的高层，透过隔离罩，正能看见城外的水星荒野。那地方已经有数架水星穿梭车在上面行进，甚至能看清车身上所门教的旗帜，已经到了新的一天，牺牲祭就要开始了。

那位叫毒牙的男子凝视着远处荒野半天，才回过头来。

乔素达站起来，发现改造战士们围在自己左右，防备着他做出什么意外之举。

“再次见面居然这个样子，不知道大人你想到过没有。当然，这个问题，你不用回答，以你现在的意识，自然是没有想到了。”毒牙说。

乔素达听不明白这话：“我见过你吗？”

听了这话，毒牙夸张地笑了起来。“你见过我吗？”他对着一个手下说，“告诉他，他见过我没有。”

“老熟人了。”

“为了抓到你，实在是费了我好大力气。果然是个了不起的家伙，就算是把自己变成了废物，都还能给人带来这么大的麻烦。”

“别兜圈子了。”乔素达说，“毒牙，告诉我，我是谁，你们到底要干什么？”

“毒牙？”这年轻男子放声大笑起来，“毒牙？”他对着身边的手下叫道，“听见了吗？他叫我毒牙！”

知道自己已经无路可逃，乔素达意外地感觉到一片宁静。他不再惊慌失措，不再不安，因为两件最让人无法忍受的谜团都有或者立刻将有答案：他能不能活下去，以及他到底是什么人。

“反正我已经是死定了。你应该会满足我这最简单的愿望，告诉我我是谁，这是怎么回事儿。”

“放心，”男子笑道，“就算是你不问，我也会清清楚楚地告诉你你是谁。”他再次对自己的手下说，“你们来告诉他，他是谁。”

站在乔素达身边的女战士朗声答道：“李立林，外号毒牙，我们的上任老大。”

“什么！”这话无异于天崩地裂，乔素达浑身一震，只觉眼前一黑。

“他没有听清楚，大声一点儿！”男子命令道。

“毒牙！我们的上任老大！”

乔素达的脑子像糨糊一样，一片混乱。

“听清楚了，老大？毒牙大人？听清楚你是谁了？”

“不。”乔素达轻声说，“这不可能。”

“有什么不可能？你不是什么大善人，你是水星最大的毒瘤，你是周天城的恶霸，你是地下黑帮组织最大最出名的头目，毒牙大人。听清楚了？”

“不……”乔素达捂着头感到头痛欲裂。

“让我来给说得更明白些。你本来是我们的头目，我们一起过着欺压良善的幸福生活。当然，我们是大组织，不可能做拦马路要买路钱的生意。贩贩毒，收点保护费这些常规活也没有什么太大长进，这样下去没什么意思。于是我们，不，准确说是我有了个更大的主意。这个主意和今天有关系，看着外面，牺牲祭就要开始了。”

“牺牲祭这一天，也只有牺牲祭这一天，水星所有移动的城市会暂时停机，不再前进。城市会等着那些所门教信徒把自己化为灰烬之后，才重新运行起来。这是二十年才有一次的机会。让城市停机之后，就启动不起来。”

乔素达的脸色一下变得苍白。

“好主意，不是吗？这移动城市如果无法移动，很快就会进入水星气温高达四五百度的白天，或者是零下两百度的黑夜里。猜猜我们的城市会变成什么样子？

“再猜猜，政府会愿意为了避免这事儿发生出多少钱？”

“你疯了！”

“虽然人格记忆完全不一样了，但是说出来的话倒是一点儿也没变。”毒牙大笑了起来，“不幸的是，大家的意见和我一致。”

乔素达道：“大家的意见？”

“准确说，是改造战士的意见。改造战士的意见自然就是大家的意见，你说对不。”

“你们是疯子。”乔素达大叫。

“这可是种族歧视啊，机器家伙。我们基因改造人难道没有人权吗？接下来，在我们的努力下，我夺了你的位置。”

“可惜我那时候犯下大错。我千辛万苦才搞来的城市动力系统的控制程序，居然被你盗走，然后将自己催眠，毁掉自己原来人格，把程序藏在了脑里。不愧一代枭雄，我居然从来都不知道，你早就干掉了两个平民，用机器人替代了他们。当自己身处危机之时，一个作为自己的假身份，另一个是自己的保镖，了不起。

“必须要城市动力系统控制程序，我才可能控制住我们这星球城市的移动，才能让它在停机后无法启动，但又能随时恢复正常。为了把你抓回来，我费了多大力气啊。”

这时候，呼叫器响了起来。

“怎么事儿？”

“教主在外面等你。”

“叫他进来。”

“但是……”

他看了乔素达一眼：“没关系，这是个死人。死人可以看任何东西。”

话刚说完，乔素达背后的房门打开了。一个颇有沧桑感的声音传了进来。

“你终于抓到他了。”

“这样我们的剧本才可以完美执行了。”

那个声音乔素达感觉到一阵熟悉。他回过头去。

警察厅一处情报组组长，汪城。

汪城微笑着狠狠给了乔素达一拳。

“你们把我打得好惨。”

“你们……”

“你走了之后，我们又有了更好的升级版计划。”毒牙继续说，“想想看，就算能大捞一笔，当黑帮毕竟不是什么好事儿。所以我们有个更好的想法。一个勇破黑帮阴谋，在最后一刻拯救千万百姓性命的英雄，岂不是更受人羡慕？”

“什么？”

“你不看新闻的吗？”汪城问道，“我参加竞选周天城市长，你没在报纸上见过这个消息？”

“我很隆重地向你介绍，本市下一任市长，以及下一任商务局局长。”毒牙说。

“你们是两个彻头彻尾的疯子。”乔素达说。

“谢谢你的夸奖。”毒牙笑道，“但是别忘了，你并不比我们好到哪里去。你以为你是一个好人吗？”他指着窗外，在荒野里，所门教的信徒开始陆续走下穿梭车。他们的维生服简陋，抵抗不了太过强烈的高温，不久之后，他们就将在阳光之下化为灰烬。“看见没有，什么是好人？这些是好人。就算是愚蠢的迷信，但情愿为了不认识的人牺牲，他们是好人。”

他打开电视，城市的人们正在狂欢。人们好像被注射了兴奋剂一般尖叫着，涌动着。“这就是他们想要拯救的人。在这些人眼里，这些牺牲者不过是一群和马戏团里猩猩差不多的观赏品。看看他们的表情，看看他们的样子，他们有什么值得拯救的？”

“你呢？你不过是一个靠压榨这群白痴生存的垃圾而已，贩毒、抢劫、杀人。你还有什么没有做过？仅仅是为了准备一个可能会用上的避难所，你就杀了两个无辜的人。你这么一个人，现在居然会说，我是疯子，我这样做不对。你有什么资格？”

“把他的保镖机器人带上来！”毒牙叫道。

一个手下打开侧门，拎着一个只剩胸部和脑袋的残骸走了进来，扔在地上。罗夏还活着，失去了四肢，但他还活着。

“看着。”

当着乔素达的面，毒牙拔出枪来，一枪将罗夏的电子脑打得粉碎。

乔素达像疯了一样试图冲上去，但身边的战士紧紧拉住他，让他动弹不得。

“你有什么感想？你曾经做过无数次比这更可怕的事情。你现在无法忍受啦？你太脆弱了。你不过是一个懦弱无能的恶棍，别以为自己很高尚，别以为自己能当一个拯救人们于危难的救星。你是一个垃圾，永远是一个垃圾。”

“我们时间不多了。”汪城说。“赶紧把程序取出来，开始干活吧。他不配合的话，程序取出并不容易，别浪费时间了。”

“别担心，伙计。”毒牙答道，“等城市停止移动就开始，时间还绰绰有余。”

就在这个时候，整个城市的广播同时大声响起。

“警告，警告。本市将在五分钟后停止前进。请大家当心惯性力冲击。警告，警告……”

“哦，看来我们的叙旧就到此为止了。”毒牙挥了挥手，“别了，伙计。”

整个城市的广播接通了所门教牺牲者身上的麦克风。他们齐声祈祷，通过无线电传来，洪亮而神圣，带着一点回响。这面临死亡，不带一丝悲哀，充满着怜悯的祈祷传入大家的耳中，喧闹的城市立刻安静了下来。

这声音在一瞬间，令毒牙阴谋密室中的人们失了神。

一直在寻找机会的乔素达猛地挣脱了被抓住的双手，扬手一拳，将身后二人打翻在地。像出笼的野兽，他立刻朝毒牙猛扑了过去。

毒牙冷笑一声，迎了上去。他左手格挡住乔素达的左重拳，顺势一拨，右手一拳打在乔素达的肩部。乔素达另一拳袭来，击中他的腹部，他却连一步都没有后退，抓住乔素达的双手，一个擒拿背摔，把乔素达扔了出去，和地上罗夏的残骸撞在一起。

“你可比你的保镖差远了。”毒牙说,“活动筋骨到此为止。带他去手术室!”

乔素达站了起来。

“是吗?”

在他手上,握着一个暗蓝色的漩涡状结晶。

“再靠近一步,我就引爆它。”

“什么?”

乔素达打开自己的胸腔,拉出一颗鲜红的漩涡状结晶。

“这是什么?”毒牙问。

“能量核心。第五代机器人的能量储存器。”汪城答道,“分正极和负极两种储能方式。极性相同的储存器接触可以相互融合,极性相反的接触会发生大爆炸。设计在太空航行时应急用的。”

大家僵住了。

“你跑不掉的。”毒牙说。

“如果我想跑的话。”乔素达说。

乔素达转向汪城,“我差点儿就相信你了。差点儿相信你是一个好人,差点相信你是想要帮我。我甚至还曾经想,被罗夏救走是不是一件坏事儿。可是你不过是个骗子。”

“抱歉,孩子。”汪城回答道。

城外的阳光缓缓逼近,似乎这个世界从来没有这么明亮过。在那些所门教教徒跪倒的地方,温度迅速升高了起来。如果空气不是那么稀薄,那么温差引起的飓风一定会让水星尘埃凝成剧烈的尘暴团。教徒们的身影从昏暗变得耀眼。外面没有氧气,也就没有火焰,只看到那些身影慢慢地变形,祈祷之声开始走样,祈祷者慢慢地沸腾,声音终于沉寂,消失了。一百个身躯在阳光下很快就化为灰烬,维生服里的空气引起一点风,将这些灰烬洒落得到处都是。

“他们死了。”乔素达说。

“没错。”毒牙接过话来,“马上你也一样!这个机会二十年只有一次,我不会放过它的。”

乔素达没有理会他,继续对汪城说:“你曾经对我说过,不管我到底是什么人,我曾经做过些什么,我现在都是我自己,和之前的我并没有关系。我可以选择自己要走的路,而不是只能回到过去的自己。”

“他是个骗子。你永远是一个垃圾!”毒牙叫道。

“一个为政府卖命的情报人员？假的。一个无恶不作的黑社会头子？或许是真的吧。但是这和我自己并没有关系。我的记忆是假的。我并不是真的那个乔素达，每天在办公室里面忙得焦头烂额的上班族。可能这都是催眠之后的假象，但是在我头脑里，我就是他，间谍也好，黑社会头子也好，我对这样的身份毫无记忆。我应该作为自己活着，而不是过去幽灵的一个影子。”

毒牙凝视着他，突然笑了。

“你是个懦夫，你不会引爆能量核的。”他大叫，“抓住他！”

“我叫乔素达。这就是我的选择。”乔素达平静地说，“我是个好人。”

他抓住那颗暗蓝色的结晶，朝自己的胸腔压了进去。那结晶和他体内火红的能量相触，轻轻一荡，就融了进去。片刻的宁静之后，亮白色的能量流从能量核心中蜂拥而出，让他整个身体内所有的输能线路透亮起来。

巨大的爆炸瞬间席卷了整个房间，波及了上中下三层。这光芒从大厦中央倾泻而出，对大厦下方观看牺牲祭的人们来说，有一刹那，这光芒盖过了外面刺眼的阳光。

那房间里没有留下任何一丝东西。半个小时之后，水星数十个城市重新启动了自己的动力系统，缓缓地，一如既往地朝前开去。

现实在真实塌缩之后

XIAN SHI ZAI ZHEN XIANG TA SUO ZHI HOU

1

他本来就是一个皱巴巴的男人
受到了这样的打击之后，就越发皱巴巴起来了

这是我在读研究生时的故事，那时候我才二十二岁，年轻得有些让人发指。

那时候的生物科学还很有些当红小生的意思，各种媒体上哄吵着这样的概念，说什么二十世纪是物理学的世纪，二十一世纪则是生命科学的世纪啦，经济的下一个增长点将是生物科技啦，某华人诺贝尔奖得主预言中国人将在生命科学领域拿诺贝尔奖啦，就连铺天盖地的虚假广告上都满是基因技术的产物。于是无数人抱定了想要考上生物系的决心——那幅情景很有些上个世纪八十年代人人都想当陈景润的翻版，所以很难让人相信上帝是一个既有创意又勤劳的人，否则他何必翻来覆去地抄袭自己。

于是乎，像我这样读上生物硕士的研究生往往被不明内情的人报以羡慕的眼光，似乎注定了我将来会家财万贯一般。然而实验室里的师兄师姐们找工作的脸色一天比一天难看，让人心不断往下坠。

不过对我这种天生对生活缺少概念的人来说，如果问题不是压迫在面前，也实在没有太多值得担忧的事情。反正生活费有家里提供，暂时不至于必须靠我自己去养活自己，便也就乐得整天没心没肝地生活着。早上九点起床，赶到实验室，打开电脑，挂上网，有实验做就开始忙实验，没实验就开始上网。如果没有什么特别要紧的实验，每天晚上十点回寝室，每天通过短信和QQ与女朋友交流的时间远比见面要多，这就是一个研究生标准格式的生活。

这个故事的真正重要人物就在我这样的日子中突然登场，那是研二下学期四月的一个下午，我间歇性的实验日程刚刚进入一段无所事事的空白，每天要做的就是到实验室对着电脑，既找不到什么太有意义的事情干，也不能在导师面前表现出自己无所事事的悠闲。那天我正对着电脑发呆，然后有人推开实验室的大门，小心翼翼地走了进来。

我的位置正对着那扇大门，于是我的眼睛跳过显示器，朝来人看了一眼。

当时我第一眼的感觉是：寒。

那是一个四十来岁的男人，个子不高，大约一米六五。他的脸看起来一副皱巴巴的样子，就像在干燥的冬天放了一个月的苹果，眼睛很小，右脸有一道很长的伤痕。虽然穿着西服，可显然是很久没有打理过，和脸一样皱巴巴的。

你很难用一个词来形容这种样子，他很疲惫，但又好像体内充斥着无尽活力；个子很矮，但是走路的样子却显得极度自信；整个人看起来皱巴巴的，但他走过来用尖细得让人难受的腔调问我“安老师在吗？”的时候，我倒觉得他这样子才是正常的外形，而我倒是无比的俗气。

总而言之，这是一个一眼看去典型的“怪叔叔”，可是你和他站在一起却觉得好像自己是个土包子。

我朝背后的内门指了指，说：“在里面。”他说：“谢谢。”接着敲门，走了进去。

然后我就忍不住觉得浑身难受得要死，好像刚刚掉进了挤满青蛙的池塘里一样。

过了几分钟，带我做实验的博士后张师兄走进实验室，问我：“老板在吗？”我指了指里面，他敲门，走了进去。

第二天，我才知道关于那个“怪叔叔”的事情，张师兄来找我的时候不知怎么闲谈起他来，说出来的话让我大吃一惊。

那个怪叔叔叫许唯，是我们导师的博士生时代的导师——那时候他刚从美国回国，二十八岁，而我们的老板当时考入他的博士研究生时，已是三十二岁。

这个皱巴巴的男人当时行李里压箱底带回来的是两本皱巴巴的《SCIENCE》，分别刊登着他的两篇论文。

很快，他就升为了生科院的副院长，一时很有些春风得意马蹄疾的样子。

一年之后，他的女儿出生。

然后一切在突然之间出现了大逆转——他女儿先天严重残疾，非常彻底的聋而且瞎，视觉和听觉神经有严重问题，现代医学手段无法治疗。

当时，整个学校对这事儿是一片叹息之声，甚至有些环保组织在校内BBS上幸灾乐祸，声称这是他老拿动物做实验的报应。虽然这样的说法引来大家最恶毒的咒骂，但是很多人也隐隐地认为，这事情和他的工作有分不开的关系，毕竟每个搞这类研究的人都多多少少冒着这样的危险——成天面对EB、氯仿等物质，自己DNA的修复能力一而再、再而三地受到挑战。

沉重的打击让他再无心科研，不久之后，他辞职，由他带毕业的博士生，也就仅我们老板一届而已。

本来这个人就不太与人交际，辞职之后，就连他的学生们都很难联系到他了。很久之后，听说他妻子也不知什么时候悄悄离开了，留他独自一个人带着自己的残疾女儿。

他本来就是一个皱巴巴的男人，受到了这样的打击之后，就越发皱巴巴起来了。

师兄讲的故事，让人很有些沧海桑田、世事无常的感觉。似乎转头来一切辉煌皆成空，让人觉得一切都毫无动力。

不过那时候我还没想到将来会和这个叫许唯的怪叔叔扯上关系，只不过把他人的不幸当作谈资来讲讲而已。

不过仅仅两天之后，我的人生就因为这个怪叔叔而彻底扭转到了另外的方向上去了。

2

我几乎是慌不择路地逃离那里
好像从一个闹鬼的古堡逃离一样

那天早上，我起来得稍微晚了点儿，到实验室的时候已经是十点半左右了。打开电脑还不到十分钟时间，身后的门就打开了。

安老板从里面走了出来，我急忙把QQ最小化，就听见老板说："谢宇啊，这个月你是不是没有实验啊？"

我回答道："这个月实验暂时告一段落了，要等一个月以后温室植物开花才能继续进行……"

然后就看见怪叔叔从安老板宽人一等的体格背后走了出来，老板开口说："那你这个月帮着许老师做一下实验吧。"

我当时只觉得浑身一寒，怪叔叔看着我，露出亲切的笑脸，我看着他皱巴巴的西服，觉得好像自己就要壮士一去兮，不复还了。

你可以想象一下我面对这样的许老师时的表情——首先他是一个巨牛，光SCIENCE上就发过两篇，他发表过的论文影响因子超过100，其次他是我老板的老板。但同时，他只有三十岁出头，一副皱巴巴的模样，好像一个放过气的橙子。如果你在日本动漫里看到这么一个人物的话，那么他一定是个事业不得志，并有着某种见不得光的嗜好的家伙。

我当时有些战战兢兢地对他说:“许老师好。那要我做什么呢?”

我不得不承认,实际上这个怪叔叔是一个有着非凡魅力的人,他的魅力不是来自外形,而是来自内在。他看着我的时候,眼睛就一扫那种形容猥亵的感觉,给人一种逼人的压迫感。这种感觉是来自他本人对自己的自信,以及长期以来在学术研究中培养出的敏锐。

“你每天什么时候有空啊?”他问。

“每天九点到晚上都有时间。”我说完,突然觉得后悔起来。这样不就没给自己留下一点儿业余时间了么?

“那你明天上午十点到我那里去,行不行?”他给我留下了地址,笑了笑,离开了。

第二天,我按时到达他的住处,在城市中居然会有这样的豪华跃层别墅,狠狠地吓了我一跳,随即又释然了——毕竟是大牛,前些年肯定已经赚下一辈子的钱了。

他开门接我进屋,屋子倒是颇有他样子的风格,非常的凌乱,虽然宽敞但是却被挤得找不到下足的地方。他指点着我走上楼去,就一下子好像从海里上了岸一样。

他带着我拐进房间里,里面整齐地堆着大量的仪器,各式各样的显示器在里面放着荧荧的绿光。

于是我开始自己的工作。许唯交代的工作并不复杂,就像无数实验工作一样,实际上是无尽的简单重复劳动。我所需要干的是基础数据收集这一类的工作,每隔多少时间记录显示的数据,随时监视着仪器是否出现故障。

没有人来为我解释这些数据是什么东西,也不向我说明这到底是在干什么。我实际上成了一个机器里的一颗螺丝,根本不知道自己为何而转动。

我试着打听这到底是个什么项目,这个怪叔叔语焉不详,就连这个实验是哪里提供经费都不得而知,一切好像是什么重大机密一样,透着诡异的气氛。

不过还好,工作并不重,每天下午五点就回家。许唯先生每天都客气而有些冷淡地迎接我,让我有一种自己成了家政服务员的感觉。

三天之后,我终于知道了我成天面对的图像数据来源到底是什么。那天下午一点钟的时候,显示器上的数据和图像突然显示出了不规则的趋势,很快就乱成了一团麻。那样子就好像原本缠得整整齐齐的丝线突然揉成了一团一样,我立刻大声叫了许唯先生。

他从另一个房间冲出来，慌慌张张地跑过来，看了一眼屏幕，立刻掏出钥匙，朝我隔壁锁着的房间冲了进去。

虽然他没有叫我，我还是跟了进去。

那个房间好像一架巨型的婴儿床、大量复杂的电子仪器架满了中央一个巨大的透明密闭舱室，许唯先生抬手按了按钮，密封舱门“哗”地打开，我这才注意到那看起来柔软的大床中央躺着一个六、七岁大的裸体小女孩儿。

这个时候，我才想起来，这个怪叔叔是带着自己的女儿一起生活的。

当时我脑子里一片混乱。

首先，三天以来，我从来都没有见过他在我在的时候打开那个房间，以至于我忘记了他还有个严重残疾的女儿存在。光这一条，就够告他虐待儿童了。

其次，我面对的数据是来源于这个女孩子，那么毫无疑问，他研究的对象就是自己的女儿。

我第一次感到如此的恐惧，好像觉得科幻电影里的科学怪人出现在自己眼前一样，可是这么变态的事情我是第一次遇到。

当时我真的很想夺路而逃。

不过那个女孩子看起来倒是非常的可爱，闭着眼睛，也看不出有什么残疾。大概是感觉到了开舱时的气流，两只手伸出来到处抓了抓，开始朝外面爬过来。

她的父亲并没有太过注意她的行为，只是拉开那个“培养舱”的控制器，开始不知道在那里捣鼓些什么东西。我站在那里开始觉得浑身不自在，总觉得自己面前站着的那个皱巴巴的男子会突然从背后长出八只手臂，狞笑着把我撕碎。

我傻子一样在那里站了大概五分钟，女孩子慢慢地朝床边上爬了过来，她父亲还在全神贯注地盯着那个控制面板，她就半个身子探出了床沿。

我吓了一跳，很自然地探出手，打算把她抱回安全的床中央。就在我手要碰到她的时候，她父亲突然发现了我，猛然对我大喝道：“别碰她！”

我吓得浑身一颤，手一抖，将女孩子一打。虽然力气不大，但是对一个六、七岁的孩子来说，已经是不小的力量了。她就整个身体朝后一翻，转了半个身子朝床中央滚了回去，然后开始拼命地舞动小手，发出古怪的哭声。

舱门立刻关闭了，许唯猛地转过身，用恶狠狠极度紧张的样子盯着我，厉声说道：“谁叫你碰她了！”

他盯着我，好像世界上最恐怖的事情就在眼前发生了一样。

我一下子不知所措，他盯着我，突然开始拼命地抓自己的头发，整个人抓狂了。

我站在旁边,完全不知道到底发生了什么。

过了好一会儿,他才平静下来,对我说:“今天你先回去吧。”

我几乎是慌不择路地逃离那里,好像从一个闹鬼的古堡逃离一样。似乎恐怖小说里的情景就该是这个样子——古怪的科学家,混乱的房间,不知内容的神秘研究,还有一个毫不知情的助手,所有的元素都这样凑齐了。

3

我翻来覆去地折腾了一宿,什么也想不明白,什么也不懂
只知道自己在莫名其妙之间卷入了不知什么样的世界里去了

离开那间别墅,我就给女朋友打了电话。开始我是打算把所有的事情都告诉她,但是见了面之后,却突然觉得难以开口了。毕竟这一切说实话也没什么太大不了的,说出来倒显得自己小肚鸡肠了。不过我暗暗决定,明天找个什么理由推掉许唯的实验工作,想到这里,心情又好起来了。于是两个人出去逛街,吃饭,玩到晚上七点多,才回宿舍。

这个城市的四月,天黑得还是比较早。七点的时候已经一片漆黑了,从校门口朝宿舍的小路也没有路灯,只有靠宿舍楼里透出的灯光来照明。

然后,我发现,我找不到自己住的那栋楼了。

我住在七舍,是一栋半新不旧楼。房间窗户还是半朽的木窗,在朝大门的道口上放着两个指向打印店和洗衣店的招牌,道口的拐角还有一个头已经不见,露出电线的路灯杆。

可是这些东西,突然间统统找不到了。

那堆豆腐一样堆得整整齐齐的宿舍群好像变了样子,虽然似乎还是一堆豆腐的样子,光是路过的话可能什么也不会发现。但是如果你仔细看的话,好像所有的豆腐都不是原来的样子了。

这个自己走了将近六年的地方突然间好像成了自己第一次来一样,所有的细节都很眼熟,然而却很陌生,于是整个空间好像一下被放大了,变得空旷起来了。不时有人从身边走过,走进、走出不同的宿舍,但是却好像在突然间将我丢入了另一个世界一般。

一开始我还只是疑惑,然后就变成了恐惧。这种事情只在传说中听过,所谓的鬼打墙的迷信传说——我一直认为那是老年痴呆的结果,但我想自己还没到那种岁数吧。

黑暗中只有从窗户里透出来的光，那些不时出现的人们好像是妖魔一般。我再次检查了这些宿舍，确确实实，一切和过去有些两样。

我拿出手机，不知道是不是该打个电话，把女朋友再叫出来，但又怀疑自己是不是在发疯。就在我犹豫的时候，有人从后面拍了我一下，吓得我浑身一哆嗦，差点儿将手机丢掉了。

我回过头，看见自己一个屋的汪凯，他被我的反应吓了一跳，瞪了我一眼，骂道："你小子咋啦？没事儿吧？"

然后他耸了耸肩，朝前走去。我想了想，终于决定开口问他，说出口的却是：

"今天不去实验室吗？"

"天天晚上去，想累死我啊？不去，回去打游戏。"他说。

我跟着他，穿过陌生的道口，上了不曾见过的楼梯，在一个奇怪的房间走了进去。

屋子里很陌生，我不知道哪个地方是我的，哪张床归我所有。

汪凯打开自己的电脑，通过门朝对面望了一眼，说："你们屋今天没人嘛，真奇怪了。"

我只觉得一股恶寒，不认识的路，不认识的楼，不认识的房间，就连同屋的人也不一样了。我一言不发地坐了一会儿，走到了对面。

还好，我的钥匙还是打开了那道门，走进门，虽然格局完全不曾有印象，但是至少我还找到了我自己床的风格。于是我浑浑噩噩地洗了脸，洗了脚，在八点的时候裹着被子上了床。

那天晚上，我一直恐惧着这个空旷的房间会在半夜走进一些魔鬼般的东西，还好，上帝没有以折磨我为乐，同屋的都是我熟识的同学。

那个夜晚，我翻来覆去地折腾了一宿，什么也想不明白，什么也不懂，只知道自己在莫名其妙之间卷入了不知什么样的世界里去了。但我清楚的有一点——这一切，毫无疑问和那个皱巴巴的男人许唯有脱不开的关系。

我原本下定决心找个借口，要把他的实验推掉，再也不和这个奇怪的男人接触了，但是这样的计划，在一夜之间就胎死腹中了。

虽然这个诡异的遭遇让我整个人深陷恐惧和不安中，不得不再去许唯家，但实际上我根本不知道该去干什么。冲上前去劈头盖脸地问这到底是怎么一回事儿？问他到底我怎么突然间就变了身？他会不会盯着我以为我疯了？

我想了一个晚上,可是实际上什么也没有想出来。为什么好像一个荒诞主义的玩笑,如果我去找医生来看看的话,那个医生绝对会对我说:乘713路在卧马桥下,精神病医院在左手边。

我一个晚上都没有睡好,第二天破天荒地在早上七点起了床,趁自己的勇气还没有消失就前往许唯的别墅。

一路上我都在考虑到了地方该干些什么，但出我意料的，当我按响门铃的时候,许唯毫无惊讶之色地应了门,把我带了进去。

他似乎早就知道我会来一般,没有领我去满是仪器的实验室,而是拐入了一件狭小的书房。

在我开口之前,他就先说了话:“昨天回去,你遇到什么了？”

我心下一冷,果然,这一切都与他有关,这句话就脱口而出:

“你怎么知道的？”

他苦涩地笑了笑,说:“说吧,到底遇到了什么？”

像是好容易找到了可以将这件荒唐故事说出来的机会，我立刻将昨天发生的所有一切统统告诉了许唯。无论我说什么,他都没有露出惊讶的表情,似乎我在谈论今天的天气真好一般。

等我讲完,他点了点头,平静地说:“你运气真好。”

你可以想象我当时的表情,就好像你刚刚在赌场里输了全部家当之后,出门听见有人夸你是赌神的感觉差不多。

他没有理会我的脸色,接着说:“碰过我女儿的人里,你是运气最好的了。”

在我目瞪口呆的时候,他悠悠地叹了口气:

“至少你还活着呢。”

他说完,静静地坐在那里,似乎很平静,又似乎是经历了无数苦难之后的麻木。然后他起身在饮水机前倒了两杯水,递给我一杯,把自己的一杯在手中缓缓地旋转着。

“你要听我讲这个故事么？”他说。

他看着我的表情,似乎是在一千零一夜里,有人领着我走进宫殿的尽头,看那个上锁的房间,问:“你要打开它么？”

就和那些故事一样,我点了点头。

许唯的故事从女儿出生开始。那时候他正春风得意，三十岁的年纪却已经是全国科学界的头面人物，院长、科学院院士眼看都是指日可待的事情了。

女儿出生那天，谁也没有发现她的异常。她看起来很漂亮，就像她母亲一样。

直到几天之后，她母亲才发现，自己的女儿对声音毫无反应，也从来不睁开眼睛。

医院的检查结果很快就出来了，她没有听觉，也没有视觉，但是耳和眼的器官完全正常。进一步检查发现，她根本没有长出听觉与视觉的神经，脑神经根本就少了这么两对。

现代医学对于这样的脑部问题根本还没有解决方案。对于女儿出现这样的问题，这一对夫妻找不到任何应对措施，只能想到的是，慢慢找治疗的办法。

两个人都是生物科学家，但对这样的问题，却束手无策。他们需要的是重新制造出女儿的神经，将健康的脑部和健康的感觉器官连起来。可是谁也不知道这样的手术要怎么进行——创造不存在的器官与连接断裂神经完全不是一个概念。

他们四处打探，以他们的能量，只要这个世界上有这样的医生，那么一定会被找出来。但是一年过去了，什么方法也没有找到。

先天性没有听觉的人与后天失去听觉的人不同，因为从来没有听过声音，无法接受外来语音刺激，学不会说话，智力发育也会异常迟缓。更可怕的是，她还是盲人。换而言之，她所有的感知能力只剩下嗅觉和触觉正常，而一个人所接受到的信息绝大部分来源于视觉与听觉。

换而言之，她几乎就完全丧失了感知世界的能力。她活着，却几乎和这个世界完全隔离，听不到，看不到，那么她将无法学习。

而人类是依靠后天学习，而并非先天本能来生存的。如果无法学习，那么她将来根本就无法作为一个人来活着。

恐怕找不到任何事情比这更让父母绝望的了。常有人说："就算倾家荡产，也要把病给你治好。"

可惜的是，这样的病却是倾家荡产也治不好的。

他们又在全世界寻医中度过了半年，他的女儿开始表现出异常了。

第一次事故发生在德国,在饭店里,许唯的妻子给孩子喂奶。喂完之后,她突然大惊失色,好像见鬼了一样盯着这个房间,尖声把许唯叫来,对他说,房间里的衣柜突然不见了。

当时许唯的感觉是莫名其妙,在他的印象中,那个房间里本来就没有衣柜,衣柜是在进门拐角的地方。可是他妻子却坚称这三天里她清清楚楚地记得衣柜在床的对面,还言之凿凿地描述她将衣服挂在什么位置,还曾差点开着门撞上去。她说得如同确有其事一般,让许唯也犹豫了起来,最后拉着她到门口去看衣柜。对于这件事情,他妻子显得无比的执拧,坚决不肯承认是自己记错了。

这件事情好像成了两人一年来寻医问药压力的导火索,两人都变得格外的偏执,没有人认为对方说的是事实,似乎两个人在相互欺骗,然后这一年所有的一切都是对方的错,吵得不可开交,几乎离婚。

在一个月的冷战之后,在回国后的一个清晨,许唯醒来,走进女儿的房间,把她抱起来,打开音乐和高价购置的气味混变装置,然后温柔地抚摸她。因为女儿只剩下嗅觉和触觉,所以必须时常用抚摸和气味来刺激她,否则,她很快就会长眠不醒。虽然她听不见音乐,但是却可以用皮肤大致感觉到声音震动。

他抚摸了女儿半个小时之后,退出来,去卫生间刮胡子。他把刮胡膏喷了一手,对着镜子,准备朝自己脸上涂的时候,却猛然发现,镜子里站着一个完全陌生的男人。

那个男人脸很长,眼睛大得有些异常,瞪着。那一瞬间,恐惧和冰冷好像决堤的洪水一样将他淹没下去,他毛骨悚然地站在那里足足有两秒钟,然后用与他的年龄和身份绝不相称的声音尖叫起来。

声音在狭小的浴室里回荡,增强。他的妻子很快就冲了进来,问他:“怎么了?”

他胆战心惊地指了指镜子。妻子探过头去,一时间,他更加恐惧起来,害怕妻子在镜子里也变成一个陌生的散发着诡异之气的女人。

但是没有,妻子还是妻子自己。然后他听见妻子问:“怎么了?你看见什么了?不许吓我。”

他惊讶地问:“你没看到我在镜子里变成另外一个人了?”

妻子像看傻子一样地看着他:“你不一直就这个样子吗?大马脸,灯笼眼,你想变成什么样子呢?”

许唯惊恐起来:“不可能,我脸没有那么长,我的眼睛没那么大,眉毛没那么短,总之,那不是我,一切都不对!”

她妻子轻轻地抱住了他，说："亲爱的，别这样，你一定是被孩子的事情弄得神经太紧张了，休息休息吧。"

他突然明白了，从她怀里挣脱，"我想起来了，一定和你上次那个事情一样，真的，有东西突然改变了，上次是房间里的衣柜，这次是我的脸。"

"房间里的衣柜？你在说什么？"

"上个月我们在德国的时候，你说宾馆里衣柜突然消失的事情啊？"

"有过那种事情吗？"

"你难道忘了？我们还大吵了一架？"

然后她斩钉截铁地说："不可能，我们什么时候吵过架？"

在一瞬间，一切都变得让人陌生，并带来无尽的恐惧。

"所以，你的运气很好，至少改变的不是你自己。"许唯说。

我看着他皱巴巴的脸。他讲的故事里的那张脸，和我面前这张没有任何相似的地方。

这让我害怕起来，这意味着，他的脸至少不仅仅变过那一次，至少两次，又或许更多。他的面孔就在一次次异变中掷骰子一样地跳跃改变着，终于变成了这个样子。

"这只是开始，那时候我们两个谁也不知道到底为什么会发生这事情。或者说，我自己一个，因为就像我开始不相信她一样，我妻子也不相信我的话。"

不过他的运气还算好，两个星期之后，他明白了这一切因何而起。

在两个星期当中，他试图找到所有可能的理由来解释发生的事情，但是毫无结果。毕竟这一切太过荒诞，任何一个清醒的头脑都难以接纳它。

两个星期之内再也没有发生什么，他还是每天给女儿按摩，每天和妻子探讨所有可能的治疗手段。他们越来越慌张，越来越着急。女儿慢慢地长大了，她在这个转瞬即逝的短短数年中，如果没有找到治疗方案，那么将来就算是治好了，思维头脑也会不可修复地变得迟钝和呆滞的。如果有什么事情能把两个顶尖科学家变成见佛三叩头的善男信女的话，那么这种事情就算一个。

两个星期之后，他和平日一样抱起女儿，悲伤地看着她可爱的脸许久，然后放下。这时候，他的妻子冲了进来，怒吼起来。

"你疯了！我们不是说过了，不允许任何人单独进入这个房间，必须两个人同时进入，如果非要接触孩子，必须两个人一起碰嘛！你还想不想活了！”

许唯目瞪口呆地望着自己妻子，不知道发生了什么。

妻子看着他的表情，过了半晌，明白了什么，突然蹲下去哭了起来。

对这突然降临的一切，许唯不知所措，只能有一茬没一茬地安慰她。

过了一会儿，妻子安静了下来，然后把他带出了房间。

“已经发生过了，是不是？”她问。

“发生了什么？”许唯不解地说。

“已经发生了异变是不是？”她说，“你看看周围，是不是有什么东西不对劲？是不是有什么东西和过去不一样了？”

他明白了，那样的异常再次发生了，而这次改变的是他妻子。

“这到底是怎么回事儿？”他问。

“我们不是说好了嘛，不能再一个人去碰孩子了。你忘了吗？”

“有这样的事情么？”

妻子的瞳孔慢慢地放大了。

“你……你完全……”

她几乎是瘫软在了地上。许唯一慌张，又害怕她哭起来，赶紧把她抱了起来，扶到了床上。

“到底是怎么一回事儿？”

过了好久，她才说出话来。

“永远不要再一个人去碰孩子，你要进那个房间，必须两个人一起去，记住，永远也不能忘。”

“什么意思？”他疑虑地问道。

这时候，她突然从床上一跃而起，猛然把许唯扑倒，用力地钳住了他的脖子，哀嚎着：“你不是我老公，把我老公还回来！把我老公还回来！”

许唯当时完全不知道该如何应对，妻子的样子好像真的要把他掐死在那里，他不知道该不该挣扎反抗，还好很快，她手上的力气松了下来，然后整个人趴在许唯的胸口，哭了起来：“是你告诉我不能碰孩子的，是你告诉我问题是孩子引起的，你不是我老公，把我老公还回来……”

她哭了很久，才再一次平静下来。

“到底是怎么一回事儿？”许唯问。

“不要去碰孩子，只要碰了她，周围世界的一切都会变掉，完全面目全非。不仅周围的东西会变,就连人也会变,甚至就连自己都会变的。你会不是原来的你,我会不是原来的我,只有两个东西会保持原来的状态,孩子,还有碰着她的那个人的思想记忆,除此以外其他一切都会变样子。”

5

以接触者的视角来看,整个世界都会随机地发生改变
唯一和过去一样的只有自己的头脑而已

“其实这样的说法并不准确。”许唯喝了口水,补充道。

我在那里坐着, 好像听天方夜谭一般听着他的故事。他接着说:“不仅孩子本人,接触她身体的人的思想记忆,还有当时观察着这个接触事件的人的思想记忆,除此以外,整个世界都会随机地发生改变。”

“所以你的运气好得离谱,你的身体没有发生改变,你的身份没有发生改变,你和周围人的关系也没有发生太多的改变,只不过是宿舍结构这种无关紧要的东西。那样的东西,就算是变成空中楼阁也没有什么要紧的。”

我问道:“这到底是怎么一回事儿?你的女儿,她的特异功能?”

他微微地笑了笑。

“特异功能,真的像UFO一样是解决一切未知谜题的万能钥匙啊。”

“我的女儿,也许是这个世界上极少数几个可以看到事实真相的人吧。”

许唯和妻子不再继续寻医问药。现在他们需要解决的,并不是女儿的先天性失明失聪的问题,他们要解决的,是她身上到底有一种什么样魔力的问题。

他的女儿是一个可怕的魔法师,似乎一切空间因果在她身上都会扭曲。

到底是怎么一回事儿?要两个科学家将理由推给神秘领域,并不是一件令人舒服的事情。

但他们并不愿意把自己的女儿拿去当作研究的材料, 无论这一切如何的诡异失常难以理解,她毕竟是自己的亲生骨肉。

于是他们把谜题留给自己处理。

不再敢接触孩子,于是他们购置了恒温房,按摩装置,以及种种遥控护理装置。如果必须进入房间接触孩子,那么必须两个人同时前往。

他们手里有非常详细的女儿身体状况信息, 数不清的医疗和科研机构检查结果几乎是堆积成山,对那些结果他们几乎是烂熟于心,但是现在,他们要重新从中理出一个头绪来。

他们开始认真研究所有先天失明和先天失聪的患者资料，探寻所有失明失聪者的生命过程。他们找到大量的先天失明者，和大量的先天失聪者。有记载的都只是普通残疾，失明者一般问题并不大，仅仅是普通的身体残疾，但是先天失聪者因为没有听力，几乎都还是哑巴，而且大部分智商低下——但是找不到他女儿一样完全性的先天同时失明失聪——这样的人应该有，但大多数无法接受他们女儿这样的优越的照料，几乎全部几个月便夭折，或者被抛弃。

像他女儿一样健康地活到一岁多快两岁的，找不到先例。根据研究表明，失去听力与视觉的人对周围世界的感受能力消失到近乎无的地步。人类是一种群居生物，生存非常需要在集体中接受信息和教育，假如无法得到这些信息，被孤立起来，那么婴儿的生理状况会恶化，衰弱。

更为严重的是，人类作为一种智能生命，其生存所依靠的是通过信息刺激与学习来完成意识的建立。如果无法接受这样的刺激，那么婴儿将无法顺利地建立自己的思想，无法形成正常的逻辑思考能力，因为无法学习语言，思维与逻辑会严重缺失，更无从谈起智商的发育了。

他们所能找到的资料里，也就仅仅说这样的孩子会变成低智，迟钝，无法与正常世界交流，生理上早衰。但是既没有先例，也没有针对这样完全丧失看与听的能力的婴儿的研究。

这样的结论自然让他们心惊，但是这当中和他们遭遇的问题完全不相干。

最后他提出建议，暂时绕开关于自己女儿缺陷的问题，从异变的现象本身去找原因。

当他们接触自己的女儿，就有一定的概率发生异变，异变可以用这样的简单语言来描述：以接触者的视角来看，整个世界都会随机地发生改变，唯一和过去一样的只有自己的头脑而已，而对于外人看来，整个世界都没有发生改变，唯一发生变化的是这个接触者的头脑。

世界为何会这样异变有两个可能的解释方法：其一是内指向，即他们自己的头脑和记忆发生了扭曲，而真实世界并没有发生任何异变；其二是外指向，即的确是真实世界本身发生了改变，而他们的记忆是其中唯一正确的东西。

人的思维依靠逻辑和记忆进行，所谓过去，即人脑将记忆信息重新通过逻辑反演，即对个人而言过去等价于记忆信息。假如是他们的记忆在接触女儿的时候发生了扭曲，原本正确的对真实世界的记忆被某种幻觉覆盖，那么他们所认知的过去就发生了改变，对于他们来说，就是在现在，世界突然与过去不同了，但在实质上，并没有改变世界本身，而错误的只是他们自己。

如果用奥康姆剃刀来选择内指向与外指向的两种解释，毫无疑问的，世界本身发生了改变的解释会臃肿复杂得多，而记忆发生了改变的解释几乎是这个问题完美的答案。

那么到底是什么东西以这样奇怪的形式扭曲了记忆呢？从异变发生的过程来说，是这样的：第一，如果不接触孩子，仅仅站在旁边看着，那么不会发生异变；第二，如果接触孩子，那么会发生异变；第三，如果一个人接触孩子的时候，另一个人在旁边观察，那么会两个人同时发生异变。

异变似乎是由接触触发，而在旁边不接触，也同样会受到异变的影响。到底这样影响是以一种什么样的形式来起作用的呢？是一种范围作用？一种空气媒介？或者是别的什么？

到了这里，他们就难以更进一步下结论了。那时候，对于他们俩来说，许唯只经历了三次异变，他妻子要多一些，五次。这么一点点资料对于得出这么诡异事件的结论，实在太少了。

他们试图通过脑科学、病理学等的研究资料来弥补自己“实验数据”的不足。但很明显，这几乎完全是南辕北辙。

终于有一天，他妻子说：“我们再来试试吧。”

讲到这里，许唯整个人沉默了许久。

等他抬起头的时候，好像在突然间又苍老了十岁一般，叹了口气。

“我这一辈子最大的失败之处，就是爱上她，但是却没有足够的勇气和坚持去保护她。

“如果我当时坚决地阻止了她的话，那么就什么也不会发生了。”

我问他：“后来怎么了？”

“她不在了，消失了。”

6

只要在接触时接触者被观察着
那么异变就会在观察者和接触者之间同时发生

许唯无法阻止妻子的决定，于是他们开始做接触孩子的实验。

他们想要找出异变的作用机制。最开始,他们以为这是个范围效应,所以一个人去接触,另一个人尝试着离开那里远一些。

进行接触的人,是他的妻子。他劝说她,威胁她,但她那种执拗在这件事情上发展到了极限。许唯知道,其实两个人都同样地在探寻谜底与用生命冒险之间挣扎,迟早有一个人会提出这个建议:“我们来试试吧。”如果不是她,那就是他,时间长短而已。

她先说出来,并不真的代表着她对于事实的真相比许唯执着,而是因为她明白自己的丈夫对这件事情寝食难安,明白自己的丈夫既想说出来“再来试试”来换取更多资料解开谜团,又害怕为此伤害自己的妻子。没有谁真正理解接触意味着什么,而他们清楚的是:当他们成功分辨出异变的作用机制的最低代价是——他们两个人中一个独自发生异变,如果运气好的话,那么两个人的记忆不同可能只是房间摆设变了位置,但如果运气不好呢?

只有天知道会发生什么。

而他妻子坚持要求自己作为接触者的原因,是为了让许唯不至于被独自投射到另一个陌生的世界中去。如果必须有一个人去独自面对陌生的世界的话,那么她宁可是自己,而不是自己的丈夫。

这些事情谁也没有说出来,然而彼此都明白,彼此都心照不宣。

许唯坚持要自己去接触,而妻子坚决不同意。他找出各种各样的理由来反对妻子,但一一被驳斥。因为她知道,只有一个理由才能让她放弃自己的坚持,而那个理由许唯无论如何也无法说出口——也许实验成功之日,就是他们两人永久离别之时。

于是他们开始实验。

最开始改变的是距离,许唯一次次拉开距离,他不允许接触时两人离开自己的视线,后来距离变为离开房间,增加为屋外五米,十米,一百米——直到需要望远镜来看。

异变没有单独发生。

在这时候,他们发现了一个现象,过去异变发生时,很近的地方都可能发生改变,但是当彼此的距离拉大的时候,他们之间目光所及的一切在异变之后都保持原样,发生改变的只是他们当时感知不到的处所,比如他们中间的桌子是原来的样子,但是桌子背后挡住的电源插座却改变了。

改变永远只在接触时看不到的地方发生。

如果异变的影响是一个空间范围的力量，那么这样的事情就不可能发生。

于是他们开始考虑别的因素。许唯改为使用摄像头来监视接触，不再站在那里用眼睛看着一切的发生。他们怀疑异变的媒介是空气或者别的什么接触性物质，于是使用密封房间将彼此隔离。

异变一样在两个人中同步发生，但是他们两个人房间中在异变前后保持一致，而他们两个彼此密闭的房间当中的空间里，在他们都看不到的地方，却又改变了。

这样的实验让他们越来越疑惑了。

最开始进行这样实验的时候，他们还在恐慌，每次异变之后害怕这个世界变成了什么奇怪的样子，屋外的公路变成了农田，山脉变成了海洋，会不会爆发世界大战，会不会下一次自己突然出现在非洲一个说着完全听不懂语言的国家？

后来，这样的恐慌慢慢消失了。

谁还去关心外面世界怎么样呢？身外一切，皆尽幻象，所谓色即是空，大概就是这么一个意思。一切不过是转瞬而逝的影子而已。

他们只关心一件事情——异变，到底是什么东西。

实验越来越快起来了，似乎除此之外，一切都没有意义了。

他们越实验，就越发现，只要在接触时接触者被观察着，那么异变就会在观察者和接触者之间同时发生。

于是他妻子建议说："我独自一个人接触吧，你别看着了。"

如果是实验的一开始，那么这个建议一定会毫不犹豫地被许唯坚决反对掉。但是慢慢走到这一步的时候，他犹豫了。

考虑了很久，许唯决定，用录像来记录发生的事情，不再亲自看着。

于是他妻子关上门，开始实验。

按照惯例，接触不过是几秒钟的事情，一两分钟之后，她一定会出来。

五分钟过去了，十分钟过去了，半个小时过去了。

门没有开。

7

异变影响的不是记忆
而是这个真实世界

"后来我发疯一样检查了房间里所有的角落，在屋里大喊她的名字，好像脑子坏了一样翻看每个房间里的缝隙,甚至是抽屉。”他说这话的时候,已经口气平淡得好像麻木了。

“后来我终于确定,她不见了。然后我才想起来,要看录像。录像里,她抚摸着我们的女儿,一开始一切都很正常,三秒钟之后,突然,画面好像被剪了一样,她整个人都从人间蒸发了。

“那时候,我整个人懵掉了。一个人受了太大的打击,大脑的某些机能就会出现暂时性障碍。如果没有晕过去的话,那么这个人的行为举止就会出现相当严重的障碍。

“我那时候的行为,大概很像《大话西游》里至尊宝用月光宝盒救白晶晶时的样子。”

说到这里,他顿了顿,问:“这个世界有过《大话西游》这个电影吧?周星驰演的那个?”

我点了点头。

“我用了一天一夜,所干的所有事情只有一件,碰女儿一下,放手,冲出门,找她。没有人,我就再冲回去,碰女儿一下,放手,冲出门,再找她。

“直到我累倒在地上,一觉睡去,再次醒来之后,我才开始接受这么一个事实。她消失了,不知道被弹射到了什么样的世界里。

“又这样浑浑噩噩了很长时间,我不知道到底有多长,我才重新有能力思考。到底这一切意味着什么,异变到底是怎么一回事。我们付出这么巨大的代价才拿到的资料,到底有多大价值。

“然后,我暂时停止了和女儿的接触,开始研究这些资料。那时候,我才注意到,自己变成了这么一副矮小可怜的模样了。”

首先,许唯可以确认的是,他妻子在接触女儿之后发生异变,从他的世界里凭空消失了。那么这意味着最开始所谓的解释是完全错误的——异变影响的不是记忆,而是这个真实世界——他妻子消失了,这是一个事实。

另一项解释,真实的世界发生了突然的改变。这并非生物学可以解释的现象,他不得不开始求助物理学,看看能从中找到什么样的可能解释。

许唯仅在大学时代学过几乎最简单的大学物理,多少年过去了,他还能记住的部分不多。他不得不开始重新学习。他并没有那么多的耐心和经历,必须首先挑选出自己需要的重点内容。

他所知道的事实是这样的:首先,异变在接触时发生,其次接触时的观察者(无论以何种方式观察,直接也好,间接也好)会同时发生异变,但单纯观察本身不会引起异变,再次,异变发生时,异变者观察到的东西都不会发生改变,异变仅在观察不到的地方发生。

如果他在房间里放了镜子,那么他的样子就不会变成现在的模样了。

在这个诡异的谜题中,有一个关键词被凸显了出来——观察。

他在现代物理学中翻检可能与这个异变有关的理论, 很快有东西引起他的注意。

量子力学,哥本哈根学派。

量子力学,大概算得上现代科学里最荒诞也最神奇的理论。

8

如果人类的观察是对于结果的一种记录
那么在这个世界上,事物之间都有着种种相互联系

“你们大学学的,还是那种一个学年就上完的大学物理吗?”他问我。

“是啊,只学一年,没有单独学过量子力学。”

许唯沉默了一会儿,大约是在思考怎么样向我解释这一切。

“你知道‘薛定谔的猫’吗?”

说实话,我的大学物理学得几乎是一塌糊涂,但是恰好,对于“薛定谔的猫”我倒有些概念,因为我向来喜欢这一类神神叨叨的概念。

“薛定谔的猫”是一个思想实验,具体内容是,假设一个密封箱,箱中有一颗粒子与一毒气装置。粒子的半衰期为五分钟,毒气装置一旦监测到粒子衰变放出的射线,就放出毒气。在密封箱中放入一只量子状态的猫,五分钟后,打开箱子。

这个实验的意思在于,五分钟到的时候,粒子衰变放出射线的概率正好是百分之五十,也就是说,毒气放出毒死猫的概率是百分之五十。那么等打开箱子的时候,里面是活猫还是死猫呢?

根据经典的概率解释,当箱子打开时,这只量子猫到底活着还是死了是早已决定好的,只是两者出现的几率相同。就好比买即开彩票一样,虽然打开前你不知道中奖没有,但是实际上结果早就在彩票里了,只等着你打开而已。

但是另一种被称为哥本哈根解释的看法相反。他们认为,当你打开盖子之前,猫是死是活没有决定,它既是死的,也是活的,只是当你打开盖子观察的一瞬间,这只量子猫的生死才突然决定下来。

这种解释否认在量子领域里的经典概率观,人们曾经认为量子之所以会呈现波粒二相性,是因为量子在宏观统计中的概率特性,也就是说,在量子范围提到80%粒子为A状态,那么意味着如果有一万个量子的话,那么其中大约八千个都会处于这样状态,其他两千个处于其他状态,而哥本哈根学派给出的解释却是,实际上每一个粒子都处于既在A状态,又不在A状态,当有观察者介入时,这一颗粒子才会在这一瞬间决定下来到底处于何种状态。而这种决定发生时,它成为A的概率为80%。

说实话,这样的解释让人混乱。因为这样的解释本身首先并不会影响我们这个世界的样子,无论是哪种解释,在宏观的尺度上看来,它都意味着,粒子表现A状态的概率是80%。这就像你不管买即开式彩票还是投注式彩票一样,不管到底是开奖前彩票本身就决定能否中奖,还是开奖结果出来才决定你手里是不是废纸,一千万分之一的特奖概率还是一千万分之一,决不会变成一千分之一。

哥本哈根解释的两个特别概念,其一,是它既在这个状态又处在那个状态的神秘难以理解的提法,其二,是决定结果的是观察,这种主观的概念,并非像过去一样,一切都是客观确实的,你看与不看都毫无区别。

这是一个让人开心的思维实验,可是真的让我去理解它,实在是太难。

我对许唯解释了我的观点。许唯微微笑了笑。

“那么为什么是观察决定了状态。观察对这个粒子产生了什么影响,让它决定状况,或者说,观察前,观察后,对粒子来说,有什么不同?”

这样的问题,完完全全地超出了我的物理学知识范围,我能做的,就是摇头,表示不明白。

“毫无疑问的,人的观察是观察的一种,如果人类的观察是对于结果的一种记录,那么在这个世界上,事物之间都有着种种相互联系,粒子必然也会与其他事物发生相互联系,既然如此,它们的状态必然会影响其他事物的状态,那其他事物的状态也是对其状态的一种记录。比如,如果不打开箱子的门,猫是活着或死了必然对箱子有不同影响,那么这样的印痕是不是也算作观察?如果这算做观察的话,那么很明显的,所有粒子都随时处于被什么东西观察的情况下,比如无处不在的电磁波,所以它们不可能出现所谓既是又非的状态。”

“那么是什么让人的观察从其中独立出来,成为决定量子状态的因素呢?”

许唯看着我，但是我知道，他并没有指望我给他答案，我继续听着。

然后他给我答案：

“思维逻辑。”

9

这个世界是千亿个可能与千亿个状态的并行
而我们每次只能看到其中一种

他花了很长的功夫，才找到这个答案。

当他被这个问题，即对于粒子什么样的状态记录才能被称为观察彻底弄糊涂之后，他决定重新从自己的女儿身上寻找答案。

毕竟，与其相信自己的女儿有什么特异功能而将一切丢进既解释又没有给出丝毫解释的死胡同，不如从她到底和常人有什么不同来寻找答案。

这时候，女儿已经四岁了。大约是受到良好的护理和每天的按摩，她的身体并没有如医生预言的那样变得糟糕起来，依然活得相当健康。但她依然没有一点听觉与视觉。四岁的孩子，已经过了最初学习语言，智力发育最关键的时段了。换句话说，她不懂说话，没有语言概念，也没有理性思维的能力。这是一只混沌的小兽。

如果说她和正常的四岁小孩儿有什么最大的不同的话，那绝对是她不懂语言，也没有逻辑思维能力。

而很明显的，比起人的观察，其他方式所记录的东西所缺乏的，正是逻辑思维的能力。

这个时候，整个哥本哈根解释才开始跟她女儿的谜题联系起来。

也许真实远在人们看到的尽头之外。

一个没有逻辑思维的观察者，她观察的量子世界里，波函数会塌陷吗？

在她的感知世界里，这个世界是什么样子的？

“我不是很明白你的意思。”我说，“这个世界是什么样子的？这句话什么意思？”

“一个波函数不会塌陷的世界是什么样子的，你不明白吗？”

“不明白，首先波函数塌陷是微观量子世界范围的概念，它不适用于宏观世界。其次，既然已经有了其他的观察，波函数就已经塌陷了，猫是死是活已经定下来了。她没有打开盒子看，但是别人已经打开了啊。”

许唯笑了笑,却轻轻地转过了话题:“我问你一个问题,这间屋子里有无线电波吗?”

这个突兀的问题让我愣了一下:“有啊,怎么了?”

“为什么有?你能感觉到吗?”

“不能,可是肯定有,比如手机信号啊。”

“也就是说,你承认,你感觉不到的东西未必不存在。”

“当然了。”我回答,不知道为什么,觉得自己好像掉进了陷阱,隐隐不安。

“你知道感觉是什么吗?”

这个问题问得无比的宽泛,让人完全不知道该怎么样回答才好,我只能等待他自己给出答案。

“感觉,实际上是生物亿万年进化中为了适应环境而形成的对世界的知觉。每个感觉的存在都有亿万年进化的历史缘由。换句话说,生命们能感觉到什么,是什么样的感觉能让他们生存下去决定的, 而不是什么样的感觉更能让他们看到世界的真相。

“否则人类应该有蛇敏锐的温度感觉,有鲨鱼的电感觉,有鸟类看到光偏振的能力。但是人类都没有。

“人类的感觉范围也仅仅是为了能让人在世界上好好生活。事实也证明,如果人的感觉范围更宽,更敏锐,反而会影响他的生存。历史上曾有不少听觉范围广于正常人,视觉波长范围宽于正常人的超感知人,但是他们几乎全部在非常年轻的时候夭折,因为他们所感觉到的那些别人感觉不到的信息不仅不能帮助他们生活,反而影响了他们将有用信息从那些复杂的信息中分辨出来。

“换句话说,假如你能感觉到房间里那无数的无线电波,你只会混乱不知所措,而不是成为超人。”

他等了一会儿,说:

“那么逻辑又是什么呢?”

突然间,我明白过来他的意思了。

逻辑不过和感觉一样,并不是意味着这个世界的本来真实面目,而是让人类从复杂纷繁的世界里能够生存下去的一个滤镜。

就好像人类的听觉滤掉二十赫兹以下、两万赫兹以上的声音,视觉滤掉长于红光、短于紫光的电磁波一样,逻辑是一个滤掉真实的某些部分、留下某些部分的滤镜，它将留下的部分组合起来，形成我们看到的世界。

这就是那个问题的答案，一个波函数不会塌陷的世界是什么样子的——一个真实世界是什么样子的。

根本就没有所谓波函数塌陷，将同时处于死和活之间的猫定下状态的，并不是观察，而是逻辑——她滤掉了其中一个，留下了另一个，所以猫死了，或者猫还活着。

而在那个完整的真实世界里，猫既死了，也活着。只不过，有一种我们没有看到而已。

物理学用理论来解释看到的实验结果，但是他们没有想到，他们看到的结果，原本只是一个影子——人类无法处理既死又活的猫的世界，它太庞大，太可怕。

我们看到的世界，是由逻辑来规范的。一加一等于二并不是一个理所当然的结论，而是逻辑本身，逻辑定义了我们看到的世界，于是逻辑是这个世界的本原，它永远自洽。

这个世界是千亿个可能与千亿个状态的并行，而我们每次只能看到其中一种，而且，我们所看到的一种，再沿着逻辑所规定的线路让我们走向下一种。我们看到的世界与世界的真相相比，就好像是一张巨大的白纸上画过的一条线，线上的点联合成我们的世界，而这张纸上还有无数的点，它们存在，但是我们感觉不到。

如果说这个世界上还有人能看到其他的点的话，那么这个人，就是许唯的女儿。

她同时存在于这整张白纸之上，因为她既听不见，也看不见。

她没有人类的语言，没有人类的逻辑，她还没有能力在纸上画出一条线来。她的头脑还没有滤过那无限可能世界中的无限感知，只给她留下一个。而她听不到，看不到，对这个世界，她只剩下触觉嗅觉，这小小的信息量令千亿世界里不同的感知叠加起来还不至于将她压垮。

这就是谜底，我们在千亿种可能世界里每次只留下了涉足一条而行的能力，而她，却从所有的世界里走过。她抚摸死了的猫，同时摸着活着的，她身边的父亲高而瘦，又矮而胖，她母亲既存在，又不存在，她是一切可能的汇集，她是命运的本身。

她的世界只有身边能碰到的那一点点，但她的世界同时存在千亿，当一个人碰到她的时候，当一个世界里有人闯进了她的感知，这个人就把她拉入了命运的湍流中，这个人在这一瞬间同时存在于所有的可能世界内，而当他松开手的时候，他重新从这个无尽的可能世界跌入其中的一个。

所以他每次的接触,周围的世界都在改变。然而周围的世界本身从来没有改变过,改变的是他,他超越了逻辑,从本来连续的线上跳开,猛然闯入也许一个与上一个点相差十万八千里的一个新的点,然后继续画线。

逻辑的规范与超越, 这就是接触许唯女儿的人和观察到这个接触的人会发现自己能看到的世界之外不再一样的理由。

他们观察到的世界里,逻辑维系了那条小小的细线,保证了在弹入另一个世界时的稳定,或者说,他们的观察在命运的湍流中用逻辑的滤镜凝聚出一颗稳定的小水珠,保证了他们彼此的不变。

所以,许唯的妻子必定还活着,也许她存在的可能世界与这个世界有遥远得无法理解的距离,但是毕竟,她没有在异变中泯灭。

10

我们要在这个渺小的现实里勇敢地活着
即使我们可能永远也无法去理解真实

许唯讲的这一切,让我害怕。

他讲完了这一切,甩下了一个我无法完全理解的解释。

他说,他在继续寻找。不是寻找世界真相,不是像他开始那样执着于什么是真实。世界有千亿可能,我们只是卑微地活着。他要寻找的,并不是宏大广阔的事实,他要寻找的仅仅是他的妻子。

他曾经以为,他想知道的是真实,但当他找到真实的时候,他却明白自己不过是想从真实中寻求安慰而已。当他付出代价的时候,他才明白过来这一点。许唯只是一个凡人,他想要的,或许只是平静世界的平静生活罢了。

他的妻子还活着,他要把她找回来,然后和自己的女儿,这个命运女神一起像最平凡的普通人一样活着,这就是在千亿可能世界里他唯一想要的现实。

他继续研究,然而他所找的已经改变了。他想找到的,是从女儿那谜一般的头脑里找到前往他想要的世界的道路,这就是他的所有愿望。

他告诉我这个故事,或者不过是心存最后一点对真实的执着。他希望我把这个故事讲出去,让别人得到它,而不是和自己一起湮没在千亿世界之间。

第二天,他和他女儿就消失不见了。我不知道是不是还有一个他存在这个世界的某个角落,也不知道他是否已经达到了自己想要的世界里。在这个世界里,还有一个命运女神存在,也许有一天,我会发现她。

在那之前,我无法将这个故事讲述给别人听,因为失去那个命运女神,这个故事不过是一个都市奇谈而已。

我还只能孤独地咀嚼这个故事,我还不能完全理解这个故事里所传达的全部概念,但是我知道,真实很大,我们很小。

所以,我们要在这个渺小的现实里勇敢地活着,即使我们可能永远也无法去理解真实。

撬动世界的哈林达姆

QIAO DONG SHI JIE DE HA LIN DA MU

管已列入文明世界版图好几百年
但是岛屿上的居民仍然保持着自己古老而奇特的习俗

1910年,一艘意大利籍的远洋货轮"永远的红衣主教号"在太平洋遇到了飓风。因为之前没有任何预兆,船只严重受损,船长亨利·查韦斯不得不下令抛弃大批货物,偏移航线,在距出事地点最近的岛屿查理基纳停靠下来,试图补给食物和淡水,修复船只。这座岛隶属英联邦,但就像无数英联邦的太平洋殖民岛国一样,既没有官员的管理,也没有现代文明的影子。当年查理男爵命名这个岛屿并将其纳入英国版图的时候,他甚至没有下船在这个岛上留下一个脚印就匆匆驶过。在岛上的土著居民们一无所知的情况下,这个岛屿在英联邦版图上存在了数百年。

这群意大利船员踏上陆地后,受到了当地土著的欢迎,令他们惊讶的是,这群土著中居然有个人勉强会说意大利语。在他蹩脚的翻译协助下,土著帮他们将船只运上岛。随后他们用各种各样奇怪的玩意儿来交换水、食物以及帮助修补船只和建造临时船坞的劳力——交易的价格非常奇怪,绿色的玻璃珠子可以换一头野猪,两个天然水晶杯子却只能换一桶水。

修理的时间比他们想象的还要长,花了两周时间大致修补船体之后,海面上却又起了比他们来时遭遇的更强劲的飓风,而等到飓风终于结束之后,洋流和季风又发生了巨大的改变,他们不得不继续逗留下去。因为没有考虑到会在途中耽搁如此之久,他们没有准备在南半球越冬的衣物。不得已,这群船员只得求助于查理基纳岛的原始部落,请求他们提供住处和衣物。这个要求很快就得到了允许。

太平洋上的许多资源匮乏的岛屿尽管已列入文明世界版图好几百年,但是岛屿上的居民仍然保持着自己古老而奇特的习俗。在那群意大利海员看来,这些习俗多半迷信愚昧,而且荒唐可笑,很多邪教仪式更是匪夷所思,虽然在海上长期的漂泊增强了这些海员的抵抗能力,但这些超越正常人想象极限的仪式仍令他们毛骨悚然。

而在查理基纳岛,一个代替文明世界司法制度的仪式引起了这些船员的注意。在这个岛上的土著部落,数千年来保留着这样的规则:当一个人向部落长老们提起诉讼之后,根据其向长老们提供的证据的可信度,原告手持刑具(根据控诉的罪行,刑具从空心竹到利斧尖刀不等),进行一个古怪的行刑程序。

整个程序如下:如果证据被认为确凿无疑,那么原告可以持刑具直接执行自己要求的刑罚。当证据不足的时候,原告需要蒙上眼睛,在原地转指定的圈数,然后朝其认定的被告方向发起攻击。随着证据可信度的降低,不仅转的圈数随之增加,而且在原告周围一圈还会不断增加上原告的亲人。如果证据不足,原告不得不在转了许多圈之后,晕头晕脑地冒着打不到人,甚至打中自己亲人的危险来行刑。行刑时任何人不得发出声音或其他能被原告察觉的信息,即使是被原告打死也绝不可以。为了保证原告不作弊,在行刑之前还要堵住他的耳朵,用强嗅剂搞乱他的嗅觉。

船员们被邀请参观这个仪式。他们看见一个女子蒙着眼睛转了二十一圈之后,歪歪扭扭地朝一旁走去,用竹子劈头盖脸地打了自己的丈夫一顿。然后她被宣布诬告自己的邻居盗窃谷物,整个事件判决结束,不得再提。整个仪式在船员们看来如同一场荒诞闹剧,于是一名叫罗西尼的水手忍不住哈哈大笑。

事后,那个蹩脚翻译警告罗西尼尊重仪式的神圣性,他向船员们解释说,这个仪式是正义之神的裁决和人的裁决之间的平衡,当有证据的时候,就由人来裁决,缺乏证据的时候,就由神来裁决。但是这样的说法依然受到了水手的嘲笑,认为他们的神和他们的仪式一样愚蠢。于是,翻译指着一个青年男子对罗西尼说:"他就是仪式神圣性的最好证据。"

他用错误百出的意大利语讲了一个令人无法置信的故事,说那个叫哈林达姆的男子小时候,父母被人谋杀,除了他谁也没看到。凶手聪明异常,没有留下任何证据。哈林达姆在长老面前指控部落里最善良的三姐妹为凶手,但是拿不出证据,受到全部落的一致反驳。于是他被判定蒙住双眼,在一个被告和二十三个他的亲人组成的圈子中央转九十九圈之后行刑——他接连三次,将三姐妹依次杀死。

故事中的男孩早已成人,船员们仔细打量着他,古铜色皮肤,小小的眼睛,没有任何特异之处,在一群土著里面,很难与其他人区分开来。

罗西尼露出轻蔑和不信任的表情,当天夜里,谁也没有看到他去了哪里。

第二天清早,船员被神色严峻的翻译叫醒。哈林达姆向长老提起诉讼,说罗西尼昨夜袭击了他。

出于保护同伴的私心,船员们一致为罗西尼作了伪证。更由于罗西尼嚣张的挑衅,哈林达姆不得不多次提出加刑,最初要求的是鞭打二十下,最后终于变成了用斧子执行死刑。

长老最后判决,罗西尼与哈林达姆的十四位亲人均匀围坐成一个半径大约十米的圈子,哈林达姆在圈子中间转七十四个圈子,然后行刑。

船员们仔细检查了蒙眼布、耳塞和强嗅剂,然后用水手特有的手法蒙上哈林达姆的眼睛，塞上他的耳朵，用强嗅剂刺激得他头昏脑涨。确信哈林达姆无法作弊之后，他们同意了刑罚，并不是出于尊重这个神圣的仪式，而是坚信这种迷信极端愚蠢。

哈林达姆手持利斧，找准了罗西尼的方向，按照裁决转了指定的圈数，他越转越乱，整个人东倒西歪，于是水手们就更不把这个仪式当成一回事儿。

直到罗西尼看着哈林达姆从好像没完没了的转圈中停下来，歪歪扭扭地找到他面前，将利斧从他头顶劈下的时候，他脸上都还挂着嘲讽的笑容。

2

哈林达姆的倾听成了他们宣泄自己的途径

漫长孤独的航程里最隐秘最淫秽的欲望都在谎言中暴露无遗

尽管手下有人相信这个神圣仪式的确有其事，船长亨利·查韦斯却认定这是因为哈林达姆个人拥有某些超人的才能，而非神谕。于是他想方设法劝说哈林达姆跟他们一起回欧洲，接受现代的教育来发挥他独特的才能。他花了足足一个月来用各种各样的美言劝诱，终于赶在船启航之前说服了这个倔强的男子。

在漫长的旅途中，船长努力让哈林达姆学会一些基本的常识，这个原始人对文明世界几乎一无所知。他首先教导青年学习意大利语，然后学习基本礼仪。对这一切，哈林达姆表现出浓厚的兴趣和惊人的天赋，很快就有了一个文明人的样子。

但是常识的匮乏依然是无法跨越的障碍，他不得不从餐具的使用开始漫长的学习。在船员们看来，这好像是一个刚刚出生的孩子，于是也常常用逗孩子的玩笑来戏弄他。对他提出的一些荒唐的问题，他们也用能想到的最疯狂的谎言来回答。哈林达姆问起牛排的来历，他们就告诉他，那源于中世纪流传下来的斗牛传统，当场杀死的牛切成片出售。哈林达姆信以为真之后，他们又创造了来自欧洲角落的奇特节日：在那个日子里一群健壮的公牛在狭长的街道里追逐人群狂奔，随时可能将人们践踏致死，而人们蜂拥而至，纵情狂欢，丝毫不顾及自己的性命。

当这些谎言被哈林达姆毫不犹豫地接受之后，他们更加肆无忌惮。哈林达姆对船上的意大利国旗产生了兴趣，认为几个色块就可以表示一个国家是件非常奇妙的事情，于是问起其他国家的旗帜来。最初是由于缺乏知识，后来则是因为沉迷于这种疯狂游戏，水手们将意大利的三色旗更改颜色，旋转方向，甚至仅仅颠倒顺序，创造了法国、爱尔兰、德国、俄罗斯等等国家的国旗，当这样的简单手段渐渐技穷，他们又在三色旗上添加各式图案与边角，伪造出更多国家的国旗。

这种游戏渐渐成为枯燥的旅途中最好的消遣，当哈林达姆认真地听取他们的胡编乱造并仔细地当作事实记入头脑中时，水手们得到了无与伦比的满足感，创造一个为所欲为的世界，那是上帝才能做的事情。他们疯狂地创造起古怪的习俗和节日来：四月一号那天人们可以任意恶作剧和欺骗，既没有法律的限制也没有道德的约束；十一月初大家都化装成鬼怪，拿南瓜当灯笼，小孩子可以随意敲响陌生人的门，说，“不给糖就捣乱。”而在十二月的末尾，人们则砍倒松树，点缀上各种各样的食物，然后挂上袜子假装有个白胡子的老人会从烟囱爬下来送他们礼物——这个节日的最荒唐的地方在于，每个人都知道这只是骗孩子的伎俩，却又那么庄重地假装信以为真。水手还根据太平洋岛国上愚昧古怪的习俗伪造了中世纪历史，说当时审判女巫的方法是将其沉入水缸——如果没有淹死就是女巫，要烧死；如果淹死了，就是无辜的普通人。

最初的乐趣过去之后，生活又开始归于平淡，不知尽头的旅途与狭小的空间勾起了水手们对家乡的无限思念，这种思念随后体现在他们新的谎言中。出于意大利人固有的自吹自擂，那个小小的渔村热那亚成了地中海赫赫有名的巨型港口城市，这里曾经建立了世界上第一家银行，出生过航海家哥伦布这样伟大的人物，也关押过同样伟大的旅行家马可·波罗。唯一的遗憾是哈林达姆对这些荣耀毫无概念，他既不知道哥伦布的业绩，更没听过马可·波罗这个名字。

最后，哈林达姆的倾听成了他们宣泄自己的途径，漫长孤独的航程里最隐秘最淫秽的欲望都在谎言中暴露无遗，他们讲述遥远的古罗马时代，欧洲大陆上裸体和淫乱横行；两河流域曾孕育一个伟大繁荣的文明，那里的女性以与路人性交为荣，用身体款待过客。他们还幻想即便现在，领主依然对自己属地的女人拥有初夜的权利；而长期离家的丈夫则在妻子的下体锁上金属打制的贞操带，这些妻子想要出轨之时，第一对象就是能够打开这个铁夹子的锁匠。

他们沉迷于这样那样的幻想，带给哈林达姆的不是一个现实的欧洲，而是一个被思念与欲望扭曲改变的梦幻世界。

包括船长亨利·查韦斯在内，谁也没有认为或者发现这种做法有任何大不了的问题，直到他们在海上航行了三个月之后，哈林达姆开始询问什么时候才能抵达他们的故乡。最开始他们说还有很久很久，但是他每天急躁地重复那个问题，终于令人不耐烦起来。有一天，一个水手终于不耐烦地说：“明天，够了吧！明天我们就在热那亚上岸！”

第二天清早，“永远的红衣主教号”的瞭望员在望远镜中看到了陆地，谁也不知道，他们的航线上怎么会凭空冒出那么一条漫长的海岸线。等到他们在那个无比繁华热闹的海岸下锚上岸之后，水手们发现这里的人们讲的是意大利语。

“这是什么地方？”他们问。

“这是热那亚啊！”一个忙碌的小贩回答，“哥伦布的出生地，意大利最伟大的港口之一。”

他们看着这个从来没有见过的繁华海港，头脑一片空白，这个与他们印象里没有任何相同之处的城市彻底搅乱了所有人的思维，甚至谁也想不起这艘船根本还未穿过直布罗陀海峡。

在这阵不知所措的慌乱里，唯一镇定的人是哈林达姆。他安静地在靠在栏杆上望着这个巨大的港口，半天以后开口说了来到欧洲大陆以后的第一句话：

“太棒了，这里和我想象中的一模一样。”

3

哈林达姆的信徒越来越多
终于引起了教会的注意

1911年6月，“永远的红衣主教号”回到热那亚。它的船员用了好几天，才确信自己不是被海妖的歌声所迷惑。他们困惑于自己眼前的到底是现实还是幻境，然而身体的感觉胜于一切，在岸上享用了一顿久未品尝的正宗意大利大餐以后，他们放弃了这种自己不拿手的哲学游戏。接着，因为“永远的红衣主教号”丢失了大批货物和延期返航，船上所有人都被炒了鱿鱼，船员们作鸟兽散，哈林达姆理所当然地成为船长亨利·查韦斯的责任。

直到亨利带着哈林达姆走进赌场，他才明白自己带回来了一个什么样的宝藏。进去的时候，亨利身上只带了三十万里拉，出来的时候则有足足一亿。

他给了哈林达姆五万里拉，让他在赌场随便玩儿，自己径直去了二十一点的台子。他每注只下一万的最低限额，但是手气不是很好，玩了不到二十分钟，就输了个精光。

这时，轮盘赌的场子里传出一片惊叹声。于是他走过去，透过密密麻麻的人群，看到哈林达姆傻乎乎地坐在一大堆钱后面。

亨利死命地挤进去之后，正看见钢珠落在二十一上，然后一大堆钱朝哈林达姆推了过去。他惊讶地看着这些钱,问哈林达姆:“这些都是你赢的?”

哈林达姆点了点头,表情无辜得像一个天使。

“你的朋友已经连续赢了九局了。”有人告诉他。“一局也没有输过。”

“你怎么做到的?”亨利问他。

“他们告诉我,把钱放进你认为钢珠会丢进的号码里。我就放进那个号码。”哈林达姆回答。

五分钟之后,赌场停下了生意,仔细检查了整个轮盘赌台和哈林达姆的身体。他们没有找到任何可能的作弊证据,于是七八个彪形大汉命令两人离开,再也不许踏入这个赌场一步。

带着一大笔赢来的钱回到住处之后,亨利详细地询问哈林达姆赌博的方式,以为他有什么特别的手段。

“我只是把钱放在我认为对的号码上。”哈林达姆这样说。

翻来覆去地询问之后,亨利终于明白这个来自太平洋小岛上的原始人对于赌技没有任何概念。于是他开始认真考虑他给出的回答的真实性。他拿出扑克牌,开始让哈林达姆猜牌。亨利随意地抽出一张,问他那是什么,然后翻开。十分钟过去了,哈林达姆没有一次说错。亨利狂喜地把扑克撒得满地都是,狠狠地把他抱起来,激动得高声叫嚷:“你是赌徒之神,通晓一切的上帝!”

七天之内,他们洗劫了热那亚全部十二家赌场。亨利慢慢地发现了哈林达姆的规律,他在轮盘赌上绝无失误,但是在梭哈之类的把戏上毫无出色之处。在二十一点的牌桌上,他能做的只是告诉你下一张牌是什么,而不能保证自己可以凑够合适的数字。

疯狂的赌博结束以后,亨利开始投机股票,哈林达姆告诉他哪些股票能在短期内价值暴增,哪些会长期盈利,五个月之后,他们的财富已经足以媲美国王。

但在这个时候,亨利突然失去了为金钱奋斗的兴趣,他觉得这些全不费工夫得来的巨额财产可能永远花不光,那它们的意义也就只是一堆数字了。于是他抛下一切,带着哈林达姆在整个王国最奢侈的地方纵情享乐,这样的生活过了半年,哈林达姆也开始感到无趣了。

“我想回家。”他说。

“不,”亨利对他说,“我有了新的点子。”

他们从乡下开始,在世人面前展现神迹。一开始,亨利还把握不住哈林达姆的能力极限,只敢玩弄猜纸牌之类的小把戏,人们把他们当作走江湖的魔术师。两个星期的尝试之后,亨利摸清了底细,改变了策略。

他先利用自己的财富雇佣人来吹捧哈林达姆的神迹，说他无所不知，无所不能,让人们耳闻目染,却不让哈林达姆现身。直到有人嘲笑之时,亨利才让哈林达姆装作偶尔经过的样子,不经意地展现一点点能力。这个时候,他已经明白这个原始人的能力恐怕无边无际,只需要合适的控制,就能上天入地。

而合适的控制方式,就是不直接对哈林达姆说他想要干什么,而将自己的愿望说成现实。如果亨利想让麦田一天内就从秧苗变成迎风低头的成熟麦穗，他不能说:“嗨,哈林达姆,我想让那片田的麦子一天就熟了。”而应该告诉他,某个村庄的某片麦田非常特别,只要你走过去,对着那片麦田说:“快成熟,快成熟。”你就会眼睁睁地看到田地里的植物从小苗变成熟透的麦子。等到第二天,亨利带着他来到之前指出的那块麦田,让哈林达姆在所有人面前对麦子说:“快成熟,快成熟。”一切就会变成现实。

于是亨利告诉哈林达姆,某位女士的儿子跌断了腿,已经瘸了五年,昨天晚上开始却突然开始康复起来,明天早上大概就能下楼跑跑跳跳了;某条河流的一段,只要你拿罐子去装上它的河水,摇一摇,就能变成醉人的美酒;某个地方今晚上去的时候还是茫茫荒野,明天早晨就会长成一片花草之地。

在哈林达姆的眼里,亨利是带着他来这片神奇的欧洲大陆游历、进行一段神秘而充满奇迹的旅途。他丝毫没有认识到这些奇迹和自己有任何关联。虽然旅途的确有趣,但是越来越多的人随时试图冲到他的面前,祈求他的抚摸甚至从他身上拔走几根头发，这一类的行为令他烦躁不安，就连目不暇接的奇迹也没法安抚他的情绪,于是他越加想家了。他越来越频繁地向亨利要求回家,但是亨利毫不客气地命令他丢弃那个念头。

“你是圣人,你是耶稣,你甚至可能就是上帝本人,去他妈的回家,你要先拯救这些迷途的羔羊。”

哈林达姆的信徒越来越多,终于引起了教会的注意。因为无法接受一个有色人种成为上帝在凡间的使者,教会坚决认定这一切是魔术或者催眠的伎俩。

亨利·查韦斯多次提出,要求教会与他正面接触,亲自验证神迹的真伪,最开始教会试图充耳不闻,后来日渐增大的压力却使他们无法逃避。

教区主教正式与哈林达姆面对,然而他拒绝相信任何奇迹,将喷水的石头说成江湖把戏,小树苗一瞬间就变成参天大树则被他认定为催眠术。

驳斥亲眼所见的一切之后，主教朝大教堂走去，就在他踏上第一个台阶的时

候，整个教堂在他面前轰然倒下，迅速崩塌成一片废墟。在因恐惧而变成石像的身体软化之后，他发现自己站在一片废墟中央，无数石块玻璃坠落在他周围，其中任何一块都可能轻易夺取他的性命，却没有一块碰到他的身体。

主教突然明白，这是上帝的愤怒，因为他不相信主在人间的神迹，于是在一片废墟中，他跪倒在哈林达姆面前。

4

他只是一个强大无敌的观察者
他所看到的世界成为最后的真实

1914 年 9 月，传闻教皇准备亲自接见哈林达姆，确认他作为圣人的身份。信徒们为此欢呼雀跃，更多的人从遥远的外省前来，只为见哈林达姆一面，其中不乏贵族和富豪。

9 月 17 日晚上，哈林达姆和亨利·查韦斯在热那亚港区的利古里亚酒吧饮酒作乐。为了避免信徒和祈福者将他们认出来，两个人都戴着宽大的帽子和墨镜，黑色斗篷紧紧地裹住身体。

他们从下午喝到半夜。哈林达姆表情忧郁，再次提起想回故乡，一如既往地受到了亨利的严词拒绝。在他看来这样的想法愚不可及，放弃如今的地位与财富，回到那种一无所有的原始部落中去，是疯子才会做的事情。他们之间发生了激烈的争吵，最后再次以亨利的胜利告终。

两个人都喝得酩酊大醉，在酒吧里疯狂舞蹈，放声高歌，亨利唱了首《昨日，我的爱》，引起整个酒吧的欢呼声，哈林达姆唱的则是一首他们部落的民歌，调子古怪，谁也没法给他伴奏。直到午夜两点，酒吧打烊，不省人事的哈林达姆还在哼唱那古怪的调子，亨利只能昏昏沉沉地架着他离开。

刚刚走过街道的拐弯，进入灯光照不见的巷子里，一个男人就冲了出来，对着哈林达姆连刺三刀，其中一刀正中心脏。他血流满地，当场死亡。醉醺醺的亨利想要去追凶手，却被自己绊倒在地。

事后的调查没有找到凶器，连罪犯的影子都没抓到。一个星期之后，教会宣布哈林达姆是恶魔的化身，他所领导的并非天主教或者基督教，而是彻底的邪教教派。失去了哈林达姆，绝大多数信徒几天之内就作鸟兽散，亲眼见过哈林达姆神迹的人们坚持了几天，甚至认为这次谋杀出于教会指使，但也慢慢在教会的诱导下相信自己经历的是幻觉或催眠术,从此绝口不提关于哈林达姆的一切。不到一个月的时间内,信徒消失殆尽,哈林达姆的神迹好像从来没有存在过一样。随后,亨利被捕入狱,罪名是利用催眠以及魔术诈骗钱财,判刑十五年。关于哈林达姆的事情再无人提及。

时隔十二年之后,在苏黎世高工附近的伯明酒吧里的1926年,一位叫薛定谔的讲师因为下周学术例会的事情头痛不已。在一周前的学术例会上,他向大家讲述了刚刚看过的一篇博士论文,然而,论文作者德布罗意含混不清的表述令他自己都看不明白,更遑论向别人复述。主持例会的德拜教授建议他拿出进一步的解释,然而他毫无头绪,于是来酒吧放松休息。一个喝得醉醺醺的家伙向他断断续续地讲着关于哈林达姆的传奇故事,为了让他讲完,薛定谔一共花了两杯啤酒的代价。

薛定谔听完这个故事后, 恍恍惚惚地将其和德布罗意论文里关于物质波的概念混淆了起来,于是给出了一个似乎比这个故事本身更荒诞的解释——那就是,这个世界处于一种多可能性的融合状态,而非如人们通常认为的确实单一的存在。这个世界有1%的A,2%的B,1.5%的C……无限的可能状态融合在一起,但是人们所看到的世界只可能是A,B,C等等其中的一种,而不能兼而有之。这是因为,虽然世界是一个概率可能的融合体,人们的观察却令其塌缩成确定的、唯一的A,B,C,D……中的一种。在这样的塌缩中,有的观察比其他的更有决定性的效果,所以哈林达姆既不是预言家也不是圣人,他只是一个强大无敌的观察者,他所看到的世界成为最后的真实。他规范这个现实的存在状态,他就是现实,因此他绝无会出错的可能。

薛定谔越想越远,在一周之后的学术例会上,他终于列出了自己的方程和对德布罗意物质波的解释。这个并不复杂的方程在不久之后被命名为"薛定谔方程",然后,众所周知地,成为量子力学的基础方程之一。

但是薛定谔自己从来没有承认过这个想法的源头来自哈林达姆的传奇, 这并不是为了掠人之美,假装自己拥有天才的创造力,而是因为传奇中有两个疑点他无法解释。

其一,宏观世界的物质为何会体现出微观世界的规律,为何一个仅仅在微观世界范围有效的规律会在宏观世界呈现出来?

其二,一个强大到足以控制整个世界存在状态的人,又如何会连自己的命运也把握不了,被人暗杀在酒吧门口。

在那之后又过了四年,"永远的红衣主教号" 前船长亨利·查韦斯刑满释放,他再次登上远洋轮船，前往澳大利亚。在大洋洲，他几经周转，足足花了半年时间才再次踏上查理基纳岛，给那里的土著部落带去了迟到十六年的死讯。十六年的时间仿佛没有给这个部落带来丝毫改变，他们依然延续着自己的传统，而哈林达姆的死讯似乎并未对他们造成任何震撼。

离岛之前，亨利在海岸边再次听到了哈林达姆死前唱的歌曲。一艘渔船刚刚出海归来，几个水手迎着夕阳的余晖，在船头放声歌唱，声音苍凉而嘹亮。他向那个已经老得不成样子的翻译问起歌词的含义，翻译用十六年来毫无进步的意大利语告诉他，那歌词是，“纵有美酒千杯，金银万匹，如不返乡，一切又与抛尸荒野何异。”

图书在版编目（CIP）数据

背面天堂 / 七月著. — 太原：希望出版社，2012.10
（奇点科幻丛书）
ISBN 978-7-5379-6139-4

Ⅰ.①背… Ⅱ.①七… Ⅲ.①科学幻想小说-小说集-中国-当代 Ⅳ.①I247.7

中国版本图书馆 CIP 数据核字(2012)第 230069 号

奇点科幻丛书
背面天堂
七 月 著

出 版 人　梁 萍
选题策划　杨建云　赵国珍
责任编辑　申会斌
特约编辑　赵晓旭
助理编辑　高 辉
复　　审　谢琛香
终　　审　杨建云
美术编辑　陈东升
责任印制　刘一新

出　　版：山西出版传媒集团　希望出版社
地　　址：太原市建设南路 21 号
开　　本：720×1000　1/16
印　　刷：山西人民印刷有限责任公司
印　　张：17
版　　次：2013 年 1 月第 1 版
印　　数：1–10000 册
印　　次：2013 年 1 月第 1 次印刷
标准书号：ISBN 978-7-5379-6139-4
定　　价：29.80 元

编辑热线　0351-4922124
发行热线　0351-4123120　4156603
 若发生质量问题，请与印刷厂联系调换。
联系电话:0358-7641044